U0083254

人民共和國文化與文學叢書

二 編

李 怡 主編

第7冊

獨特的浩然現象與中國當代文學

劉 曉 紅 著

花木蘭文化出版社

國家圖書館出版品預行編目資料

獨特的浩然現象與中國當代文學／劉曉紅 著 -- 初版 -- 新北市：
花木蘭文化出版社，2015〔民 104〕
序 6+ 目 2+154 面；19×26 公分
（人民共和國文化與文學叢書 二編：第 7 冊）
ISBN 978-986-404-219-7（精裝）
1. 中國當代文學 2. 文學評論
820.8　　　　　　　　　　　　　　　104011322

特邀編委（以姓氏筆畫為序）：

吳義勤　孟繁華　張　檸
張志忠　張清華　陳思和
陳曉明　程光煒　劉福春
（臺灣）宋如珊
（日本）岩佐昌暲
（新西蘭）王一燕
（澳大利亞）鄭　怡

ISBN- 978-986-404-219-7

9 789864 042197

人民共和國文化與文學叢書
二　編　第七冊　　　　ISBN：978-986-404-219-7

獨特的浩然現象與中國當代文學

作　　者　劉曉紅
主　　編　李 怡
企　　劃　北京師範大學民國歷史文化與文學研究中心
　　　　　四川大學現代中國文化與文學研究中心
總 編 輯　杜潔祥
副總編輯　楊嘉樂
編　　輯　許郁翎
印　　刷　普羅文化出版廣告事業
出　　版　花木蘭文化出版社
社　　長　高小娟
聯絡地址　235 新北市中和區中安街七二號十三樓
　　　　　電話：02-2923-1455 ／傳真：02-2923-1452
網　　址　http://www.huamulan.tw 信箱 hml 810518@gmail.com
初　　版　2015 年 9 月
全書字數　138654 字
定　　價　二編 16 冊（精裝）台幣 28,000 元

獨特的浩然現象與中國當代文學

劉曉紅　著

作者簡介

　　劉曉紅（1981.9），女，成都人。2011 年畢業於四川大學現當代文學專業，文學博士，從事中國現代文學與文化研究。曾任職西華師範大學文學院。現任職於成都大學學報編輯部。

　　主要研究成果：近年來在《當代文壇》，《中國文學研究》，《社會科學家》，《名作欣賞》等刊物上發表學術論文 20 餘篇。有個人學術專著 1 本，編寫中學生讀物《海燕：鄭振鐸作品中學生讀本》與北京科學出版社兒童文學讀物《小次和他朋友的故事》；發表文學作品創作於《詩家》，《雪國詩刊》等刊物。

提　　要

　　當代作家浩然的研究，長期以來受到政治意識形態的遮蔽，五十年來少有人真正從文學本身談及浩然。作為一個貫穿當代文學五十年創作的作家，浩然提供了一個完整的文學史分析樣本。對於一個在每個歷史轉折點都留下一筆的作家，怎樣客觀、深入地評價浩然，也是對這段當代文學史的正確看待。再者，對於一個有著極強文學天賦，雖然借著時代風帆成功的作家，僅僅從時代因素研究他是片面的，倘若沒有足夠的文學造詣，浩然何以在眾多的農村小說中拔地而起，雖說一個時代有一個時代的文學作品，但即使脫離政治背景，回到文學閱讀本身，浩然的作品依然可以帶來良多感受。從文學感受出發，考察終其一生「寫農民、為農民」的浩然作品中的農民形象；問詢浩然在十七年文學裏的「獨特性」，以及新時期創作中的更新與堅守；如何看待工農兵文學思潮以及當代工農兵文學繼續發展中浩然的意義，都是本書寄予解開的疑惑。基於浩然研究的重要意義和目前諸多尚未說清楚的話題，研究意在擺脫以往政治意識形態影響，立足於文學文本體驗，回到具體歷史場景，推進浩然文學的研究。

世界知識、地方知識
與人民共和國文學研究

李　怡

　　無論我們如何估價近 30 年來的中國文學研究成果，都不得不承認這樣一個事實，即當代中國文學研究的發展演變與我們整個知識系統的轉化演進有著密切的聯繫，這種聯繫不僅勾畫了迄今為止我們文學研究的學術走向，而且也將為未來的學術前行提供新的思路。

　　回顧近 30 年來的中國文學研究的知識背景，我們注意到存在一個由「世界知識」與「地方知識」前後流動又交互作用過程。考察分析「知識」系統的這些變動，特別是我們對「知識系統」的認識和依賴方式，將能折射出我們學術發展過程中的值得注意的重要問題，促使我們作出新的自我反省。

一

　　在對人民共和國文學的研究之中，「世界」的知識框架是在新時期的改革開放中搭建起來的。「世界」被假定為一個合理的知識系統的表徵，而「我們」中國固有的闡釋方式是充滿謬誤的，不合理的。新時期當代中國文學的研究是以對「世界」知識的不斷充實和完善為自己的基本依託的，這樣的一個學術過程，在總體上可以說是「走向世界」的過程。「走向世界」代表的是剛剛結束十年內亂的中國急欲融入世界，追趕西方「先進」潮流的渴望。在中國現當代文學研究界乃至中國學術界「走向世界」呼籲的背後，是整個中國社會對衝出自我封閉、邁進當代世界文明的訴求。在全中國「走向世界」的合奏聲中，走向「世界文學」成了新時期中國現代文學研究的「第一推動力」。

在那時，當代中國文學研究是努力以中國之外「世界」的理論視野與方法爲基礎的。以國外引進的自然科學的研究方法——「三論」（系統論、信息論、控制論）爲起點，經過 1984 年的反思、1985 年的「方法論年」，西方文學理論與批評得到了到最廣泛的介紹和運用，最終從根本上引導了當代中國文學批評的主潮。

人民共和國文學的研究也是以中國之外的「世界」文學的情形爲參照對象的，比較文學成爲理所當然的最主要的研究方式，比較文學的領域彙集了當代中國文學研究實力強大的學者，中國學術界在此貢獻出了自己最重要的成果。新時期中國學人重提「比較文學」首先是在外國文學研究界，然而卻是在一大批中國現代文學研究者介入，或者說是在中國現代文學研究界將它作爲一種「方法」加以引入之後，才得到長足的發展。正如王富仁先生所說：「我們稱之爲『新時期』的文學研究，熱熱鬧鬧地搞了 10 多年，各種新理論、新觀念、新方法都『紅』過一陣子。『熱』過一陣子，但『年終結帳』，細細一核算，我認爲在這十幾年中紮根紮得最深，基礎奠定得最牢固，發展得最堅實，取得的成就最大的，還是最初『紅』過一陣而後來已被多數人習焉不察的比較文學。」〔註 1〕

這些文學研究設立了以「世界」文學現有發展狀態爲自己未來目標的潛在意向，並由此建立著文學批評的價值取向。曾小逸主編《走向世界文學》一書不僅囊括了當時新近湧現、後來成爲本學科主力的大多數學者，集中展示了那個時期的主力學者面對「走向世界」這一時代主題的精彩發言，而且還以整整 4 萬 5 千餘字的「導論」充分提煉和發揮了「走向世界文學」的歷史與現實根據，更年輕一代的學人對於馬克思、歌德「世界文學」著名預言的接受，對於「走向世界」這一訴求的認同都與曾小逸的這篇「導論」大有關係。一時間，僅僅局限於中國本身討論問題已經變成了保守封閉的象徵，而只有跨出中國，融入「世界」、追逐「世界」前進的步伐，我們才可能有新的未來。

進入 1990 年來之後，我們重新質疑了這樣將「中國」自絕於「世界」之外的思想方式，更質疑了以「西方」爲「世界」，並且迷信「世界」永遠「進化」的觀念。然而，無論我們後來的質疑具有多少的合理性，都不得不承認，

〔註 1〕 王富仁：《關於中國的比較文學》，見王富仁《說說我自己》125 頁，福建人民出版社 2000 年。

一個或許充滿認知謬誤的「世界」概念與知識，恰恰最大限度地打破了我們思維閉鎖，讓我們在一個全新的架構中來理解我們的生存環境與生命遭遇。這就如同 100 多年前，中國近代知識分子重啓「世界」的概念，第一次獲得新的「世界」的知識那樣。「世界」一詞，本源自佛經。《楞嚴經》云：「世爲遷流，界爲方位。」也就是說，「世」爲時間，「界」爲空間，在中國文化的漫長歲月裏，除了參禪論道，「世界」一詞並沒有成爲中國知識分子描述他們現實感受的普遍用語。不過，在近代日本，「世界」卻已經成爲了知識分子描述其地理空間感受的新語句，當時中國的知識分子在談及其日本見聞的時候，也就便將「世界」引入文中，例如王韜的《扶桑遊記》，黃遵憲的《日本國志》，20 世紀初，留日中國知識分子掀起了日書中譯的高潮，其中，地理學方面的著作占了相當的數量，「大部分地理學譯著的原本也是來自日本」。〔註2〕隨著中國留學生陸續譯出的《世界地理》、《世界地理誌》等著作的廣泛傳播，「世界」也才成爲了整個中國知識界的基本語彙。世界，這是一個沒有中心的空間概念。

「世界」一詞回傳中國、成爲近現代中國基本語彙的過程，也是中國知識分子認知現實的基本框架——地理空間觀念發生巨大改變的過程：我們所生存的這個世界並非如我們想像的那樣以中國爲中心。是的，在 100 年前，正是中國中心的破滅，才誕生了一個更完整的「世界」空間的概念，才有了引進「非中國」的「世界」知識的必要，儘管「中國」與「世界」在概念與知識上被作了如此不盡合理「分裂」，但「分裂」的結果卻是對盲目的自大的終結，是對我們認識能力的極大的擴展。這，大概不能被我們輕易否定。

二

1990 年代以後人們憂慮的在於：這些以西方化的「世界」知識爲基礎的思想方式會在多大的程度上壓抑和遮蔽了我們的「民族」文化與「本土」特色？我們是否就會在不斷的「世界化」追逐中淪落爲西方「文化殖民」的對象？

其實，100 餘年前，「世界」知識進入中國知識界的過程已經告訴我們了一個重要事實：所謂外來的（西方的）「世界」知識的豐富過程同時伴隨著自我意識的發展壯大過程，而就是在這樣的時候，本土的、地方的知識恰恰也

〔註 2〕鄒振環：《晚清西方地理學在中國》244 頁，上海古籍出版社 2000 年版。

獲得了生長的可能。

　　100餘年前的留日中國學生在獲得「世界」知識的同時，也升起了強烈「鄉土關懷」。本土經驗的挖掘、「地方知識」的建構與「世界」知識的引入一樣的令人矚目。他們紛紛創辦了反映其新思想的雜誌，絕大多數均以各自的家鄉命名，《湖北學生界》、《直說》、《浙江潮》、《江蘇》、《洞庭波》、《鵑聲》、《豫報》、《雲南》、《晉乘》、《關隴》、《江西》、《四川》、《滇話》、《河南》……這些本土的所在，似乎更能承載他們各自思想的運動。在這些以「地方性」命名的思想表達中，在這些收錄了各種地域時政報告與故土憂思的雜誌上，已經沒有了傳統士人的纏綿鄉愁，倒是充滿了重審鄉土空間的冷峻、重估鄉土價值的理性以及突破既有空間束縛的激情，當留日中國知識分子紛紛選擇這些地域性的名目作為自己的文字空間之時，我們所看到的分明是一次次的精神的「還鄉」。他們在精神上重返自己原初的生存世界，以新的目光審視它，以新的理性剖析它，又以新的熱情激活它。

　　出於對普遍主義與本質主義的批判立場，美國著名的文化人類學家克利福德‧格爾茲教授（Clifford Geertz）提出了「地方性知識」這一概念，在他的《地方性知識》一書中有過深刻的表述。「所謂的地方性知識，不是指任何特定的、具有地方特徵的知識，而是一種新型的知識觀念。而且地方性或者說局域性也不僅是在特定的地域意義上說的，它還涉及到在知識的生成與辯護中所形成的特定的情境，包括由特定的歷史條件所形成的文化與亞文化群體的價值觀，由特定的利益關係所決定的立場、視域等。」它要求「我們對知識的考察與其關注普遍的準則，不如著眼於如何形成知識的具體的情境條件。」〔註3〕作為後現代主義時代的思想家，克利福德‧格爾茲強調的是那種有別於統一性、客觀性和真理的絕對性的知識創造與知識批判。雖然我們沒有必要用這樣的論述來比附百年前中國知識分子的「地方意識」的萌發，但是，在對西方現代化的物質主義保持批判性立場中討論中國「問題」，這卻是像魯迅這樣知識分子的基本選擇，當近現代中國知識分子提出諸多的地方「問題」之時，他們當然不是僅僅為了展示自己的地方「獨特性」，而是表達自己所領悟和思考著的一種由特定區域與「特定的歷史條件」所決定的價值追求。而任何一個不帶偏見地閱讀了中國現代文學作品的人都可以發現，這些價值追求既不是西方文化的簡單翻版，也不是地方歷史的簡單堆積，它們屬於一

〔註 3〕 盛曉明：《地方性知識的構造》，《哲學研究》2000年12期。

種建構中的「新型的知識觀念」。

所以我認爲，近代中國知識分子這種依託地方生存感受與鄉土時政經驗的思想表達分明不能被我們簡單視作是「外來」知識的移植和模仿，更不屬於所謂「文化殖民」的內容。

同樣，在新時期的當代中國文學批評中，在重點展示西方文學批評方法的「方法熱」之同時，也出現了「文化尋根」，雖然後來的我們對這樣的「尋根」還有諸多的不滿；1990 年代以降，文學與區域文化的關係更成爲了文學研究的重要走向。竭力倡導「走向世界」的現代學人同樣沒有忽視中國文學研究的地方資源問題，在「後現代主義」質疑「現代性」、後殖民主義批判理論質疑西方文化霸權的中國影響之前，他們就理所當然地發掘著「地方性」的獨特價值，1989 年的中國現代文學研究會蘇州年會就以「中國現代作家與吳越文化」議題之一，在學者看來：「20 世紀中國新文學是在西方近代文學的啓迪下興起的。但就具體作家而言，往往同時也接受著包括區域文化在內的中國傳統文化的影響——有時是潛移默化的濡染，有時則是相當自覺的追求。」〔註 4〕爲 20 在中國當代批評家的眼中，引入「地方性」視野既是一種「豐富」，也是一種「尊嚴」，正如學者樊星所概括的那樣：「在談論『中國文化』、『中國民族性』、『中國文學的民族特色』這些話題時，我們便不會再迷失在空論的雲霧中——因爲絢麗多彩的地域文化給了我們無比豐富的啓迪。」「當現代化大潮正在沖刷著傳統文化的記憶時，文學卻捍衛著記憶的尊嚴。」〔註 5〕在這裏，「地方性」背景已經成爲中國學者自覺反思「現代化大潮」的參照。

三

重要的在於，「世界知識」與「地方知識」完全可以擺脫「二元對立」的狀態，而呈現出彼此激發、相互支撐的關係，中國文學從晚清到人民共和國的演化就說明了這一點。

在「世界知識」與「地方知識」相互支持的關係構架中，起關鍵性作用的是中國知識分子的自我意識的成長。對於文學批評而言，自我意識的飽滿

〔註 4〕 嚴家炎：《二十世紀中國文學與區域文化叢書·總序》，《二十世紀中國文學與區域文化叢書》，湖南教育出版社 1995 年版。
〔註 5〕 樊星：《當代文學與地域文化》21 頁，華中師範大學出版社 1997 年版。

和發展是我們發現和提煉全新的藝術感受的基礎，只有善於發現和提煉新的藝術感受的文學批評才能推動人類精神的總體成長，才能促進人生價值新的挖掘和發揚。在我們辨別種種「知識」的姓「西」姓「中」或者「外來」與「本土」之前，更重要是考察這些中國知識分子是否將獨立人格、自由意志與人的主體性作爲了自覺的追求，換句話說，在「知識」上將「世界」與「本土」暫時「割裂」並不要緊，引進某些「外來」的偏激「觀念」也不要緊，重要的在於在這樣的一個過程當中，作爲知識創造者的我們是否獲得了自我精神的豐富與成長，或者說自我精神的成長是否成爲了一種更自覺的追求，如果這一切得以完成，那麼未來的新的「知識」的創造便是盡可期待的，從「世界知識」的引入到「地方知識」的重新創造，也自然屬於題中之義，而且這樣的「地方知識」理所當然也就不是封閉的而是開放的。

從「世界知識」的看似偏頗的輸入到「地方知識」的開放式生長，這樣的過程原本沒有矛盾，因爲知識主體的自我意識被開發了，自我創造的活性被激發了。

在晚清以來中國的思想演變中，浸潤於日本「世界知識」的魯迅提出的是「入於自識，趣於我執，剛愎主己」，即返回到人的自我意識。〔註6〕

在1980年代，不無偏頗的「方法熱」催生了文學「主體性」的命題：「我們強調主體性，就是強調人的能動性，強調人的意志、能力、創造性，強調人的力量，強調主體結構在歷史運動中的地位和價值。」〔註7〕雖然那場討論尚不及深入展開。

過於重視「知識」本身的辨別和分析，極大地忽略了「知識」流變背後人的精神形態的更重要的改變，這樣我們常常陷入中/外、東/西、西方/本土的無休止的糾纏爭論當中，恰恰包括中國文學批評家在內的現代知識分子的精神創造過程並沒有得到更仔細更具有耐性的觀察和有說服力量的闡釋，其精神創造的成果沒有得到足夠的總結，其所遭遇的困難和問題也沒有得到深入細緻的分析。

在這個意義上，我們也可以認爲，現當代中國文學研究與「世界知識」、「地方知識」的關係又屬於一種獨特的「依託——超越」的關係，也就是說，

〔註6〕魯迅：《文化偏至論》，《魯迅全集》1卷50頁，人民文學出版社1981年版。
〔註7〕劉再複：《論文學的主體性》，《文學主體性論爭集》3頁，紅旗出版社1986年版。

我們的一切精神創造活動都不能不是以「知識」為背景的，是新知識的輸入激活了我們創造的可能，但文學作為一種更複雜更細微的精神現象，特別是它充滿變幻的生長「過程」，卻又不是理性的穩定的「知識」系統所能夠完全解釋的，對於文學創作與文學研究的考察描述，既要能夠「知識考古」，又要善於「感性超越」，既要有「知識學」的理性，又要有「生命體驗」激情，作為文學的學術研究，則更需要有對這些不規則、不穩定、充滿偏頗的「感性」與「激情」的理解力與闡釋力。

人類不僅是邏輯的知性的存在物，也是信仰的存在物，是充滿感性衝動與生命體驗的複雜存在。

自晚清、民國到人民共和國，中國文學現象的發生發展，不僅是與新「知識」的輸入與傳播有關，更與「知識」的流轉，與中國知識分子對「知識」的「理解」有關。我們今天考察這樣一段歷史，不僅僅需要清理這些客觀的知識本身，更要分析和追蹤這些「知識」的演化過程，挖掘作為「主體」的中國知識分子對這些「知識」的特殊感受、領悟與修改，換句話說，我們今天更需要的不是對影響中國文學這些的「中外知識」的知識論式的理解，而是釐清種種的「知識」與現代中國人特殊生存的複雜關係，以及中國知識分子作為創造主體的種種心態、體驗與審美活動，所謂的「知識」也不單是客觀不變的，它本身也必須重新加以複述，加以「考古」的觀察。這就是我們著力強調「民國歷史文化」、「人民共和國文化」之於文學獨特意義的緣由。

所有這些歷史與文學的相互對話，當然都不斷提醒我們特別注意中國知識分子的自由感受、自我生成著精神世界，正如康德對文藝活動中自由「精神」意義的描述那樣：「精神(靈魂)在審美的意義裏就是那心意付予對象以生存的原理。而這原理所憑藉來使心靈生動的，即它為此目的所運用的素材，把心意諸和合目的地推入躍動之中，這就是推入那樣一種自由活動，這活動由自身持續著並加強著心意諸力」〔註8〕

〔註 8〕康德：《判斷力批判》上卷第 159～160 頁，宗白華譯，商務印書館 1964 年版。

序：十七年文學研究「熱」的幾個問題

李 怡

　　劉曉紅博士是王富仁老師在四川大學招收的第一位學生，她的論著要出版了，按理應該由王老師親自撰寫序言，不巧的是王老師身體欠安，囑我代筆，我就只好接受這一任務了。關於浩然的研究，我幾乎談不上更多能夠超越本書的觀點，只能就整個十七年的研究發表一些不成熟的想法。

　　十七年文學在最近一些年逐漸成了學術研究的熱點，其原因是多方面的。歸納起來，大約包含這樣一些因素：歷史「否定之否定」演進中的心理補償；「現代性」反思的推動；「新左派」思維的影響；新的文學文獻的發掘和使用。在今天，有必要對這樣一些因素展開認真的分析，因為只有通過分析，我們才能更自覺地檢討我們的學術語境，從而為研究的健康發展提出新的創造性的方向。

　　首先，十七年文學研究「熱」在很大程度上來源於文學發展過程中的某種心理補償效應。眾所周知，1978 年以後的新時期文學是在否定「文化大革命」、進而重新質疑「文化大革命」前十七年的方向上發展自己的。隨著新時期文學主潮一浪高過一浪的演進，「文化大革命」以及十七年文學政治偏激、藝術蒼白等特徵越來越多地被「揭露」、被「批評」、被「超越」，作為當代中國社會封閉保守的藝術佐證幾乎成為了文學發展的「反面教材」。更重要的語境則來自當時社會改革的總體情勢：新時期的歷史從「聯產承包」開始大規模地偏離了十七年「合作化」的道路，作為被否定的歷史的文學記錄實在相當的尷尬。於是，我們看到的事實是：伴隨著新時期文學的狂飆突進，十七年文學逐漸進入了它的「寒冷期」，越來越少於進入人們研究的視線。

　　然而，歷史的演進從來也不是沿著某一固定的思想立場不斷展開，任何

一個立場也都不可能解決社會歷史發展的所有問題，甚至還可能萌生出新的、更大的問題。也就是說，歷史在自己的發展過程中常常會出現迴旋、往復，人們也時常會在這些迴旋、往復的間隙重新回味自己的失落，並且試圖給自己某種「補償」。進入 20 世紀 90 年代以後，隨著社會的發展進入一個新的「問題期」——理想與信仰的失落逐漸成為我們不容忽視的問題，而就在這樣一個人心浮躁的時代，我們回首往事，不禁也會為十七年時期中國人的簡單和樸素而感動，在那個物質貧困的時代，人們似乎並沒有更加不幸和怨天尤人，相反，以一種特殊的樂觀設想著自己的未來，也以一種不惜自我犧牲的精神維護著社會的理想，這其中的動人之處顯然是不容抹殺的。

　　與此同時，關於「文學」的認知似乎也有可能出現新的方向：新時期以來，我們不斷呼喚和倡導的是什麼呢？是文學的持續不絕的「新潮」，是文學不間斷的自我突破和創新，是一個接一個的「方法」，一時間，似乎只要掌握了最「新潮」、最「時髦」的寫作方式就掌握了未來。誰最終掌握了未來呢？在 20 世紀 80 年代的人們看來，當屬「後現代主義」無疑！然而，隨著 20 世紀 90 年代我們已經能夠最及時地「引進」西方的「最新」文學思潮之後卻反而失落了，茫然了：後現代之後又該是什麼？難道我們永遠只能做一條追逐自己尾巴「創新」的小狗？在連續不斷的追逐疲憊之後，我們應該思考的更深的問題是：文學，除了「寫什麼」與「怎麼寫」，是不是還應該有更高的要求，比如「寫得怎麼樣抬」在這個新的思維下，也許我們會重新「發現」十七年文學——它自然有無法擺脫的「左」的宿命，包括「寫什麼」與「怎麼寫」，但是，除此而外，我們當中的許多人也會承認，在我們藝術記憶的深處，尚無法輕易抹除那個時代的許多文學印記，包括柳青，也包括浩然，在這裡，「寫得怎麼樣」似乎是一個迴避不開的話題，如果直到今天，在目睹了新時期文學中新奇的藝術變換之後，我們尚不能忘懷十七年文學的某些影像，那麼，其中值得我們回味和再評價的部分就不容小視了。（劉納《寫得怎樣：關於作品的文學評價——重讀〈創業史〉並以其為例》，《文學評論》2007年 3 期）

　　從這個意義上說，十七年文學在今天重新進入研究者的視野，並且在某種程度上還相當的熱門，反映出的是人們對近 30 年來文學發展某些狀況的不滿，是其自我心理補償的需要。

　　在這一心理補償的過程中，出現於學術界的「現代性反思」顯然發生了

積極的推動作用。

20世紀80年代的新時期是在全社會的「現代化」理想中高歌猛進的。現代化的社會目標與文學目標一樣的不容置疑，在中國文學歷史的講述中，百年來中國知識分子艱苦卓絕的奮鬥就是為了現代化目標而開拓前進，這是我們彌足珍貴的歷史，也是我們將要接續的傳統，十七年以及「文化大革命」的極「左」危害的最可怕的後果便是中斷甚至破壞了這一現代化的歷史進程。新時期號稱是新的啟蒙運動，也就是力圖要回歸我們曾經有過的歷史主題，在回返「五四」現代化啟蒙的方向上，新時期文學努力著。然而，在進入20世紀90年代以後，隨著西方後現代主義對「現代性」理想的批判和質疑，也嚴重地干擾了我們自己的「現代化」理想。按照西方後現代主義的批判邏輯，現代性是西方在自己工業化過程中形成的一套社會文化理想和價值標準，後來又通過資本主義的全球擴張向東方「輸入」，而「後發達」的東方國家雖然沒有完全被西方所殖民，卻無一例外地將這一套價值觀念當作了自己的追求，可謂是「被現代」了，從根本上說，也就是被置於一個「文化殖民」的過程中。顯然，這樣的判斷是相當嚴厲的，它迫使我們不得不重新思考我們的精神大旗，不得不重新定位我們的文化理想。

就是在質疑資本主義文化的「現代性反思」中，我們開始重新尋覓自己的精神傳統，而在百年社會文化的發展歷史中，能夠清理出來的區別於西方資本主義理念的傳統也就是十七年文學了，於是，在反思西方現代性追求的目標下，十七年文學的精神魅力又似乎多了一層。

20世紀90年代出現在中國的「新左派」思潮也在一定程度上強化著我們對十七年精神文化傳統的挖掘。與一般的「現代性反思」理論不同，新「左」派並不完全否定「現代性」理想本身，只不過它更突出了自十七年開始的中國社會主義理想的獨特性———一種反西方資本主義現代性的現代性，換句話說，十七年中國文學包含了許多屬於中國現代精神探索的獨特元素，值得我們認真加以總結和梳理。總之，再像20世紀80年代那樣，對這個時代的文學以「封建」、「保守」、「落後」、「僵化」等等唾棄之顯然就太過簡單了。

如果說前述三個方面的力量都推動著我們對歷史的新的評價，而且更傾向於肯定性的再發現，那麼，十七年文學問題的討論還有另外一方面的表現，那就是隨著一系列新的歷史材料的發現，也有進一步反思「左」傾錯誤、透視知識分子靈魂的要求上昇。這些新的材料包括一些公開的運動揭發材料，

包括一些中國作家並不願意公開的「緊跟形勢」的言論。隨著這些文獻的發現和解讀，引發了人們對現代中國知識分子命運和人格的深入思考，當然，這樣的思考往往帶有某種「壓迫性」——對當今文壇本身的壓迫性。

種種因素共同造就了這樣一個局面：多年的沉寂之後，十七年文學重新引起了學術界各方面的高度關注，儘管這些關注的實際理由未必完全相同。無論從哪個角度來說，這樣的關注都是文學史的大幸，因為，能夠吸引如此眾多的學人在不同的層面上將一段豐富的歷史細節化，肯定將為我們的未來貢獻許多有益的結論。

但是，我們又不得不正視另外一個問題，即形成學術的熱點是一回事，我們能否在這樣的熱鬧中真正推動對歷史內核的深入認識可能又是一回事，畢竟，在一個網絡化、媒體化的時代，我們從來都不缺乏熱點，但並不是所有的熱鬧都能夠引導人們平靜地深入歷史，因為熱鬧而讓歷史在嬉戲中變得無足輕重的事例已經太多太多了。

因此，在介入十七年文學研究熱之前，我依然想奉獻幾句不夠「時尚」、不夠「和諧」的建議：在以上這些理由能夠吸引我們之前，首先需要追問我們自己，關於十七年的文學，我們究竟有多麼豐富和盡可能完整的感受？因為，結論的時尚並不能夠替代我們內心世界的真實把握，時尚是一時的，而感受是一世的。比如，當我們追隨西方後現代主義的步伐來反思和批判現代理想的時候，是否有更充足的理由認定中國的現代化道路完全是由殖民者的文化來劃定的，而無數中國知識分子的苦難和求索都缺乏真誠和足夠的現實基礎？還有，「左」傾年代的「反修防修」和唯階級鬥爭論是否能夠導致「現代化」的實現？如果這些的邏輯本身也值得懷疑，那麼我們就更應該追問我們的內心：在真誠感受十七年的文學之後，我們是否真願意傾情擁抱？一種割斷了「五四」啟蒙傳統的樸素真正能夠在多大的意義上成為我們的信仰資源？

當然，這也不是說另外一方面的反省就沒有問題了。在今天，我們已經習慣於對中國知識分子靈魂進行無情的「拷問」，從現代中國文化的實際狀況而言，這無可非議，但問題是，當整個文化格局都發生了嚴重問題的時候，對歷史的反省是否都可以交付給個別人的「人格」來加以解釋？比如對郭沫若人格的討論。似乎郭沫若的人格成了當時中國文學問題的主要根源，顯然，無論就歷史的事實還是基本的文化邏輯而言，這都是很可質疑的。這也激發

我們去思考：新的批判性反思能否跳出揭密/暴露的模式，最終推動我們的思考上昇到一個新的理性的層面？

　　而一切新的學術研究的基礎則應該是回到文本，堅定不移地回到對文學文本的解讀當中。正如劉納先生所倡導的那樣，在認真追問文學作品「寫得怎樣」的前提下才能重新討論歷史的組成和它的未來。

　　劉曉紅博士的論著就是以對浩然的文本閱讀爲根據，因此顯得比較紮實可靠。這樣的研究有其自身的獨特價值，值得我們充分肯定。這樣的研究方式，也是劉博士師從王富仁老師學習的結果，是王富仁老師給予我們的學術啓示。我想，這樣的理路在當今還需要進一步發揚和推進。

　　是爲序。

目
次

引　言

一

　　浩然作爲跨越十七年、「文化大革命」、新時期的見證作家，他在每個生命階段的創作都預示著當代文學的轉折性意義，他在文學意義上的重要性不言自明。說清楚浩然，就可以進一步推進十七年文學的研究，可以在十七年、「文化大革命」、新時期初期三個時代的文學轉折點上，勾連眾多具有意義的文學現象。而現實是，雖然目前評論界重新開始關注浩然，然而在肯定與否定，在眾多新思路、新方法的研究成果中，尙未出現說清楚浩然問題的研究結果。這說明，浩然，一個看似簡單的個案，背後隱藏著豐富的文學激素，它可以映像出整個當代文學歷程，要說清楚浩然，就要搞清楚整個當代文學，換句話說，說清楚了一點點浩然的問題，就能加深一點點對當代文學的理解。

　　目前，文學界開始再次關注浩然。他就像一個輝煌之後隕落的星星，在多年隱忍、堅持創作直到生命結束之時，又一次掀起文壇的風波。相同的是，他一直固執地堅守自己的信念；不同的是，他在平靜卻有幾分委屈的情緒下，注視人們對他的褒貶。令人驚奇的是，經歷極「左」時代的政治話語，被西方文藝理論攪動、翻新後的今天，有些學者對浩然的評價仍有停留在整套政治性話語闡釋的嫌疑中，甚至直接發起對作家本人的人格攻擊。激動的情感是可以理解的，但這不能代替文學研究。而在試圖爲浩然辯白的大部分文章中，除了對其人品的讚譽外，學術研究成果均未超過 1987 年雷達的一篇《舊軌與新機的纏結——從「蒼生」反觀浩然的創作道路》所做的論斷，當然這期間也有新的研究成果，如李雲雷、李潔非、孫達祐、賀桂梅、段懷清等學者從不同角度對浩然研究進行推進。整體來說，不管使用何種方法、站在什

麼角度，尊重作者的心靈產物——文學作品，才是研究的起點和基點。在大量充斥著批評的論斷中，很少有人是完整閱讀作家的作品而確立論說的。無論懷揣什麼態度對浩然進行論述，閱讀作品是第一步。文學研究是對文本的文學性研究，我們不能過分地用政治、經濟、宗教等外在體系代替文學感受，因此在研究浩然文學的時候，最關鍵的是體味個人的閱讀感受，體味作品什麼地方打動了人，什麼地方帶給人獨特感受，這才是文學研究。

　　浩然的是是非非，不是一下子可以說清的。理解浩然，是理解中國農民和中國農村小說的有效渠道。浩然終其一生說他要「為農民，寫農民」，無論從生活還是創作而言，浩然都做到了言行一致。他長期生活在遠離繁華都市——北京的河北農村，對生於斯、長於斯的農村充滿熱愛，對農民朋友飽含感情。他四十五年的創作精力全部奉獻給了農村題材小說，對建國初期、「文化大革命」、新時期每個階段的農民形象都有書寫。農民生活、農民思想、農民故事日夜與他相伴，成為他創作人生的唯一主角。對於這樣一位「寫農民」的作家，他的心血卻事與願違，從最初創作的清新的、帶著露珠的十七年農民新人形象到紅遍天下的《豔陽天》裏的農民英雄形象，再到集大成的《金光大道》中的農民階級典範形象，浩然的文學成就隨著他創立的文學形象步步高展，但同時，時過境遷，從「文化大革命」後到如今，人們依然對其創作的農民文學形象抱有「真實與否」的爭議。在浩然據理力爭自己的創作是真誠的，自己書寫的農民是真實的，筆下農民的故事、情感是真實的時候，「真實」成為關注十七年文學以及浩然創作的一個關鍵詞。現實主義與浪漫主義兩結合、社會主義現實主義文學、典型等等文學術語隨之接踵而至，這都是當代文學越來越模糊不清的文學術語，它們對浩然的研究起著重要作用。因此，梳理這些概念和概念的真實情況，是兩益的事情。回到歷史現場、小說文本，我們如何考證浩然的農民形象是否真實？是否該用歷史的真實來衡量文學的真實？浩然給我們提供的農民文學形象有沒有意義，意義何在？我們又該如何來定位這些意義？這些都是問題的關鍵。浩然筆下的農民無疑是當代文學中獨特的文學形象，他們承載著激素般的意義，探究他們的意義，就可以啟發對農村合作化小說意義的評定，進而推進對十七年文學的認識。放眼整個新文學農民形象，從阿Q到祥林嫂、翠翠、老通寶、朱老忠、梁三老漢、梁生寶、蕭長春、陳奐生、孫少平、田大媽、田保根……浩然提供的是什麼樣的農民形象？他筆下的農民形象之獨特性何在？正如趙園在《地之子》中

認爲社會學、政治學意義上的農民與文化史意義上的農民，都屬於「知識者」的鄉村、農民。文學中不會有純然的「鄉村眞實」，一代一代的知識者依據自己的學識和情感構築著自我鄉村，對農民多少帶有想像性質。那麼農民的本質是什麼？浩然筆下的農民形象提供了怎樣的一種文學想像意義？在藝術與政治的糾結中，在新文學農民形象的長廊裏，怎麼衡定他們的價值？

　　浩然呈現的工農兵文學方向意義，是考察浩然的另一個重要視角。從現代文學開始，如何使文學「大眾化」似乎是現代文學的努力重心。延安文藝講話以後，「大眾化」的對象被限定在工農兵領域，並提出文學爲工農兵服務，但這個問題一直未能得到很好的解決。知識分子寫作始終和農民級別的閱讀有差異，雖然趙樹理的創作被文藝界推廣爲大眾化的成果，但閱讀趙樹理仍然是有知識者的活動。而浩然和他的作品收到了農民能讀、愛讀的效果，《豔陽天》成爲合作社之間相互贈送的禮物，這樣的作家、作品、讀者效應，不得不引人重視。提出浩然在大眾化或者說在工農兵方向中的意義，研究浩然對這一文學方向的推進，有著重要的意義。浩然是工農兵業餘寫作者出身，在從業餘到專業作家的歷程中，浩然的寫作富有創作主體與創作對象相統一的獨特性。換句話說，浩然是新中國歷史主體中成長爲作家的一員「大眾」，他的創作是爲新中國大眾主體含義的農民服務的，書寫的作品又是被「大眾」接受，作爲這樣一個三位一體統一的作家，考察他的創作成就應當放入工農兵方向中。這樣一位在工農兵方向有著獨特意義的作家是不該被忽視的，他不僅是研究過往新文學工農兵方向的歷史標本，也對當下底層寫作有著啓示意義，如今的「農民寫」底層寫作，雖然逐步得到關注，卻完全不同於昔日浩然「農民寫」的地位和待遇。從自豪、自信到心酸、自卑的農民寫作變化，我們應該反思「工農兵文學」的含義，反思從提出農民是國家主人到如今農民依然處於社會底層的狀態的此刻，浩然的文學意義何在？他那些自豪、激情的農民情懷，即使在當時具有烏托邦色彩，也是昂揚的、受人尊重的，而此時他謳歌過的那個時代的主人——農民人物精神，又具有什麼啓示？在普遍心酸的底層生存狀態中，他筆下的農民理想主義情懷，對當前的實利社會有著怎樣的啓示？

　　上述種種，顯示出浩然作爲當代文學史上有研究價值的作家，努力說清楚，哪怕說清楚一點浩然的問題，對當代文學研究，尤其是十七年文學研究凝彙著一種價值。

二

在浩然研究中，踏尋過往研究歷程，重展記憶和史實是必不可少的。近年來，隨著對十七年文學、「文化大革命」文學的關注，對浩然創作再評價成爲一個重要環節。實際上，從浩然初登文壇到現在，對浩然及其作品的品評從未間斷過。拂開這段歷史的塵封，由於受到政治意識形態的遮蔽，文學史上對浩然的評論大致上可分作兩種——肯定或否定。

從 20 世紀 50 年代後期到「文化大革命」結束，在毛澤東思想成爲文學研究指導理論的期間，對浩然的評論大多以政治理念批評爲主，通常在介紹浩然創作基本情況後分析其創作的意義。這期間對浩然的短篇小說較有文藝批評水準的兩篇文章是葉聖陶的《新農村的新面貌——讀〈喜鵲登枝〉》和巴人的《略談〈喜鵲登枝〉及其他》，它們較早地指出浩然初期短篇小說的創作特點。葉聖陶欣喜地稱讚道：「作者寫對話、寫景物，集中在表現人物的需要上，不肯隨便浪費筆墨。所用語言樸素、乾淨，有自然之美。是可以上口念的作品，念起來比僅僅用眼睛看更有意思。」（葉聖陶《新農村的新面貌——讀〈喜鵲登枝〉》，《讀書》1958 年第 14 期）巴人從整體上給出評價：「《喜鵲登枝》裏這十一篇小說，每篇都透露著新生活的氣息，讀了以後，好像自己也下了一次鄉，置身於新農村裏，看到了一個個精神飽滿、積極、勇敢而又活潑的青年男女，也看到了一些笑逐顏開、正直、純良，從舊生活和舊思想中解放出來的年老的一代。」（巴人《略談〈喜鵲登枝〉及其它》，《人民文學》1959 年第 11 期）此外，艾克恩的《人民公社的頌歌——評浩然的幾篇短篇小說》、《說長道短——評浩然的短篇小說集〈蘋果要熟了〉》、徐文斗的《談浩然的短篇小說》等也對作品的主題、價值、創作特點等進行了分析。

《豔陽天》出版後，評論文章主要從思想藝術和人物形象上分析，比如范之麟的《試談〈豔陽天〉的思想藝術特色》、王主玉的《評長篇小說〈豔陽天〉》等文章。此時的文藝界已開始用階級話語展開文學批評。隨著「文化大革命」開始，對浩然的文學批評基本上都是圍繞著階級話語進行的。金梅、吳泰昌發表的《打著火把的領頭人——評長篇小說〈金光大道〉》、《鞏固無產階級專政的形象話教材——小說〈豔陽天〉讀後》、《路線鬥爭的生動教材——喜讀長篇小說〈金光大道〉》等評論文，所操持的都是政治話語，用一些政治原理來代替文藝批評，直接引用馬列、毛澤東語錄比附作品，用庸俗階級對立觀片面剝離作品，造成作品評論公式化，遠離眞正的文學批評。同期，

臺灣旅加學者嘉陵發表於香港的長篇研究專著《我看〈豔陽天〉》，可以說是這一時期唯一具有學術價值的研究成果。

1978 年新時期開始，學術研究逐漸恢復正常化，由於對極左年代政治化的反思，對浩然的否定性評價開始多於肯定性。首先在基本肯定他新時期諸多創作的同時，對他「文化大革命」期間的創作進行了否定。比如對 1978 年後創作的《蒼生》予以極大肯定，但對「文化大革命」期間的《金光大道》、《白花川》、《西沙兒女》則完全否定；或者對具體作品給出一分為二的評價，如《豔陽天》。但是在具體的批評中，批評者難免把作品的藝術價值與批評者自己的感情色彩混同在一起，尤其針對浩然「文化大革命」期間的經歷，不斷糾纏在政治意識形態批評話語中。這時期對浩然的研究成果並不多，處於相對「冷清」的狀態，值得注意的研究成果有雷達的《舊軌與新機的纏結——從〈蒼生〉反觀浩然的創作道路》、周德生的《浩然圖式——對浩然小說創作演變軌迹的描述與評析》、金梅的《浩然十年創作描述》、侯健的《泥土之歌——浩然的創作道路》等文章。這一時期政治批評意識形態色彩被淡化，學理性的研究意識逐漸增加，許多批評者已不僅僅限於或者滿足於對單獨作品的分析，而是力圖對浩然的整體創作特徵進行分析，如周德生的《浩然圖式——對浩然小說創作演變軌迹的描述和評析》、金梅的《浩然十年創作描述》等等。

20 世紀 90 年代以後，針對浩然及其作品曾引發過三次較大的爭議。第一次集中在 1994 年，以出版完整的四卷本《金光大道》為導火線，引起學術界眾聲爭議。首先站出來發出肯定聲音的是張德祥。張德祥在為《金光大道》再版所作的序言《作為小說的〈金光大道〉》裏肯定了作品的價值。否定的意見則如楊揚《癡迷與失誤》從藝術家的思想觀點決定作品的真實性出發，否認作品有真實性；陳思和《關於〈金光大道〉也說幾句話》在做出學理化的分析後，認為作品雖然沒有正面寫「文化大革命」時代的現實，卻用「文化大革命」時期的主流思想來表現 50 年代的路線鬥爭，對《金光大道》進行了否定。第二次較大爭議集中在 1998 年，以 1998 年 9 月 20 日《環球時報》的一篇名為《浩然：要把自己說清楚》的長篇訪問引發爭議。浩然發表了這樣三個觀點：「1、迄今為止，我還從未為以前的作品（《豔陽天》、《金光大道》、《西沙兒女》）後悔；相反，我為它驕傲。我最喜歡《金光大道》。2、我認為我在『文化大革命』期間，我對社會、對人民是有貢

獻的。3、我想我是一個奇迹，亘古未出現過的奇迹。這個奇迹的創造者是中國農民——我從一個只讀過 3 年小學的農民，靠黨給我的機會，經過 8 年業餘文化學習，掌握了大學專門課程，最終由中國作協的秘書長、黨組書記郭小川當介紹人，成了組織上承認的名正言順的作家。這種現象，在中國歷史上是沒有出現過的，除了蘇聯有過高爾基之外，其他國家還不曾聽說過。」（盧新寧，胡錫進《浩然要把自己說清楚》，《環球時報》1998 年 9 月 20 日）這一次爭論引發的範圍更廣，爭論的程度更激烈。部分理論家情緒激動，言論過激，言詞有超出學術研究之嫌，甚至對浩然的人品進行攻擊。如焦國標首先在 1998 年第 6 期《文學自由談》雜誌發表了雜文《你應該寫的是懺悔錄》。緊接著，袁良駿在 1999 年 9 月 10 日的《南方周末》上發表《浩然所謂的「貢獻」》，草明在《今晚報》上發表了雜文《浩然的確是個「奇迹」》等，都對浩然及其作品進行了批評，充斥著很強的情緒化色彩，紛紛斥責浩然對自己經歷過的「文化大革命」的態度。與此同時，北京市文聯主席管樺、張德祥等則爲浩然及其作品辯護，從政治上和藝術上肯定浩然。當然也出現有學術價值的評論，如李雲雷的《一個人的「金光大道」——關於浩然研究的幾個問題》、孫達祐的《浩然創作心態》、王堯的《「文革」主流意識形態話語與浩然創作的演變》、楊新強的《浩然小說，眞實的虛幻》、張雅秋的《論浩然的小說創作》、段懷清的《論浩然六十年代初期的短篇小說寫作》等文章，逐漸從對他個人的評價拓展爲對 50 年來的中國文學進行梳理和評價，從而深化了浩然研究的意義，使這場本來充滿了非理性因素的爭論具有了逐漸深入的價值。第三次大的爭論發生在 2008 年浩然逝世以後，不少學者針對浩然作品進行回顧性評價，不論持肯定還是否定態度的學者均對浩然的人品給出正面評價，但對如何評價其作品仍有較大爭議，隨著對「十七年文學」、「文化大革命文學」的關注，說清楚浩然現象成爲研究這段文學史的學者不可繞開的話題，也期待出現眞正客觀評說浩然的研究成果。另外，隨著 90 年代研究界對史料實證的重視，陳徒手的《浩然：豔陽天中的陰影》、鄭實的《浩然口述自傳》，通過搜集和採訪浩然本人，以紀實的寫作方式，較爲冷靜、客觀地展示作家在「文化大革命」中、後期的心靈歷程。但整體來說，目前浩然研究還沒有引起學術界的充分重視，雖然已有學者針對浩然文學史意義的重要性進行多角度分析，但尚缺乏深入和比較性的研究視野。

　　此外，爲數不多的海外學者的研究值得關注。加拿大哥倫比亞省立大學葉嘉瑩是海外最早關注浩然的一位學者。早在 70 年代，她的《我看〈豔陽天〉》一文就運用了文本細讀的方法，在中國階級鬥爭話語滿天飛的時期，給出了眞正的文學批評。近年，美國漢學家李歐梵借用弗萊理論，對《金光大道》進行原型分析，開闢了浩然文學研究的新方式。陳順馨在《中國當代文學的敘事與性別》中對「文化大革命」中浩然的樣板小說進行研究，指出解讀《金光大道》的關鍵是注意其話語方式。相比而言，海外學者更注重於從敘事學、政治學等角度研究浩然作品，不過多糾纏於社會、歷史批評，保持了較爲客觀的研究態度，但研究主要集中在《豔陽天》和《金光大道》上，尚未對浩然有整體性的研究。

　　作爲當代文學的重要作家，浩然研究在這 50 年中成果並不顯著，對於這樣一個獨特的研究對象的重要性而言，目前的研究程度是不相匹配的。回顧前 50 年浩然研究的歷程，主要問題在於以政治話語代替文學分析，使得長期以來浩然文學研究成果不多；研究方法和研究者的思維陳舊，阻礙了研究的深入。不少學者要麼以慣有的政治意識否認浩然的創作，要麼無暇閱讀作品，而是憑著少量的閱讀記憶，「憑口話說浩然」。在 2010 年由大眾文藝出版社出版的一本名爲《感悟浩然》的隨筆集中，作者劉國震先生以非專業文藝評論者的「圈外者」的身份，指齣目前學術研究中「不讀浩然作品，而亂說浩然」的盲區。作者在感悟文本、嚴謹考證的基礎上，指出了學術研究者缺乏仔細閱讀浩然作品而妄下定論的學術錯誤，是值得我們文學研究者思索和引以爲戒的。在《爲什麼會有這樣的「批評」》一文中，劉國震先生作爲一位浩然文學愛好者，指出浩然爭議中全盤否定浩然及其作品的學術研究者犯下的顯而易見的文學常識錯誤。下面引用作者的部分原文，以此說明目前學術界在浩然以及浩然時代性意義爭執中所缺乏的最基本的文學研究態度——對文學作品的重視。

　　　　讀了《南方周末》1999 年 9 月 10 日刊登的《浩然的所謂「貢獻」》一文（轉摘自 1999 年 8 月 25 日《中華讀書報》，作者袁良駿，以下簡稱《貢獻》），《貢獻》是否定和攻訐著名作家浩然，尤其是全面否定浩然的早期代表作《豔陽天》、《金光大道》的一篇文章。在僅千餘字的篇幅內，文章散佈了怎樣一些觀點？要說明問題，不妨做些必要的引證。爲了把浩然與「文革」和「四人幫」綁到一起，

文章開篇便講:「十年『文革』中的浩然,似乎經歷了這樣兩個階段:
第一階段爲前六年(1966～1972),浩然寫出了長篇小說《豔陽天》、
《金光大道》和一些短篇小說。第二階段爲後四年(1973～1976),
由於《豔陽天》和《金光大道》受到了「四人幫」特別是江青的青
睞,浩然平步青雲……」稍微具備一點當代中國文學史常識的人就
可以看出,僅這寥寥數語,便充滿誤謬。《豔陽天》究竟寫於何時?
是否眞如此文所説寫於「文革」時期?這個問題不難解決,找來該
書的最初版本,查看一下版權頁即可得到權威的答案:這部三卷本
的長篇巨著,第一卷由作家出版社於 1964 年 9 月出版,第二卷和第
三卷由人民文學出版社分別於 1966 年 3 月和 1966 年 5 月出版。也
就是説,截至 1966 年 5 月,三卷書已全部出齊。「文革」是何時開
始的?稍具中共黨史知識的人就知道:1966 年 5 月舉行的中共中央
政治局擴大會議和 8 月召開的八屆十一中全會(這兩個會議分別通
過了《五一六通知》和《中共中央關於無產階級文化大革命的決定》,
即「十六條」),是「文革」全面發動的標誌。這不難看出,《豔陽天》
出版於「文革」爆發前而非「文革」中。至於「寫作」時間,那就
更早一些了。這部小說是早在五十年代即開始孕育和構思並寫過初
稿,於六十年代初定稿完成的。浩然在該書的後記中也寫及「這三
卷書的重寫工作,從一九六二年十二月二十六日開筆」,歷時三年,
終於完成。在每一卷書的結尾處,寫作時間更是標得清清楚楚:第
一卷「1964 年 4 月 30 日第三次重寫稿完於西山」;第二卷「1964
年 10 月第三次重寫稿完畢」;第三卷「1965 年 4 月 12 日第三次重
寫稿完成」。在歷年來各種版本的中國當代文學史著作中,大都提及
《豔陽天》,有的設專章作詳盡論述,有的則寥寥數語,一帶而過,
但無一例外的都是把它作爲「文革」前「十七年」的創作成果來研
究和分析的。而《貢獻》一文的作者全然無視這鐵的事實,武斷地
説《豔陽天》寫於「文革」時期,扯出如此彌天大謊,無論是因爲
無知還是別有用心,都足以令人震驚了。如果不是故意混淆視聽,
爲全盤否定之而埋下伏筆,那麼我所懷疑的已不是袁先生是否讀過
《豔陽天》,而是他是否見到過這部曾家喻户曉的小說?(僅僅瞥一
眼版權頁也不至於把寫作年代搞錯!)對人家的作品一無所知便堂

而皇之地在報刊上大肆撻伐，我們的文藝批評墮落到此種地步，實在發人深省，令人疑慮。這樣的「批評家」已不是治學上的不嚴謹，而是為人上的不自重了。《貢獻》一文說《金光大道》寫於 1966～1972 年，也是不甚準確的，準確地說，應是第一卷寫於 1970 年 12 月～1971 年 11 月（人民文學出版社 1972 年 5 月出版），第二卷寫於 1972 年 7 月～1973 年 8 月（人民文學出版社 1974 年 5 月出版）。看來袁良駿先生對《金光大道》一書也沒有多少瞭解。（劉國震《感悟浩然》，大眾文藝出版社，2010 年，第 9～11 頁）

另外，除學術研究中忽視作家的文本重要性以外，迄今未出現一部研究浩然的專著以及浩然評傳，對浩然的兒童文學作品也缺乏重視。因此，在承認浩然當代文學史重要意義的基礎上，突破已有研究視角，從文學本身出發，深入解讀浩然作品，在歷史的具體場景中考察他是如何在主流政治話語與文學創作之間協調二者，在體制化年代成就了「與眾不同」，又是如何在工農兵文學方向實現個人創作理想，以及在新時期創作中堅守理想，這些都是值得一探的研究角度。我們不能僅僅局限在歷史、政治批評視野中，這樣無疑會偏離或縮小浩然研究的可能性。在一個涉及當代中國思想、文化轉型的時期，考察不同於五四傳統知識分子作家的工農兵作家的創作，如果把文本研究和外部研究結合起來，打開思想的禁錮，必然會使浩然研究乃至當代文學研究向前推進一步。

第一章 從「喜鵲登枝」到「金光大道」的人生歷程及其創作

第一節 關於浩然的概說

　　譽滿中國文壇，跨越整個當代文學，從事文學創作近五十年，寫作近一千多萬字的農民作家浩然的文學生涯是怎樣曲折演繹的呢？

一、浩然文學生涯（1956～1976）

　　浩然的文學寫作始於發表在 1950 年《河北青年報》上的第一篇習作《姐姐進步了》。在此之前，浩然是一個自幼經受苦難，1932 年出生在開灤趙各莊煤礦小鎮的貧困孩子。戰時兵荒馬亂的童年並沒有影響小浩然對母親口中民間故事的接觸，浩然小時候最喜歡聽只識得幾個字，卻膽識、眼光過人的母親講神話故事，母親是他最初的文學啓蒙老師。爭強好勝的母親爲了孩子能出人頭地，咬著牙把不滿 6 歲的浩然姐弟送到學堂讀書，可惜只讀到小學三年級，由於父親去世，失去經濟來源而輟學，隨母親回到娘家薊縣王吉素村，開始了寄人籬下的童年生活。13 歲時，母親的離去使原本苦難的生活愈加困難，成爲孤兒的姐弟被親戚霸佔了房屋土地，是共產黨的來到，判決財產歸還，才使幼年的浩然絕處逢生，驚呆於這個結果的浩然從此打心眼裏感激共產黨。1946 年，14 歲的浩然正式參加革命工作，成爲王吉素村第一任兒童團長，不久，又當上糧秣委員和公安委員，開始了最早的農村基層革命工作。1948 年，浩然加入中國共產黨，成爲一名年輕的黨員。新中國成立以後，浩然被派到地委黨校學習，第一次知道了人類發展和社會發展規律，在校期間

無意中編排小歌劇，小小的成就感成為促動浩然文學生涯的點點火光，從此他開始了義無反顧、癡迷不倦地爬格子夢想。1950 年，18 歲的浩然發表了一千多字的處女作《姐姐進步了》，這是浩然用一百多篇廢品換來的最初成果。1954 年，22 歲的浩然結束了八年農村基層幹部生活，調到《河北日報》當記者，勤學苦練換來浩然文學人生的新起點。當了新聞記者的浩然，更加勤於學習、觀察、寫作，他本著樸質的本性長期深入農村，積累了豐厚的素材。

1956 年，短篇小說《喜鵲登枝》在大型文學刊物《北京文藝》上發表，為浩然的文學人生正式開啟第一頁。刊物主編巴人親自為他修改稿件，使當時才學粗淺的浩然受益匪淺。之後的幾年裏，受到鼓舞、熱情高漲的浩然不斷發表稿件。1959 年國慶前夕，經著名詩人郭小川推薦，在讀者中有一定影響的浩然加入中國作家協會。經過十年艱苦跋涉、奮力拼搏，從 1949 年 17 歲開始做起文學夢的浩然，終於走進了中國作家隊伍的行列。那時候，經過五年業餘文化學校補習，已經讀完中學課程的浩然，又繼續用五年時間讀完了大學文科主要課程，為他日後高潮迭起的創作生涯，打下不可缺少的文化基礎。1962 年，經過長期文學素材、生活經驗積累的浩然開始動筆創作他的第一部長篇小說《豔陽天》。1964 年，在慶祝中華人民共和國十五週年的大喜日子裏，第一卷《豔陽天》由作家出版社出版了。此後的 1966 年又先後由人民文學出版社出版了第二卷、第三卷，並創下發行 350 萬冊的紀錄。《豔陽天》凝聚了浩然的作家夢想和文學積累，形象生動地反映了中國 20 世紀 50 年代農村合作化運動，它的問世在文學界和農村讀者中引起了強烈反響，使浩然獲得了前所未有的聲譽，成為三十而立的良好開端，也使他在文學史上獲得新中國農村作家的稱號。六七十年代，《豔陽天》不斷被譯為多國文字，影響擴大到國外，並根據小說改編成電影、話劇、連環畫、廣播等形式，擴大了其在中國大地上的傳播。《豔陽天》的出現為浩然進入當代文學史提供了有力的支撐，成為一個時代中國農村的記錄。

1966～1976 年這「文化大革命」十年，是中國遭受劫難的十年，浩然在一段表面風光的個人歷史背後，實則內含種種苦澀與迷惘。由於《豔陽天》的成功所帶來的知名度和工農兵的純正出身背景，在幾乎所有作家知識分子遭殃的時刻，浩然在「文化大革命」期間被以軍宣隊為主的工作隊推舉為北京市文聯革委會主任。在此期間，浩然利用職務之便，盡最大努力，本著農民的樸實良心保護了不少作家少受造反派的折磨。時代的巨大風暴中，即使

是出身純正的浩然也只能跟著風浪顛簸。革委會解散後，浩然被下放農村，接受貧下中農再教育，被迫停筆五年。1971 年，他從下放的京郊農村回京，開始第二部長篇小說《金光大道》的創作，1972 年第一、二部小說問世了。至此，浩然名聲大振，成為「文化大革命」中被人稱為「八個樣板戲，一個作家」的那個作家。在受到江青肯定後，浩然在「文化大革命」期間幾次被江青點名召見。1974 年，他接受去西沙採訪的任務，完成表現西沙自衛反擊戰的中篇詩體小說《西沙兒女》。「文化大革命」結束前期，浩然因被動接受江青安排的文學寫作政治任務，受到波及，1978 年被取消第五屆全國人大代表資格。他的人生之路由巔峰跌入谷底。

此為新時期之前浩然所經歷的文學生涯。由於本章只涉及 1956 年《喜鵲登枝》到 1976 年前《金光大道》創作時期的浩然研究，在此僅簡單介紹作家在這期間的情況。

二、浩然前期創作圖勾勒

瞭解到作家傳奇的前半生，可見浩然在極其有限的文化水平上能成就今日之名，是極富文學藝術天賦的。在普灑沐光的時代，浩然用農民式的執著和勤奮，以工農兵作家的身份跨入中國當代文壇行列，幸運地圓了他的作家夢。然而，雖受惠於時代，也受限於時代，隨著中國政治的陰晴變幻，浩然緊貼政治式的文學創作在不同時期所得到的評價毀譽不定。本章根據作家在此期間的文學風格和創作時段，為突顯浩然在不同時期的文學走勢和不同於同期其他作家的獨特性，把浩然新時期之前的文學經歷劃作三個階段：1956～1962 年的文學寫作發展期；1962～1967 年的文學創作高峰期；1967～1976 年文學事業上的「一枝獨秀」時期。

（一）1956～1962 年的文學發展期

浩然一直認為，好的小說應該像剛從地裏拔出來的蘿蔔，不僅帶著鬍子和蘿蔔纓子，還帶著一嘟嚕濕乎乎的泥土。事實上，他本人的作品就是以這樣一種充滿濃鬱、樸實、清新的泥土氣息「出土」的。1956 年，在被拒絕了一大堆廢品稿件後，浩然終於借著《喜鵲登枝》的喜氣，被《北京文藝》編輯巴人慧眼識重，正式邁入文學創作軌道。1958 年 5 月出版第一個短篇小說集《喜鵲登枝》，收入兩年來創作的 11 個短篇：《新媳婦》、《風雨》、《春蠶結繭》、《喜鵲登枝》、《雪紛紛》、《一匹瘦紅馬》、《從上邊下來的》、《夏青苗求

師》、《金海接媳婦》、《老來紅》、《監察主任》。截至 1973 年，浩然共出版 10 個小說集：1958 年 7 月的《高德孝老頭》，1959 年 9 月的《蘋果要熟了》，1959 年 12 月的《一匹瘦紅馬》，1960 年的《月照東牆》，1960 年 4 月的《新春曲》，1962 年 3 月的《蜜月》，1962 年 6 月的《珍珠》，1963 年 7 月的《杏花雨》，1966 年 4 月的《老支書的傳聞》，1973 年 8 月的《楊柳風》。直到 1964 年 9 月《豔陽天》問世，這個時期是浩然短篇小說創作豐沛時期。沾著清新的泥露氣息，以農村新人、新事為主的短篇小說創作初步彰顯了浩然的文學審美風格，即熱切回應主流意識政治，按照當下時代政策，在真實與虛構之間構設簡單的農村生活、生產故事情節，浮光掠影地觸及農村新人的情感與精神世界的塑造。清新、簡約之餘，類同化的人物、故事創作又初顯了浩然初登文壇直至終末創作中的弊端：正因為與政治的過分貼近，政策演繹代替個人思考，浩然創作從一開始就出現了缺乏思想精神硬度、模式化緊貼政治的毛病。優勢與弊端在作家擢筆之初，已初見端倪。

　　具體來看，1956～1962 年是短篇小說創作積累經驗的時期，浩然大致寫了近百篇短篇小說。總體說來，就內容而言多是農村輕喜劇，以反映農村集體生活、生產故事為主，通過瑣細的農村人物情感反映新時代的活力，以一篇篇短小的故事圖繪出時代新春氣息。歸結此時段的創作，可分為兩大故事類別——創造新社會和征服自然惡劣條件，大部分小說都圍繞在塑造社會主義農村新型人物的主題上。無論是創造新社會的《石山柏》、《隊長的女兒》、《婚禮》、《車輪飛轉》、《鋪滿陽光的路上》、《茁壯的幼苗》、《靈芝草》、《蘋果要熟了》、《熱愛》、《箭桿河邊》、《葡萄架下》、《隊長做媒》、《月照東牆》、《傍晚》、《風雪》、《金河水》、《小樹和媽媽》、《珍珠》、《老樹新花》、《送菜籽》、《縣長下鄉》、《寫信》、《冬暖》、《半夜敲門》、《中秋佳節》、《高升一級》、《鐵鎖頭》、《磚》、《蜜月》、《晌午》、《彩霞》、《妻子》、《杏花雨》、《萬壽》等，還是彰顯人定勝天的《泉水清清》、《新春曲》、《人強馬壯》、《瑞雪豐年》、《太陽當空照》、《紅棗樹》等篇章，短篇集裏的小說大致有三個特徵，可作為浩然「喜鵲登枝」時期的文學特色。首先，主人公大都以正面人物形象出場，顯示農村新人的特徵——忠誠、踏實、苦幹，具有犧牲精神和樂觀氣質。這樣的新人要麼是年輕一代，擁有相對程度的知識或農村實際勞作技術，要麼是樸實的老年一輩，憑著過硬的勞動技術和忠厚美德，有很強的號召力。列舉兩例以示感受。《雪紛紛》寫社員紅芳自願照顧孤寡五保戶的故事。所有

鄰居在互助中都嫌麻煩，不願收養老人，而年輕的女社員紅芳不顧家人反對，承擔起照顧老人的責任，體現了個人在集體利益面前的犧牲精神。《鐵鎖頭》刻畫了一個一心為公、堅決不占集體便宜的老人，為給公社買一隻羊省錢而不坐汽車，自己扛重物，牽羊步行回村。諸如此類的新人故事舉不勝舉，由於作者過於單一地表達塑造新人的願望，眾多小說出現類型化閱讀感受，以至於讀完後頭腦裏沒有較為清晰、獨特的典型人物。其次，在新舊社會觀念轉變期，浩然小說中常有模式化的落後人物向先進人物轉變的情節。落後人物與新人成為對立面，往往以利己為中心，思想保守，貪圖個人利益，損害集體。而故事情節大多是落後人物在先進人物感化下，輕快容易地改變了思想。如《新媳婦》中原有舊社會習性、好逸惡勞、喜歡惡作劇的中年漢子黃全寶在新媳婦邊惠榮不計前嫌、不避男女之嫌，撕破衣服給他包紮傷口的感召下，慚愧得開始重新做人，認真務農。正因為諸多現實生活中複雜的人際關係、人們思想中的頑固觀念在浩然的小說中輕易改變，使作者的創作流於浮表，缺乏滲透力度。再次，浩然短篇小說經常使用先抑後揚的方法構思故事，注重情節團圓結局，閱讀他的小說故事，使人內心充滿歡樂，符合輕快向上的時代特徵。《喜鵲登枝》即是這一特色最好的說明，兩個新農村自由戀愛的青年，在公社活動中暗生情愫，他們積極上進、踏實勞作的精神同時也符合父輩的世俗擇偶觀念，在人為製造的故事巧合中，皆大歡喜地達成心願。

在整個 1956～1962 年文學發展期，浩然的文學沒有明顯的階級話語，沒有居高臨下、斬釘截鐵的政治說教，整體上是對新人新事物的由衷讚美，對輕快、明朗時代特質的應和，所以諸多研究者稱早期浩然小說是帶著「泥土味」和「露水氣」的短、輕、簡式的政治性文本。前期的創作積累為後續文學巔峰時期的到來做好了準備。

（二）1962～1967 年的文學創作高峰期

經歷了六年短、中篇小說創作的磨煉和在不斷積累塑造正面農村新人的經驗後，浩然不滿現狀，以極大的熱情和雄心投入長篇小說《豔陽天》的創作，心懷「為農民寫史」的壯志，在前期素材以及經驗的積累上，更集中地完善農村正面人物形象，敏銳地按照階級鬥爭路線思想，提升正面人物意義，促成較早的農村英雄人物形象「出爐」。從《豔陽天》到後來「文化大革命」中延續篇《金光大道》的出現，不僅推動浩然的個人創作達到頂峰，也把中國當代文學農村合作化小說推向極致。

　　隨著寫作時間的推移，進入 20 世紀 60 年代的浩然遭遇到寫作的瓶頸。早期單純、明朗、簡約化的農村新人新事小說已形成創作套路，很難進一步深入表達波瀾壯闊的農村時代運動。另外一個引發浩然創作焦慮的原因是，作為即將步入三十而立之齡的浩然渴望在創作上有鴻篇巨製，因為在他的眼中，只有寫出一部真正意義上的長篇小說，才能稱為小說家。出於個人寫作雄心引起的焦慮感，浩然僅憑著單薄的文化底子，以農民式的執著，豪情壯志地給農村「寫史」，給農民「立傳」，著實開闢了一個「奇迹」。從《豔陽天》的文學成就和在當時、今日的影響來說，浩然成功地步入了創作巔峰狀態。

　　那麼《豔陽天》是一部怎樣的作品呢？何以能堪稱浩然個人創作史和當代文學史農村合作化小說的代表作呢？《豔陽天》以 1957 年麥收前後京郊的一個農業合作社為背景，描寫了我國農村尖銳複雜的階級鬥爭。作品以飽滿的革命熱情、鮮明的時代特色和生動的語言，反映社會主義革命和建設中農村複雜的階級鬥爭，塑造了閃爍著共產主義思想的新人物群像，著重刻畫了年輕的黨支部書記蕭長春的品質，再現了社會主義革命時期的我國農村生活。《豔陽天》是浩然在長期深入農村生活、結識農民朋友的基礎上，厚積薄發的「噴湧」之作。浩然以順義縣焦莊戶農業生產合作社主任蕭永順為原型，以在山東濰坊昌樂城關公社經歷的一些事為模子，創作了《豔陽天》。雖然針對《豔陽天》的評價褒貶不一，但整體來說，這部小說在 20 世紀 60 年代眾多農村小說中藝術上有著不可否認的成功之處。評價文學作品，即使對於這類特定時代政治意義較濃的小說也不能單以政治的得失進行考論。在這裡，我們通過文本來看《豔陽天》的特色。

　　第一，《豔陽天》作為文學作品要首肯的是它的「史詩」性質。浩然試圖用小說來反映農村生活中政治路線的問題，描繪合作化運動在當代中國五六十年代農村的波瀾壯闊。進入 20 世紀 50 年代的農村小說已不再是二三十年代意義上的鄉土文學，所以很難再在小說裏感受到鄉村式的懷舊、柔美氣息，取而代之的是激情萬丈的革命、改造豪情。《豔陽天》以東山塢兩條階級鬥爭路線為線，展開轟轟烈烈的農村生產、思想改造運動。故事集中發生在短短幾天，涉及眾多農民群像，並表現了兩大階級對壘，即代表資本主義力量的富農、地主階級和代表社會主義力量的貧下中農的鬥爭。在社會主義力量一方，蕭長春、焦淑紅、馬老四等積極分子堅決走合作化道路，和想要破壞農業集體化的一批反動分子展開激烈鬥爭。在這場鬥爭中，多個不同性格、身

份的人有條不紊地推動故事情節發展。並且，浩然用精湛的技藝表現出每個人在不同人生經歷下對於這場鬥爭的反應。雖然涉及眾多人物，卻在錯綜複雜中顯示出完整和雄偉的結構氣勢。作為時代記憶，《豔陽天》以恢宏的氣勢展現 20 世紀 60 年代發生在中國農村翻天覆地的政治生活轉變，憑著宏大的敘事和精妙的技藝，《豔陽天》具備文學史詩的特徵。

第二，從人物塑造看，《豔陽天》中涉及的人物描寫是一個「奇妙的混合體」（雷達語）。書中大部分農民是以浩然身邊的農民朋友為原型進行塑造的，他們有著活生生的人物個性和特色，形象地展示了新時代農民積極向上的心態以及身上附著的陳舊小農思想，但同時由於階級塑造拔高形象的原因，這些人物又存在某些「失真」的現象。「活生生」與「虛假」同時奇妙地混合在浩然的筆下，使我們不得不一分為二地評價《豔陽天》的人物塑造。大致歸結下來，《豔陽天》在人物方面除了有形的「中間人物」刻畫較為成功外，有兩類明顯的缺失：一是拔高農民精神思想，塑造完美形象；二是為特定政治話語表達更改人物情感邏輯。

在塑造「完人」、英雄形象方面，浩然既秉承時代的特性，又有自己的「獨創」。浩然善於使用「誇大」手法拔高農民的精神境界。比如，馬老四的原型是山東濰坊縣城關公社的一個老貧農，這位老貧農身上真實地發生著小說里舍己為人的事迹。他和浩然一起在災難年代看守麥場，在飢餓的年代，他把看場可以喝到一碗菜粥的機會悄悄讓給了別人，自己假裝已經喝過而藉故離開。這樣厚道、樸實、舍己為人的老農原本極富感染力，但在《豔陽天》裏，浩然為突出貧農的思想境界，把這一行為同富農彎彎繞等人賣糧而假裝缺糧的利己行為形成對比，以證明兩個階級對待集體經濟政策的不同覺悟而過分凸顯了人物的階級屬性。雖然藝術加工是文學創作的一種手法，但作者為特定的思想表達過於焦灼地展示人物品性，容易導致失真狀況，這種情形在浩然小說中並不少見。此外，談到《豔陽天》，首先映入腦海的是主人公蕭長春的形象。在這個主人公英雄形象的塑造上，作者可以說是竭盡全力，從蕭長春在災荒時期力攔外出逃荒的村民，成為村裏的年輕支書，帶領眾人生產自救，到最後領導貧下中農在階級鬥爭中戰勝反動勢力的過程中，不斷誇大人物精神，以致形象被神化而失真。蕭長春最後被塑造為英雄人物形象，是以犧牲自己的親人為代價的。兒子小石子失蹤，他疑心是破壞分子搞的陰謀，卻能斷然堅持帶領社員積極搶救糧食，我們看到的是一個愈

發接近完美的社會主義理想形象。在階級性和人性的爭鬥中，蕭長春身上的「人」的意味不斷被掩蓋。我們來看一個小說細節，當小石子遇害，蕭長春沉痛地回到家裏，看見孩子出生後用的第一隻枕頭，坐在炕沿上，聞到一股孩子的奶香味兒，聯想到孩子幼稚的臉蛋時，這個剛強的硬漢子再也壓不住沉痛的感情，熱淚直下。這一段細膩的心理刻畫給我們展現了濃濃的親生骨肉間的思念之情，尤其是當淑紅走進來發現他的悲傷時，兩人的心思是感人的。但作者「拔高人物精神境界」的創作理念又忍不住跳出來，強行壓抑人物的情感流露，把這種真實的父子之情，當作了英雄主人公不能具備的小我、軟弱情緒。因此，面對淑紅的傷心，蕭長春反而安慰對方：「淚水只能把我的革命勁頭鼓動起來，不會讓它給澆滅！」（浩然《豔陽天》，高占祥主編《浩然全集》第三卷，中國文史出版社，2005 年，第 330 頁）「淑紅，說實話，遇上了這種事兒，我是心疼。因為我喜歡我的兒子；可我更喜歡我們的農業社和同志們！我也真難過。因為兒子是我的希望；可是我最大的希望還是建設社會主義呀！」（浩然《豔陽天》，高占祥主編《浩然全集》第三卷，中國文史出版社，2005 年，第 330 頁）「我一想到我為保衛群眾不受大的損失，我自己遭一點小損失，遭了一點小損失，就保衛了大的利益的時候，我感到光榮啊！」同上。以完美犧牲真實，浩然的人物塑造理念既是特殊時代文學的樣本，也是個人創作理念使然。

為特定政治話語表達更改人物情感邏輯，是《豔陽天》塑造人物的另一弊病。小說中第一○八章，熱情開朗、急性子的年輕女社員馬翠清因不滿木訥、不夠積極上進的韓滿道和小農意識深厚的韓父韓百安一家子，曾拒絕與韓滿道繼續戀愛關係。因為前期的韓百安在人們眼裏不僅自己不熱愛社會主義，迷戀小農個人路線，還牽制兒子進步。在黨支部決定幫助貧下中農政策後，派馬翠清前去幫助韓百安進步時，原本對這老頭子抱著很深成見的她，剛開始不願開口，小說寫到她一進屋，「忽地，心裏一動，好多忘記了的舊事，不知怎麼回事，一下子湧到她心頭上來了」（同上，第 185 頁），於是韓百安對她小時候困難生活的默默照顧呈現在她頭腦裏。從這些善良之舉，「馬翠清總覺著韓百安是個善良的好心人，從來沒有討厭過他」，此時筆鋒一轉，「這些過去的事兒在馬翠清的眼前閃過之後，她猛然地感到，自己對韓百安的態度是不全面的」（同上，第 185 頁）。這和前面馬翠清因家有落後父親堅決不願繼續戀愛的決裂態度相比，明顯不符合人物情感邏輯。對於這樣一個在自己孤

兒寡母時默默照顧過自己的老人，卻因階級鬥爭把老人視為落後分子，繼而轉瞬又惦記起這份情義而熱切開導他的情感線索，很明顯是作者主觀觀念中以階級劃分代替人情交往的觀念性寫作。對於這樣一份本該銘記在心的感情，為何馬翠清在搞階級鬥爭、指斥韓百安為落後分子的時候忘得一乾二淨，又能在團結階級力量、幫助韓百安進步時轉瞬回憶起來？顯然，這都是浩然為塑造階級路線中的觀念性人物而鋪設的。當需要描寫青年人以階級觀點要求進步時，人物可以不惜與有恩情的父輩決裂；當需要強調團結貧下中農，增強階級隊伍時，人物亦可以瞬間回憶起父輩的善良。這樣任意隨創作觀念的需要而擺弄人物情感邏輯的方式，其刻畫的人物力度是難以保證的。

　　第三，《豔陽天》的語言藝術是值得一提的。在文學作品稀缺的「文化大革命」時代，至今很多讀過小說的人，都依稀記得開篇那句話——「蕭長春死了媳婦，三年還沒有續上」。在《豔陽天》裏，浩然積蓄前期語言創作的經驗，逐漸走向成熟。開篇的這句話顯示了作家整部小說的語言基調——鄉俗與生活化。事實上，整部小說的語言都體現出浩然的語言才華，無論是農村生活私人場景還是敘事語言，浩然都能寫得生動、風趣、個性化。比如蕭老大的語言生活化中透著鄉間樂趣：「唉，我看你們是騎驢的不知道趕腳的苦哇！事情不是明擺著：一家子人筷子挾骨頭——三條光棍，沒個娘們，日子怎麼過呀！」（浩然《豔陽天》，高占祥主編《浩然全集》第三卷，中國文史出版社，2005年，第1頁）另外，浩然筆下的農村景色描寫也是同時期農村小說中的佼佼者。不同於知識分子寫作中抒情化、文藝腔似的景色描寫，浩然的景色勾勒通常以簡潔、貼切、清新且富有象徵意味而取勝。

　　　小河上搭著一座矮矮的石橋，橋面跟路一樣平，也緊貼著水面。橋北連著個大坑，橋南連著片小菜園。菜園跟麥地銜接在一起。小蔥一片碧綠，菜花一片金黃，黃瓜正上架，蠶豆角正成熟。一群群小蜜蜂在這兒嗡嗡地飛舞，一雙雙燕子在這兒喃喃地掠過。這個小菜園給東山塢增加了一種清新、蓬勃的氣象。（浩然《豔陽天》，高占祥主編《浩然全集》第三卷，中國文史出版社，2005年，第129頁）

　　　路旁的草叢長得茂盛，藏在裏面的青蛙被人的腳步驚動，撲通撲通地跳進河裏去了。在夜間悄悄開放的野花，被人的褲腳觸動，搖搖擺擺。各種各樣微細的聲音，從不遠的村莊裏飄出來，偶而，樹林的空隙中閃起一點燈火。（同上，第三卷，第331頁）

在月光的斜射下，金燦燦的麥浪上，籠罩著一層稀薄的霧氣，更增加了它那離奇神秘的色調。成飽的麥穗兒，像是就要出嫁的閨女，含羞地低著頭，又忍不住地發出微笑。社員們一個個站在地頭上，望著麥浪，聞著清新的香味兒，聽著低聲細語，眞如同小夥子見了新媳婦，心都醉了同上，第二卷，第 2 頁。。

夏季的野外，安詳又清爽。遠山、近村、叢林、土丘，全都蒙蒙朧朧，像是罩上了頭紗。黑夜並不是千般一律的黑，山村林崗各有不同的顏色；有墨黑、濃黑、淺黑、淡黑，還有像銀子似的泛著黑灰色，很像中國丹青畫那樣濃淡相宜。所有一切都不是靜的，都像在神秘地飄遊著，隨著行人移動，朝著行人靠攏。圓圓的月兒掛在又高又闊的天上，把金子一般的光輝拋撒在水面上，河水舞動起來，用力把這金子抖碎；撒上了，抖碎，又撒上，又抖碎，看上去十分動人。麥子地裏也很熱鬧的，肥大的穗子們相互間擁擁擠擠，喊喊喳喳，一會兒聲高，一會兒聲低，像女學生們來到這個奇妙的風景區春遊，說不完，笑不夠……（浩然《金光大道》，高占祥主編《浩然全集》第四卷，中國文史出版社，2005 年，第 331 頁）

浩然的景物抒寫都帶有感情氛圍，除了能帶給讀者形象感、畫面感以外，彷彿還有氣息的流動感，容易讓讀者受到情緒的感染。仔細閱讀文本，讀者還可以明顯感受到大部分景色勾勒都與小說具體情節烘托有關，無論是歡喜的勞動場景，還是鬥爭前晦暗不明的情形，景色的描寫都暗示或烘托著情節發展、人物情緒。但有時候過於表象化的政治寓意景色描寫，又損害了小說的語言魅力。

在《豔陽天》裏，除了鄉村生活場景、自然風景和人物內心獨白外，主要就是大量的人物對話。人物對話也極其彰顯浩然小說的語言水準，優秀的語言文例比比皆是，但人物對話中某些不符合人物身份的語言，同時也局限了作家的整體語言水平。具體來說，《豔陽天》中的人物對話有交代事態發展、推斷情節發展的功能。作者憑著深厚的鄉村生活基礎，展示了極高的語言藝術水平，但小說中人物的語言，偶而會因作者心中按捺不住的政治意識形態而表露，出現不符合人物文化身份的語言詞彙。例如馬老四和蕭長春的一段對話。馬老四咧嘴一笑說：

一個人活著，不能光爲自己，光爲自己就不是人。那叫白活一世！……咱們這個社會最能感化人，不管你怎麼不開竅，都能把你感化過來。別看韓百安落後，老榆木頭，我看哪，遲早也得趕上來。只要跟上來，跟社一條心了，幹活才有勁兒，活著也才有勁兒嘛！

（浩然《豔陽天》，高占祥主編《浩然全集》第一卷，中國文史出版社，2005年，第 178 頁）

這種以頌揚爲基調的對話多次出現在小說裏，人物雖然說的是鄉土俗語「老榆木頭」、「不開竅」，卻也不時跳出「感化」這樣不符合說話人文化身份的他者話語。儘管浩然小說中大部分人物對話，被作者用深厚的農村生活語言積累經驗改換成了鄉土十足、反映農民思想的語言，但其間無法用鄉間語言表達的政治性語言，仍不時在小說中顯現。

從大致提及的《豔陽天》的特點，可以感受到，不論是從反映農村新變革的時代意義上講，或是從小說文藝特色上考究，「《豔陽天》是個奇妙的混合體，既眞切又浮虛，既悖理又合情」。（雷達《浩然，「十七年文學」的最後一個歌者》，《北京文學‧中篇小說月報》2008 年第 4 期）它完全有資格堪稱中國當代宏大敘事中的鴻篇巨製，它不僅在文學荒漠的「文化大革命」年代給「知青」、泥腿子農夫帶來故事享受，也成爲當今眾多作家最初的文學啓蒙讀物，甚至至今農村中老年一輩人仍依稀記得這樣一部作品。試問，中國當代有幾部文學作品可在眞正意義上的「大眾」中產生如此效應？所以，浩然說：「我認爲《豔陽天》應該活下，有權活下去。我相信未來的讀者在讀過《豔陽天》之後，會得到一些歷史的知識，會得到一些美的藝術享受，會對已經化作一堆屍骨的作者發出一定的好感和敬意。」（浩然《關於〈豔陽天〉〈金光大道〉的通訊與談話》，孫達祐梁春水編《浩然研究專輯》，百花文藝出版社，1994 年，第 187 頁）應該說，《豔陽天》有存活的理由，這個話是有力的。

（三）1967～1976 年文學事業上的「一枝獨秀」時期

浩然在 1972～1976 年迎來文學事業高峰，如《金光大道》第一部（1972年）、短篇集《楊柳風》（1973 年）、兒童文學集《七月槐花香》（1973 年）、《金光大道》第二部（1974 年）、《西沙兒女》正氣篇與奇志篇（1974 年）、散文集《火紅的戰旗》（1975 年）、《百花川》（1976 年）、散文集《大地的翅膀》（1976年），此外還有大量講話等文字資料發表。在眾多作家無法正常創作的時期，

浩然不僅碩果累累，還在政治霸權操控下，不斷被文學輿論傳媒機構擡高文學地位，甚至成為「樣板」和「範例」，成為「一枝獨秀」。

若說《豔陽天》可稱為五六十年代農村合作化小說的佼佼者，「文化大革命」時期《金光大道》的出場則將浩然創作推向時代高峰，同時也開啓了其毀譽參半的文學評價境遇。1971 年，在房山周口店公社下放勞動一年的浩然返京重新開始創作，進入市委農村組，為當時大興縣大白樓已故隊長王國福寫傳記。後來，《人民日報》發表文章說不准寫眞人眞事。市委書記吳德怕惹事，《王國福的故事》沒有發表，然而卻促成了更長篇的《金光大道》的問世，浩然寫了這篇傳記，於是有了創作的衝動，把搜集到的資料用進了《金光大道》中。《金光大道》是一部更加集中地用階級鬥爭思想演繹故事情節的創作，1972 年人民文學出版社版的《金光大道》在小說內容提要裏介紹道，《金光大道》的作者通過新中國成立後華北一個農村的革命演變，描繪我國農村社會主義改造過程中兩個階級、兩條道路、兩條路線的鬥爭生活。小說形象地描寫了廣大貧下中農在馬列主義、毛澤東思想指引下，在黨的正確路線領導下，在與資本主義勢力、形形色色的階級敵人以及種種困難的鬥爭實踐中，認識到只有社會主義才能拯救中國，從而堅定不移地走上了組織起來的金光大道。小說中撲面而來的是當時時代下濃重的政治火藥氣息。按照當時提倡的社會主義現實主義、兩結合、塑造典型人物、三突出等手法創作出的《金光大道》更符合意識形態訴求，浩然本人也多次在不同時期提及自己更偏愛《金光大道》。相比《豔陽天》，「文化大革命」時期創作出的《金光大道》從整體上說是政治鬥爭意義更濃而人物塑造更階級化。眾多讀者共識性地認為濃厚的政治意味嚴重遮蔽了這部小說的文學藝術韻味。究竟怎樣看待這部集作家更大心血卻事與願違的長篇著作，是一件比評價《豔陽天》更難的事情。它的難在於如此緊密配合政治話語、事件的創作根本無法像《豔陽天》或之前浩然其他小說那樣，可以剝離政治層面談藝術特質，作品本身毫不避諱地表明此作就是中國農村政治運動的「模擬品」，而且作家本人時隔久遠仍堅定地忠愛這部讓他毀譽參半、爭論不休的創作。我們應該站在什麼立場和角度，如何去解讀這部至今無法定論的作品？我個人認為，無論是政治性解讀或是「去政治化」解讀，都只能單方面地說到《金光大道》的某一部分問題。糾結於政治化或非政治化的研究方法只能讓我們仍陷在搞不清究竟該用什麼尺度去衡量它的泥潭裏，甚至至今我們對小說中讓人嚮往卻明顯與現實不符的

故事情節、人物形象究竟「眞實」與否，都尚未有定述。因此，我認爲，排除《金光大道》裏因政治寫作目的帶來的明顯藝術缺陷，我們最終須從文學閱讀本身進入小說。而事實上參與爭議的讀者或評論家，大部分尚未認眞、完整地閱讀完作品，或者是根據多年前模糊的閱讀體會來談及這部小說的。倘若我們靜下心來，眞正進入小說的閱讀，會或多或少讀出不同於當下爭論話語中的感受。拋開是是非非的評價，最起碼小說中高大泉式的農村帶頭人仍然可以給今天的讀者帶來感觸，甚至會被心懷集體的那個年代的人和事所激動。進入文學，文字、情節、人物本身所帶給我們的閱讀氣息比外在一切附加的信息更重要，它們才是解開作品的關鍵鑰匙，什麼尺度、標準都不如發自內心的個人眞切感受重要，文學作品就是用來讀，用來感受，用來共鳴的，而不是拿來講解的。鑒於本節是對浩然幾個階段創作的概述，所以不打算在本節具體展開對作品的評論，這個任務將放到以下篇章具體談及。

由於時代的大氛圍，浩然不得不選擇屈從於政治權威，但更關鍵的是，面對大是大非的政治運動時，出於個人性格、經歷以及文學理念的追求，浩然在很大程度上是主動選擇了按照政治意識形態話語進行創作，如果說《豔陽天》尚有較強的藝術性，從《西沙兒女》到《百花川》則是浩然遠離正常文學創作的開端和極致，完全按照政治話語編造「文學」。

《百花川》是一部寫農業學大寨的中篇小說。小說套用階級鬥爭路線，按照當時通行的無產階級同資產階級的矛盾，革資產階級修正主義的命，在無產階級英雄與資產階級激烈的鬥爭中，顯示英雄主人公的氣質。由於之前浩然的創作就是貼近政治話語、黨政文藝政策的，文革時期創作轉型對他而言是順水推舟。較之以前的創作，《百花川》更觀念化，完全就是階級路線的歸類演繹。浩然塑造了英雄人物楊國珍和反面人物常自得，並在兩人的矛盾對立中編排政治路線。此時浩然書寫的主人公在行爲、語言上都對主流意識形態話語進行了充分的演繹，我們來看小說裏的人物描寫：

> 楊國珍接過那個落了一層灰土的硬皮本子，使勁兒吹了幾口，就翻開了第一頁。她說：
>
> 「我們的權力是貧下中農給的。共產黨基本的一條，就是直接依靠廣大革命人民群眾。我們的班子，要把百花川的階級鬥爭的蓋子揭開，把資本主義的路堵住，邁上社會主義大道，快步趕上去，光靠我們幾個，力量是不夠的。要發動群眾一起揭，一起抓。在這個過程中，

　　　　擴大骨幹隊伍，把這方面的積極因素調動起來，一塊齊心合力地在百
　　　　花川戰鬥。」（浩然《百花川》，天津人民出版社，1976年，第56頁）
女隊長不僅有著他們同樣的歡樂，更重要的是用理想的心境、發展的眼光看
待這裡條件優越的大自然。世界上一切美好的東西，都靠人民群眾的鬥爭取
得的，要使它變化得更美好，就需要發動和帶領群眾，不斷地進行鬥爭。這
個鬥爭，最根本的是階級鬥爭——打退資產階級的進攻，堵住資本主義的邪
路，百花川才能堅持社會主義的方向，迅速地變化，變化得更美好，對中國
革命和世界革命作出新的貢獻！女隊長要以階級鬥爭為綱，揭示百花川的矛
盾，端正百花川的方向，促進百花川的革命和生產的發展。（浩然《百花川》，
天津人民出版社，1976年，第176頁）

　　這種句句不離革命意識、直接體現階級鬥爭路線思想的話語方式成為浩
然文革中塑造人物的主要方法，較之作者以往作品裏可取的人物心理、行為
等側面、細節描摹手法，即使拋開政治層面，我們都很難在藝術層面肯定《百
花川》這樣的創作。作為文學創作最能打動讀者的人物塑造都已如此，還能
期待人物之餘的情節、語言有可讀性嗎？

　　再看《西沙兒女》，它是詩歌和小說兩種文體的結合，當時的浩然頗得意
於這種在政治高壓下即興創作的「文體」。《西沙兒女》是革命史高度濃縮的
故事，也是在短短的篇幅和有限的創作時間裏「醞釀」出的「遵命文學」。作
品對當下政治話語的模擬，在今天讀來是極為枯燥的。首先是人物塑造。在
階級背景下，各色人物已按照階級身份預定了人物性格，類型化的塑形已使
作家的主觀作用消退，浩然在此創作中也說不上體現什麼個人才華，完全就
是遵照當時的政治政策編排故事、填充人物，充當一個傳聲筒而已。《西沙兒
女》裏的人物，無論是正面還是反面，只要一出場就帶著階級臉譜和一成不
變的性格。更值得注意的是，《西沙兒女》的敘事語言已經達到了登峰造極的
政治化，現在的讀者很難想像為何一個有著極強語言天賦的作家，可以棄置
人性語言，讓筆下人物口吐非日常化的政論話語，彷彿這些人物幾乎不吃不
喝，只談政治，堪比政治家。比如《奇志篇》裏的人物對話：

　　　　符海龍說：「你也幸福，我向毛主席問好的時候，也代表了你，
　　　　還有咱們南海西沙的新一代。毛主席在一九五三年視察海軍艦艇，
　　　　親筆題詞是：為了反對帝國主義的侵略，我們一定要建立強大的海
　　　　軍。這是我一生奮鬥的目標！」

　　阿寶點點頭說：「毛主席還指示：『我們不但要有強大的正規軍，我們還要大辦民兵師。這樣，在帝國主義侵略我們的時候，就會使她們寸步難行。』我正在照這個指示做，也要做一輩子！」（浩然《西沙兒女奇志篇》，人民出版社，1974 年，第 87 頁）

除了人物對話全面政治化，故事安排照搬政策以外，小說還對政治事件進行極端的寓意化，比如採用勁松、大海等自然物暗示現實政治人物的功德。無論從反映生活的眞實和力度，或是語言、人物等藝術層面看，「文化大革命」後期浩然的創作都是大退步。新時期後，評論者乃至作者本人，都因藝術的粗糙與政治的尷尬而少有提及這些作品。不過，要研究浩然和這段歷史，我們就不能忽略它們，問題不在於這些作品的藝術成就如何定位，而在於透過個體寫作的變化，可以探尋作家的創作軌迹以及在此種變化中，作家的「變」與「不變」間所透露的問題意識。

　　簡單概述浩然 1956～1976 年，十七年文學時期的創作情況後，本書將會把研究重點放在與同類農村小說題材創作相比，浩然在十七年文學時期的獨特性何在？

第二節　浩然的獨特性何在？

　　在上文裏，我提到當代文學五十年以來，針對浩然只有兩種態度，要麼極力否定，要麼是一定程度的肯定，但全都是圍繞政治話語展開論說。作爲一個具有「樣本」意義的作家，浩然在文學上究竟應該怎麼認定？在每一個文學事件的轉折尖口上，浩然起到了什麼歷史作用？這些問題至今仍是疑團。在整個十七年文學時期，在對比性的視野中，本節將細緻解析浩然爲何能成爲從十七年到「文化大革命」時期農村小說創作的一面旗幟；小學三年級文化水平的他，爲何能成爲贏得廣大讀者和主流政策支持的有名作家；和同期有著文學成就的柳青、周立波、馬烽、王汶石、趙樹理、陳登科等相比，他的獨特性何在。在同一個歷史屏幕上，拓展視野，探究在相同的表現社會主義新農村、新農民的題材下，在共同的外界創作背景、政策規約下，浩然爲何能成爲這一時期文學的「標杆」？而這一地位的形成，和「文化大革命」後浩然作品被迅速遺忘以及目前引人爭議有什麼關聯？這些問題都期待能在本節得到一定程度的解析。

　　研究浩然，除了密不可分的政治話語，五十年來少有人真正從文學本身談及浩然，甚至連最起碼的藝術性都少有被關注，比如浩然創作中人物刻畫、表現手法、結構支撐、語言特徵等。對於一個有著極強文學天賦，雖然借著時代風帆而成功的作家，僅僅從時代因素考證他的成功是片面而危險的，倘若沒有足夠的文學造詣，浩然何以在眾多的農村小說中拔地而起，雖說一個時代有一個時代的文學作品，我想除了政治背景以外，回到文學閱讀本身，浩然的許多作品依然可以帶給此時的讀者以良多感受。以個人閱讀爲例，作爲出生於 20 世紀 80 年代，早已遠離政治硝煙的我輩，除去作爲一名文學系學生不得不在大學階段知曉浩然其人，知道浩然的讀者越來越少了。我個人閱讀浩然之作始於其兒童文學，至今我仍清晰地記得閱讀過的《「小管家」任少正》、《蓉蓉》、《翠泉》等故事，這些帶著特殊時代氣息的農村兒童生活，很快吸引了正如饑似渴地閱讀中的我。長於六七十年代的人，但凡讀過書的都在文學荒漠中或多或少看過他的長篇，而生於 80 年代後的人，對浩然其人其作都已知之甚少了。出於個人閱讀感受，我認爲有必要從文學體驗本身出發，回到閱讀中，在一個農村題材佔據重要創作比例的時代裏談及浩然的問題。談浩然，無論是從研究對象的政治或是文學意義，我認爲都不該脫離對象所處的大環境，只有在比對中，方能說明對象的特質。單就對象本身，我們很難說清楚他的獨特性。而搞清楚浩然在同時期農村題材小說作家創作中的「與眾不同」，是理解浩然的一把鑰匙。目前之所以尙未說清浩然，一是因爲人們總是脫離不了政治評價心理，以至於很少真正涉及文學本身而進行評價；二是因爲我們把目光僅僅局限在對象本身，像蒙上眼的驢圍著磨盤打轉一樣，沒有環顧四周相同政治背景下創作的其他作家的情況。在浩然不同創作階段裏，周圍同期同題材小說的藝術特徵、政治命運都是對浩然創作在那個時期的「獨特」性的有效佐證。以往的研究注重從時期整體勾勒農村小說創作情況，事實上，在同時期創作對比中，更能有效揭示浩然成爲一個時代創作「典範」、「標杆」的獨特所在，從而對進一步推進浩然研究有所作爲。這裏需要說明的是，本節所涉及的針對浩然談及的「獨特性」是一個中性色彩的詞，它不是表達讚賞或肯定的評價用語，它在此更像一個客觀的說明性詞語，以「獨顯不同」的意思來說明浩然創作的特點，加深我們對浩然的理解。

　　那麼浩然創作的獨特性，何在？

一、創作內容緊抓時代命脈

　　探及浩然創作獨特性，首先表層可感的是小說在內容上緊跟時代政治，這是除去學術研究者以外的任何讀者都可感知的浩然的特徵。將「緊抓時代命脈」作爲浩然創作的首要獨特性，不是拾人牙慧，而是相較其他作家，無論是工農兵出身的作家或是知識分子作家，我們要發掘浩然是如何在每次政治轉折中都能對應歷史時機，緊抓政治、政策進行創作？他有什麼「獨特」的方法？正是這些顯著不同的方法賦予浩然創作以獨特性。

　　早在最先評論浩然小說的文章《略談〈喜鵲登枝〉及其他》裏，巴人就明確指出：「我們的作者在寫《喜鵲登枝》這短篇集的十一篇作品之後，還發表了不少短篇。大都是 1958～59 兩年中寫的。這些作品中有一個明顯的特點：幾乎這兩年中我國生產鬥爭的各個方面和各種運動，都在我們作者的作品中有所反映。」（葉聖陶《新農村的新面貌——讀〈喜鵲登枝〉》，孫大祐梁春水編《浩然研究專集》，百花文藝出版社，1994 年，第 349 頁）沿著這一思路，我們可以看到 1956 年後浩然幾乎每篇創作都是直接對應當時的運動、政策、事件而作。以作品的寫作時間和當時政治事件的發生時間爲對應，我們驚歎於浩然的「緊跟」程度。

　　1956 年 4 月 25 日至 5 月 10 日，中共中央召開關於全國先進生產者代表大會。浩然同時間創作《春蠶結繭》，寫農村姑娘蘭芬改變傳統養蠶做法，大膽革新技術。1957 年 2 月 8 日，毛澤東發表《關於正確處理人民內部矛盾的問題》重要講話，號召在經濟工作中「兼顧國家利益、集體利益和個人利益」。1957 年 2 月 22 日，浩然寫下《從上邊下來的人》，講述一個心懷集體、只爲民眾著想的基層幹部。1957 年 5 月，中國新民主義青年團在北京召開第三次代表大會，毛澤東號召青年們團結起來，堅決爲社會主義偉大事業奮鬥。浩然 11 月寫作《田青苗求師》，表現知識分子下鄉鍛鍊自己，紮根農村，爲農村建設出力。1958 年 9 月，中共中央國務院發出《關於教育工作指示》，爭取三到五年基本完成掃盲工作。11 月，浩然創作《幫助》，寫崔百靈帶病動員村裏最後一個文盲社員學習文化。1958 年大躍進開始期間，他配合時代熱潮寫了《躍進小插曲》、《滿堂生輝》、《百花飄香的日子裏》等。1960 年 1 月，中共中央在上海舉行政治局擴大會議，提倡爲繼續「大躍進」創造過渡的條件，大辦縣、社工業，大辦水利，大辦養豬場等。《人強馬壯》寫社員田小武積極自學當公社飼養員，爲集體養馬。《老樹新花》寫老社員安媽媽發揮餘熱，在

山頭建飼養場，為社出力。1961 年 5 月，陳雲在北京的中共中央會議上就精簡職工和城市人口下鄉問題作《一項關係全局的重要工作》報告。5 月 8 日，浩然創作《茁壯的幼苗》，寫彩雲回鄉務農；8 月，又創作《蜜月》，寫城市小夥子李松響應號召，到農村鍛鍊自我。

從以上所舉短篇小說可以看出，幾乎中央發出一個文件號召或開展一項政治運動，當年乃至當月浩然就能緊跟時代政策，立即發表一篇甚至更多的篇目以應和當時的政治事件。這樣的跟緊「功力」並不是每一個同時代的作家所具備的。浩然對政策的敏感主要得益於他長期從事新聞記者工作，除開積累了相當豐富的生活體會外，浩然在記者生涯中培養出不同於一般作家的政治敏感度。在《浩然口述自傳》裏，他說：「新聞記者對黨和國家的政治和政策精神比其他部門的人都知道得早，還必須盡快地理解、吃透，隨即緊緊跟上其貫徹與響應的腳步。久而久之，鍛鍊和提高了我對社會生活敏銳的觀察力。這是一個文學作者所應具備的基本素養和本領。」（浩然口述，鄭實採寫《浩然口述自傳》，天津人民出版社，2008 年，第 164 頁）尤其值得注意的是，這段話透露出浩然對及早理解、吃透並緊跟政策作為一個文學寫作者本領的得意之情。換句話講，浩然一直是以能抓住時代「命脈」創作為榮，與貼近政治寫作為目的的，這和他的創作理念有關。較之同時代其他作家，浩然在這點上是「幸運」的。他的幸運在於他根本無需花費多少心勁而水到渠成地信奉著文學工具論的創作理念。只具備小學三年級文化基礎、靠豐富的生活經驗開始創作的浩然，在黨的培養和時代機遇下，很自然地接受了毛澤東《在延安文藝座談會上的講話》中文學革命工具論的宗旨，加之一些通過寫作在實際生活中幫到農民的親身經歷，使得浩然根深柢固地信奉文學就是為黨政國家服務、為人民服務的宣傳工具。浩然在多篇文章提到確立文學工具論這一理念源於一個親身經歷的事件：一位貧雇農的房東大嫂，按照法律應該繼承的財產被人侵吞，她告到區、縣都不能解決。浩然得知此事後，生發了義憤，連夜為她代筆寫了篇批評稿件投到報社。稿子雖沒有發表，卻被負責任地轉到專署，專署立即派人到鄉下做了認真而公正的處理，使這位大嫂絕路逢生。這件事讓浩然驚異地認識到筆的威力如此之大，還能替百姓說話！運用手中的筆寫文章，跟開會講政策一樣能夠開展工作、為百姓辦事，文學服務現實的工具論理念便深深紮根在浩然心中。

　　然而並不是每個作家都能如此「幸運」地到達新中國對文學宣傳功能要求的「境界」。在時代轉變初期，很少有作家能夠如此輕車熟路地轉變以往形成的創作習慣思維。以駱賓基爲例，大部分從國統區走進新中國的作家大都糾結在新舊創作理念裏。駱賓基是中國現代文學史上一位頗爲進步的作家，進入歌頌無產階級、工農兵的新時代後，他很快陷入落伍的自我孤獨中。駱賓基恐慌地感到「自己在解放前的國統區所積累的社會生活（寫作素材），已經黯然無光了，失掉它在我心目中原有的光澤了；而偉大的共產黨以及我們偉大的領袖毛主席所領導的各抗日根據地和解放區的閃著史詩般光彩的革命鬥爭生活，我又沒有切身的體會。尤其是兩年之久的監獄生活，幾乎是使我與世隔絕了。……我突然發現自己已是兩手空空一無所有的文學工作者了」。（楊守森主編《二十世紀中國作家心態史》，中央編譯出版社，1998 年，第 376 頁）駱賓基也虔誠地反覆學習毛澤東《在延安文藝座談會上講話》精神，積極深入新時代生活，在參加魯中南的農業水利建設中的確也發現了素材，也被熱火朝天的勞動場面所振奮，但更引起他關注的卻是一位面對歡天喜地勞動場面獨自歎氣的老農民。經瞭解得知，他是一個孤老，只有一個獨生女嫁到只隔兩三里路的鄰村，但是沒想到解放後和平日子來臨了，村裏開了這麼一條自古以來做夢也沒想到的大河，把他和女兒所在的村分成兩個片區，就算今後修橋，再想和女兒相互照顧、見面也得來回隔河走上二十里路。駱賓基敏感地發現了這位老人的文學意義，正是他過去所熟悉的中國農民，這種孤獨屬於農業個體經濟的舊式農民，正是作家藝術觀所擅長塑造的典型人物的內心世界。但作家馬上意識到，這些想法都是舊式人性論，這樣寫是在爲代表窮途末路的舊式農業個體經濟生活唱輓歌，與歌頌十萬民工歡欣鼓舞開河、建設社會主義新生活的主流意識寫作相距十萬八千里，最後還是放棄了對這位老人的藝術構思，只是在《父女倆》裏把這個老人形象作爲陪襯先進人物香姐兒的落後人物。駱賓基屢屢在提筆書寫新生活的時候面對著這樣的無所適從，最後受胡風事件牽連，他放棄了文學創作，轉向甲骨文研究，一位曾被日本文學界推崇爲「中國契訶夫」的優秀短篇小說家消失在了中國當代文壇。除了駱賓基，還有很多優秀的作家處在痛苦的創作轉化時期，要麼一事無成，要麼乾脆放棄寫作。在對文學工具論的信奉上，即使是解放區土生土長的農村作家，類似趙樹理、馬烽等，也不可能像長在新中國旗幟下的浩然這般心無旁騖地接受一切。趙樹理從根本上講是深入農民的知識分子作家，

他始終立足於農民中間，當他親眼看見某些情況不符合農民利益的時候，是不會輕易盲從政策性的宣傳話語的。他於1957年創作的《鍛鍊鍛鍊》就是一個極佳的證明。趙樹理在大躍進中發現了幹部瞎指揮、高指標的現象，甚至還上書中央反映實情、提出建議。但是，這些書生氣的舉動並不能改變時代的錯誤，反而引禍上身。趙樹理就是這樣一個實事求是、堅持己見的文學人。馬烽的個人經歷相對接近浩然。馬烽作為從事農村工作的幹部，長期接近農民，作為農民兒子的他深情地歌頌新時代新農村，創作了《韓梅梅》、《飼養員趙大叔》、《孫老大單幹》等短篇，以農民兒子的熱情，歌頌老一輩農民愛社如愛家，描寫知識青年社員用技術改變農村的欣喜生活。然而當馬烽以慣性的思維洞察農民時，依然抹不掉對落後農民的自私、狹隘阻礙社會主義建設的擔憂。1956年，他在《四訪孫玉厚》裏寫了一位實事求是、堅持真理的老書記在錯誤的政治風波中含冤而死。小說遭到公開批評。從馬烽的創作可以看到，即使這樣一位同樣有著堅決執行黨的路線、方針、政策的農村幹部作家，也無法毫無疑慮地接受文學工具論。當政策與現實吻合時，他創作的農村小說是明朗的、受歡迎的；當出現不符合現實的政策時，他便在真實與政治之間搖擺，這使得他的創作變得苦澀，少了幾分鮮活。不管怎樣，無論是國統區來的知識分子作家或是解放區的工農兵作家，大部分人在絕對的文學工具論創作時代都失去了原來的鮮活與靈動。相比其他作家豐富而複雜的文學理念，單純的浩然幾乎一身輕快，先天具備新時代文學需求的「優勢」。那麼，浩然怎樣用優勢緊跟政治，採用什麼獨特方法穩穩抓住時代的「命脈」呢？

在通讀浩然作品及其發表的創作經驗談之類文章後，我認為作家看準、吃透了兩種創作方式，於是成功地較其他作家更準確地把握住了文學的政治宣傳性。

一是及時。時效性是新聞稿件的基本要求，卻非文學小說創作的方法，而浩然寫作的一個獨特方法就是計算時間，按照新聞稿件寫作的方式，抓住時機，及時把公佈執行的政策或實施的政治運動變成小說作品，希望小說像政策、開會一樣起到實際、生動的宣傳作用。簡單地說，浩然能夠抓住時代命脈的方法之一就是及時知道、吃透黨的政策方針，並且及時創作出小說成品。有這樣一個例子可觀浩然的「及時性」。1960年秋，浩然到昌樂縣高崖水庫搜集材料，路上參觀了大片的秋荣地，令他興奮不已，回去的路上就已經

構思好一篇歌頌此地響應黨大種秋菜的號召的小說，回去後一氣呵成，連夜寄出題為《送菜籽》的小說。據同行的高崖公社民工團團部文書孫衍德回憶，浩然這篇幾千字的小說，連構思、起草、修改、抄清、封好、寄出，只是半個下午和一個晚上的時間。小說寄出後，浩然預計《人民日報》如七天內不發表，就不能發表了。果然，七天後，送來的《人民日報》上刊登出浩然的這篇小說。事後，浩然道出了自己料事如神的「秘訣」。原來，小說從寄出到發表正好七天，七天是最快速度，這篇小說內容是根據《人民日報》上發佈的《大種秋菜以度糧荒》的社論「編寫」的，就是為配合社論而創作的，只要不過種菜的時令，編輯們一定會及時發表，再過幾天，時令過了，發表也就無意義了。對於這樣充當政策「解說員」的創作方法，浩然是頗為自豪的。

　　這樣的文學創作方法大概也只有真心信奉文學工具論，又長期從事新聞記者工作的浩然才會具備。根據文學創作規律，從事文學寫作的人都知道，將生活素材醞釀、提煉成小說文本需要時間的積澱，即使在日新月異的新中國，作家普遍被要求熱烈歌頌新生活，大部分作家的寫作速度也是無法企及浩然的。首先，浩然有著很敏感的政策關注度，他曾說難以理解一天不翻閱報刊而創作的人，甚至坦言在他那裡，學習黨的政策理論比掌握文學知識更重要，「要每天不放鬆讀黨的報紙，尤其是報紙的社論。某一階段的具體方針和策略，黨報總是最迅速、最敏感地反映出來。一個搞創作的人，能夠熟悉政策，對保持自己的頭腦清晰，對瞭解新事物是有直接幫助的。在日常生活裡，我寧願少讀一點文藝書，少寫一點東西，也不能丟掉這種學習」浩然《永遠歌頌》，孫大祐梁春水編《浩然研究專集》，百花文藝出版社，1994 年，第 32 頁。。浩然認為文學寫作就是為宣傳黨的事業而生，所以在浩然的創作理念裡，及時的文學宣傳效應比花費長時間構思藝術更為重要。這就不難理解為什麼浩然能較之同時代其他作家更快、更準地寫出緊跟時代政治方向的作品了。

　　二是虛構。虛構是一種常見的文學構思方法，何以在此成為浩然抓住時代命脈的第二種獨特創作方法呢？應該說關鍵不在於是否採用虛構創作，因為只要創作都是在虛構，問題在於不同的作家採用「虛構」的程度和目的有很大區別。浩然在《答〈文學知識〉編輯部問》一文中提到，在組織材料的時候，他經常運用的虛構方法有三個，「一、在素材醞釀成熟和明確它們所能表達的中心以後，完全虛構，依據這個中心來取捨材料。二、在真有其事的

基礎上提高、豐富。三、改造相反的材料，使它從反面成為正面」南京師範大學中文系資料室編《浩然作品研究資料》，1973 年，第 33 頁。。就浩然的創作經驗而言，我們可以看到「虛構」在他寫作中已經不僅僅是一種藝術構思，而更像可以突出題活事件政治性意義的手段，生活素材本身不會那麼政治意義鮮明，因此善於發掘事件的時代意義，採用虛構方法，不局限於眞人眞事，提高事件的教育意義而更顯新風貌，是浩然能緊緊抓住時代需求的另一獨特方法。具體以浩然對《一擔水》的創作、修改爲例，來看他是如何利用「虛構」獨特地進行創作的。浩然在「老根據地」搜集創作材料的時候，瞭解到一個普通社員經常幫隊裏沒有勞動力的人家做零活，尤其是堅持幫助一個孤寡老人，主動爲其挑水七八年了，內心十分激動，眼前閃現出這個挑水人的形象，快速進行初步藝術加工，形成了一篇小說的「毛坯」。在正式動筆後，第一稿浩然以兩部分結構小說。開頭寫 18 年前，作者到這個山村來，看到一個名叫馬長新的青年，主動提出給一個孤老頭兒挑水，受到大家的敬佩。再寫第二部分，18 年後，作者重訪山村，又遇見這個青年——他已進入壯年，並且成了大隊的領導幹部，仍然堅持給當年的孤寡老人挑水，使作者大爲感動。小說最後總結道，只有我們這樣的黨和國家，才能培育出這樣高尙的人民⋯⋯沒等稿子抄出來，浩然自己就覺得這樣寫平淡無味，沒有突出馬長新這個先進人物。過了一段時間，浩然動手寫第二稿，先描寫主人公馬長新主動提出承擔給孤老頭挑水的那個社員大會的場面，用當時的時代背景、環境、氣氛和周圍的人烘托馬長新的模範行動。接著寫幾天以後，下著大雪，作者在溫暖的屋子裏，隔著窗戶看見一個趟著齊膝深的大雪、艱難挑水前進的人，他就是馬長新。第三個情節寫馬長新有一次高燒重病，支書知道後要代他挑水，結果發現老頭缸裏的水已經滿了。支書追到井臺上，遇見馬長新正忍著病痛，堅持往上提水。第四個情節是 18 年後，作者又來到這個山村，一切發生了巨變，馬長新成了隊長，他正巧去公社開會，沒有見到。深夜，作者和支書從辦公室往家走的路上，遇上了馬長新。原來他每天夜裏都從公社趕回來給老人家挑水，起大早再趕回去開會。第二稿比前面一稿人物、情節豐富了，但浩然仍然覺得馬長新這個人物分量不夠，主題揭示得不深，不能讓人激動。想來想去，發現是因爲作品裏沒有寫矛盾衝突，要在矛盾衝突中塑造先進人物，只有把先進人物放到矛盾鬥爭中描寫，才能突出活生生的形象，使人物激動人心，發揮團結、教育人民的作用。於是，浩然進

行第三稿的創作，這次，浩然塑造了一個反面人物「韓箍子」，他是孤老頭兒的本家侄子，因爲自私自利觀念根深蒂固，怕馬長新照顧他叔叔，而使他在老人死後不能繼承遺產，於是發生了矛盾。這樣，《一擔水》就有了矛盾衝突，馬長新這個先進人物就有了用武之地。在這一稿裏，浩然先設計了韓箍子堵住大門不讓馬長新給韓老頭挑水的重要情節；18 年後，又設計了韓箍子想在新的鬥爭形勢下把 18 年前「失掉的東西撈回來」，而給馬長新抹黑、給自己塗粉的情節。完稿前，爲說明馬長新爲何能堅持 18 年如一日的挑水，又虛構了一個情節，寫馬長新有一段在舊社會私有制下被害成孤兒的身世，以此作爲馬長新對韓老頭深厚階級情感的來源之一。瞬間，馬長新的先進人物形象突顯出來了。對比最後定稿和初稿，明顯看到三次修改中作者不斷加強虛構的力度，浩然把第一稿和第二稿的失敗歸結爲對真人真事的局限，三易其稿就是不斷加工虛構的過程。

　　之所以不厭其煩地講述浩然三易其稿的個中細節，只爲從中探視作家獨特的虛構方式。浩然在塑造人物、構設情節等方面不斷「添油加醋」，以拔高人物教育意義，從描寫普通社員做好人好事，到最終塑造堅守階級立場、做社會主義接班人人物形象意義的提升，作者成功地在階級對立中凸顯了主人公的光輝形象。在浩然筆下，虛構情節最主要還是爲緊貼黨的文藝政策，而非一種單純的藝術表現形式，它體現出明確的政治目的。試問，十七年中的眾多作家，誰能如浩然般爲貼近政策理論捨棄現實實情，爲突出某一事件、人物的政治意義而無限拔高、虛空架構？即使有這樣的作家、這樣的創作情況，他人也是偶而爲之，浩然卻是習以爲常。虛構已成爲作者不局限於真人真事創作的基本方法，正是這樣既有生活積累又能隨心所欲的虛構方式，使浩然融洽地跟在任何無需他思索都一味認同的政治形勢後面，亦步亦趨。

　　獨特，在這裡並不是一種肯定，它是浩然專屬的方法，別的作家沒有或無法像浩然這般隨心所欲地「及時」和「虛構」。或許我們暫未涉及浩然爲何不同於其他作家，而能罔顧現實、永遠歌頌，但此處至少可以解釋，相較於他人，浩然是如何在創作內容上做到緊抓時代命脈、緊跟時事政治的。明顯不同的方法賦予了浩然創作的獨特性。

二、創作方法準確貼合主流文藝政策

　　浩然創作中對主流意識形態的貼合，也不是什麼新穎研究成果的發現，此處鄭重其事地把它作爲浩然創作的「獨特性」，是因爲幾乎很難在當代文學

50 年裏找到像浩然這樣一生保持和主流文藝政策同進退、共榮辱的作家了。在十七年和「文化大革命」那樣的創作年代，除非作家停止動筆，沒有人可以避開主流文藝政策的影響和操控，但問題是也沒有幾個作家能像浩然一樣在黨的文藝政策規束下如魚得水般的寫作。飄搖動盪、變化瞬間的文壇中有幾人能像浩然這樣能「貼」、並且貼「準」主流文藝政策？這就是浩然創作方法上的「獨特」了。能在十七年和「文化大革命」農村題材小說中「獨秀一枝」，成爲時代經典「樣板」，除了應該具備的文學才能，沒有「十分」對主流文藝政策的認同和敏感，是不可能做到的，而浩然具備了這兩項條件。認同並且能做到超出常人、極爲敏感地對應主流文藝政策的變化，隨時跟上文藝政策動態變換，這是浩然在主流文學創作上具備的優勢，也是我要提及的浩然的第二個獨特性。

　　要講述浩然怎麼準確貼合主流文藝政策，我們首先要環顧與浩然相生的文學大環境，一步步地推演作家如何在整個十七年、「文化大革命」時期成爲獨特「標杆」，透過與同時代其他農村作家作品相較，我們能更明晰地看到浩然獨有的創作方法。新中國文藝政策複雜且變化莫測，隨政治運動風雲變幻，但是所謂萬變不離其宗，新中國圍繞文學開展的諸多運動都是爲建立社會主義文學、塑造新中國新的工農兵形象而生。在共和國文學旅程裏，以怎樣的立場和形式展現新的人物和新的思想，是始終貫穿新中國文學運動的問題，牽涉到文學發展和論爭產生的關鍵。從討論電影《武訓傳》開始進行的一系列批評運動，如對胡風文藝的批評，對《紅樓夢》唯心主義的批評，對「現實主義廣闊道路論」的批評，對「現實主義深化論」、「寫中間人物論」的批評，對「人性論」、「眞實」的批評等等，其目的都是通過這些有影響、有針對、有殺傷力的運動，對文藝上所謂的資產階級思想、文人個人自由思想進行消除，從根本上爲今後新中國文藝服務於工農兵確立聲勢和方向，如何塑造工農兵形象便成爲問題的關鍵之關鍵。而浩然憑著自己的政治敏感，雖不具備高深的文學修養卻有意無意地把握住了新中國文藝創造的核心，翻開浩然塑造的一系列文學農民形象，無一不是對這個核心要求的深度演繹。接下來，我們將遊覽共和國文學旅程，觀看作家在每個自我創作階段怎樣準確貼合主流文藝政策，爲塑造新的工農兵形象樹立「標杆」文本。

（一）1956～1962 年

當浩然初登文壇時，1956 年前的文壇已經經歷了諸多風雨。經過新中國成立初期眾多塑造工農兵形象不成功的文學嘗試，1956～1957 上半年，關於創作中公式化、概念化的問題成為爭論的重要問題。批評家往往歸咎於大部分作家不熟悉生活，不能深入農村發現新人物的先進性，或者把原因歸結於作家沒有掌握寫作新生活的技巧。其實，這是一種文藝運動在文學觀念上的偏差造成的普遍性文學創作「失誤」。權威文藝執行者自然不願意承認文藝政策的錯誤，對於公式化的創作現象，他們主要把問題歸咎於作家的生活準備、思想改造等等還不足。面對一個全新的時代，大部分作家沒有工農兵生活體驗或者有體驗的又缺乏足夠的文學修養，而此時，浩然這樣一個土生土長、有著充足生活體驗準備的新生作家，帶著純淨的語言、單純的作品思想、積極向上的政治追求，在 1956 年乍暖還寒、風吹草動的緊張時期，為此時風向不穩的文壇帶來清新的輕緩之風。浩然的《喜鵲登枝》在這一時間的發表，有刊物編輯選稿傾向穩妥的策略性機遇，即扶植工農兵新人，加之《喜鵲登枝》比較保險，不會導致編輯因用稿而犯政治錯誤，而且是別具風格的創作。萬般磨煉寫作意志後的浩然，在適當的時機裏終於被伯樂發現。當然作為初學者，浩然這篇小說在藝術構思、語言文字，甚至語法方面都有缺陷，浩然在《巴人同志指導我學習創作》裏深情地回憶巴人對他小說裏的語法錯誤、錯別字等進行細緻修改。在浩然邁向文學之時，文壇已經出現了諸多描寫農村新變革、新風貌的小說。值得一提的是，馬烽的《一架彈花機》（1950 年）、李準的《不能走那條路》（1953 年）、馬烽的《飼養員趙大叔》（1954 年）、趙樹理的《三里灣》（1955 年）、西戎的《麥收》（1956 年）、駱賓基的《父女倆》（1956 年）等等。新中國成立初期的農村小說的整體風格是關注發生在日常生活裏的農村變化，追求人與人之間的和諧氛圍，作家們並不執著於重大政治事件，而是傾心於用農間生活變化的瑣事來表現農村新生活，選取的創作方法是將政治內容日常化。初來乍到闖入文學世界的浩然，憑著單純、清新的作品增添了 1956 年百花齊放時刻的喜氣。

1957 年 4 月 27 日，中共中央發出《關於整風運動的指示》。5 月中旬，毛澤東寫了《事情正在起變化》一文。百家爭鳴的蓬勃景象迅猛跌入反「右」鬥爭中，政治形勢的突然陡轉，讓許多知識分子和作家毫無思想準備，作家協會系統從「丁陳反黨集團」開始，「右」派大帽子從天而降，馮雪峰、鍾惦

棻、艾青、蕭軍、秦兆陽、劉紹棠、叢維熙等等一大批作家接連被打成「右」派分子。禍從天降的劫後餘生使很多作家變得小心翼翼，不再輕易抒發與政治條文不同的文學見解了。反「右」鬥爭之後，黨的八大二次會議改變了八大一次會議關於我國社會的重要矛盾是先進的社會主義制度同落後的生產力之間的矛盾的判斷，重新強調階級鬥爭。在劇烈的反「右」運動中，浩然這個初學者尚不可能受到波及。在文壇驚惶自危的時候，他在《喜鵲登枝》之後一鼓作氣地發了六個短篇，算是在文壇站住腳了。此時，浩然的文學生涯經歷了一次重要「轉機」：已置身文學界的浩然憑著一本毛澤東《在延安文藝座談會上的講話》做精神指導，不到兩年時間便有了自己的第一部小說集。面對初步成果，浩然同時也陷入了模式化的創作中。以編輯身份希望幫助作者成長的蕭也牧、巴人都針對浩然作品的「簡單化」提出過建議。巴人在給浩然的回信裏說道：「你的作品有一個共同特點，寫出了人物的一些精神狀態，但不夠深刻。這裡的關鍵在哪裏？你總是以一些『外來的條件』使人物的『思想感情』突然轉變。看不出他內心的鬥爭和變化的眞實基礎。……問題還在於對生活的理解還不夠深入。」（浩然《小說創作經驗談》，中原農民出版社，1989 年，第 136 頁）蕭也牧也指出，浩然純歌頌式的寫法會讓他的創作路子越來越窄，要敢於深入生活複雜面。假如是在平常年代，這是一個難得的學習契機，這些建議可以拓展作者的創作深度，使他在文學理解上邁入新境界。而反「右」階級鬥爭的風暴，讓浩然並沒眞的理解編輯的苦心。當然，在人人自危的時刻浩然也不敢冒險自毀「前途」。很快，蕭也牧被打成右派，浩然也在驚恐中燒毀了以地富分子爲主人公、嘗試深入人性深度的《新春》手稿。事後，浩然心有餘悸地自責犯糊塗，差點被一件脫離「正確路線」的作品毀了。浩然意識到唯有準確緊跟黨的路線政策才是最穩妥的創作方向。這次事件，由於各種因素沒能引導浩然反思自身創作的不足，反而促成浩然形成緊跟政治創作的路數。之後的六年裏，浩然沿著最穩妥的路數，以穩健的創作方法緊跟毛澤東《在延安文藝座談會上的講話》精神，在 1962 年前不斷豐收短篇，有時一年內最多出版四本小說集。而反「右」運動後到 1962 年的文壇創作情況如何呢？

　　反「右」運動以後，隨著 1958 年全國大躍進生產運動，文學界的激進傾向擡頭。隨後 1960 年初開始恢復生產，彌補大躍進帶來的經濟損失，文學界也相應在農村小說創作中開始反思「浮誇風」、「假大空」帶來的弊端，提出

寫「中間人物」和深化「現實主義」。農村小說有了新的發展，細緻入微、生動深入農民內心世界的優秀小說成果不斷，像馬烽的《三年早知道》、柳青的《創業史》、周立波的《山鄉巨變》、趙樹理的《「鍛鍊鍛鍊」》等等，這些短長篇小說刻畫了亙古未有的時代變化中各式農民的內心震撼。1962 年 8 月 2 日至 16 日，在大連召開的農村題材短篇小說座談會上，邵荃麟提齣目前文學創作寫英雄，但也應該注意寫「中間人物」，認為梁三老漢比梁生寶寫得好，亭面糊這樣的人物給人印象深刻。「寫中間人物」對突破反「右」鬥爭造成的創作禁忌是一種調整，這時期農村小說創作中還出現了難得的「唱反調」、揭露現實真實的作品。李古北的《破案》和《奇迹》（1958 年）正面披露大躍進中的「五風」，諷刺、批評農村生產的浮誇風。歐陽山的《鄉下奇人》（1960 年）塑造了堅決抵制浮誇的生產小組長趙奇的形象。張慶田的《「老堅決」外轉》（1962 年）描寫一個寧願要糧食不要紅旗、堅決抵制瞎指揮生產作風的農村基層幹部甄仁。以上幾篇小說在滿天歡聲叫好的年代不可多得。這種調整局面的時間維持不長。1963 年底，政治形勢又開始轉向，之後掀起比反「右」更狂暴的階級鬥爭風雨，成為 1967 年「文化大革命」爆發前的先聲。就是在各個作家盡力發表真言，迴避「大躍進」、「共產風」造成的寫作壓力的時候，浩然依然獨自唱著單調的頌歌。六年的短篇小說經驗積累，也使浩然在 1962 年之際有了新的想法，面對創作無法突破的苦悶和欲更上一層樓的創作追求，浩然迎來了文學生涯的第二次轉機，出其不意地在這個階段達到其創作的高峰。

（二）1962～1966 年

前面提到，浩然初登文壇不久便意識到最穩妥的創作方法是準確貼合黨的文藝政策走。按照《在延安文藝座談會上的講話》精神，塑造積極向上的農民形象為浩然迎來文學第一階段穩健的發展。如果照此下去，浩然最多成為混同一般農村作家之中、沒有明顯特點的普通作家，遠沒有趙樹理、柳青、周立波等大家的名譽。是什麼使他在 1962 年突然開啟了創作的新階段，創作出得到主流意識形態極力認可的第一個長篇小說《豔陽天》？答案還是——準確貼合主流文藝政策的創作方法。

在浩然無力擺脫簡單化寫作苦惱的同時，六十年代初期的農村作品的著眼點都不在表達階級鬥爭的風口浪尖，與外界風雨大作的政治情況相比，作品反而為人們提供了精心繪製的一幅幅農村百態圖，像周立波的《山鄉巨變》、駱賓基的《山區收購站》、西戎的《賴大嫂》等。在這樣一個時期，一

方面作家參與時代生活，表現火熱的鬥爭場景；另一方面，大部分作品中的「鬥爭」和「農村」卻是分離的，書寫農村民間世俗生活的時候，作品生機勃勃，而寫階級鬥爭的時候則比較生硬，兩部分不能做到有機融合。這是因為階級鬥爭觀念還沒有完全成為作家們認識生活的角度。階級鬥爭與日常生活怎麼在小說內部有機融合起來，而不只是外部的黏連，成為 60 年代階級鬥爭路線中作家們的困擾，而此時對浩然卻是一個「契機」。

　　1962 年 8 月，毛澤東在中共中央北戴河會議上重提「階級鬥爭」。在八屆十中全會上，毛澤東發展了反「右」鬥爭以後提出的無產階級同資產階級的矛盾仍然是我國社會主義的主要矛盾的觀點。這使文學領域在召開新橋會議、廣州會議、大連會議後有所緩和的局面又驟然緊張起來。然而，政治的影響往往不是立竿見影的，作家的寫作也不是一蹴而就的，他們有自己難以移除的創作理念和慣性思維，所以，1962 年前後仍然有不少吸引讀者的文學作品。但對於正處於精神苦悶的浩然來說，這一口號的提出無疑給他帶來驚天的影響。我們來看 1974 年 12 月浩然在中央「五七藝術大學戲劇學院編劇幹部進修班座談會」上做的題為《生活與創作》報告中一段發自肺腑的感言：

> 我在寫第一部長篇小說《豔陽天》以前，寫了將近一百個短篇，應當說是不少的。但是，可以說幾乎全部作品都是寫一般的新人新事的。從拿起筆來一直到黨的八屆十中全會召開，這樣一個相當長的階段，從主觀上說，我要很好地配合黨的政治運動，想使自己的筆能夠很好地為工農兵服務、為無產階級政治服務。在怎樣服務，怎麼能夠更好地配合政治運動，或者說怎麼樣寫好新人新事，我確實是費盡了心思，想盡了辦法。但是這條路子卻越走越窄。為什麼呢？生活不熟悉嗎？自己認為還是比較熟悉的。過去長期地工作在基層，以後也沒有間斷跟生活的聯繫。主要問題是因為我沒有用階級和階級鬥爭的觀點觀察生活、認識世界。所以儘管承認生活是源泉，卻沒有反映出生活中最本質和主流的東西。黨的八屆十中全會的召開，毛主席發出「千萬不要忘記階級鬥爭」的偉大號召，自己才恍然大悟，開始用階級和階級鬥爭的觀點來觀察生活、認識世界，寫了《豔陽天》。相對地講，這部小說抓住了生活的一些本質和主流的東西，使自己對生活的深入進了一步，在創作的道路上前進了一步。（轉引自李潔非《典型文壇》，湖北人民出版社，2008 年，第 338 頁）

「千萬不要忘記階級鬥爭」，一個鮮明的政策口號，讓浩然恍然大悟，瞬間在慣有的政策創作路數中拾起一個新的方向性指示，《豔陽天》就是浩然獲得這一創作精神支點後醞釀出的長篇。相比《三里灣》、《創業史》、《山鄉巨變》，浩然的《豔陽天》更能貼合主流文藝政策要求。他完全信服文學工具論的創作理念，使他的考慮不同於趙樹理、柳青，浩然開始眞正學會用階級和階級鬥爭的觀點來觀察生活、構思小說了。我們不得不驚奇在階級鬥爭口號掀起不久，還沒成爲其他小說家認識角度的時候，浩然已經完全按照階級鬥爭的路數創作出長篇小說，這種「貼合」無人能及。浩然曾自我稱羨，《豔陽天》是他第一部反映農村階級鬥爭的作品。事實上，這大概也是全中國最早以反映農村階級鬥爭爲主題的長篇小說了。那麼即使是在同類反映階級鬥爭題材的小說中，浩然的創作能成爲「樣本」、「典範」，他又是怎樣做到緊貼主流文藝政策的呢？

　　浩然通過相應的創作方法，把政治觀念轉化爲生動的文學表達，採用了以下手法：

　　　　第一，突出人物，把那些跟人物關係不大的細節減少或者刪除了，如風景描寫等；也刪去一些次要人物的歷史介紹；能用行動表達人物內心活動的地方，就把靜止的內心描寫簡略了一些。第二，突出正面人物形象，突出主要矛盾線，讓這條線索更清楚明白。因此在寫正面人物和主要人物的地方，還加了些筆墨，而反面人物形象和次要人物雖然一個也沒有減少，但在描寫他們活動的地方作了一些刪節。第三，故事結構上也稍有改變，把倒插筆的情節，盡量扭順當了，讓它有頭有尾；某一件事兒正在發生著，又被另一件事兒岔開的地方，也挪動一下，讓它連貫一氣，免得看著看著摸不著頭腦。同時，還按照一位生產幹部同志的意見，給每一節加上小標題，起點內容提要的作用。第四，語言也稍加潤色，特別是一些「知識分子腔」和作者出來在一旁發議論的地方，只要我發現了，就全改過來。（浩然《寄農村讀者——談談〈豔陽天〉的寫作》，《光明日報》1965 年 10 月 23 日）

從這四點措施來看，浩然敏感地早於其他作家「貼準」文藝政策之處可歸結爲：一、極好地演繹社會主義現實主義等主流文藝創作手法，甚至最早踐行了 1968 年「文革」中盛行的「三突出」手法；二、在結構和語言上，適應廣大工農兵讀者的閱讀心理和水平，去除知識分子文藝腔。

在主流文藝政策裏，社會主義現實主義創作方法佔據了至關重要的地位，也是爭議較大的文藝方法，雖 1949 年後經全國三次文代會不斷鞏固其主流文藝政策的地位，但在實際創作領域少有作家能成功地演繹它。在第一次全國文代會上，任文化部長的周揚代表黨確立了文藝爲工農兵服務的思想；1953 年第二次文代會上，明確提出以「社會主義現實主義」爲文藝創作的最高原則；1958 年，毛澤東提出革命現實主義與革命浪漫主義相結合，到1960 年第三次文代會將其正式認定爲我國社會主義文學的唯一創作方法。社會主義現實主義，要求藝術家從現實的革命發展中眞實地、歷史地、具體地去描寫現實，同時藝術描寫的眞實性和歷史具體性必須與用社會主義精神從思想上改造和教育勞動人民的任務結合起來。直接地說，這個創作方法在文學效應上強調的不是認識現實，而在於改造現實，實際上就是用黨政政策話語從意識形態上教育和改造人民，將他們改造成改變現實的力量。究其本質，這是新中國成立以來要求塑造工農兵新人形象，政黨提出的直接針對性創作方法。而在實際文學創作中，這個方法並未得到很好的貫徹。周揚在 1953年《全國第一屆電影劇作會議上關於學習社會主義現實主義問題的報告》中提到：「社會主義現實主義向我們提出什麼要求？就是創造先進人物的形象。什麼是先進人物形象？……我們所要描寫的英雄不是一種特殊的人，是工農兵。所以學習社會主義現實主義提到我們面前的一個嚴重的問題，怎樣創造先進人物？先進人物爲什麼塑造不出來？」（周揚《周揚文集》，第二卷，人民文學出版社，1985 年，第 200 頁）周揚認爲塑造不出新人物的原因：一是作家思想立場沒有轉化徹底，總是在生活中看到落後，看不到進步；二是作家還不會在鬥爭中去表現先進人物，換句話講，是指責作家不會根據社會主義現實主義創作方面預設美好明天、提高先進人物精神。在報告裏，周揚表示了不滿，「我們現在的中國作品，還沒有一個最完全體現了社會主義現實主義的創作方法」（周揚《周揚文集》，第二卷，人民文學出版社，1985 年，第 216頁）社會主義現實主義、「兩結合」等文藝政策在創作實踐上貫徹不理想，原因遠比周揚所概括的更深遠、複雜。老舍對如何表現先進人物有這樣的說法：「我認爲不應當爲了自己的作品多一些浪漫的氣氛，就對一般該表揚的不表揚了。……我覺得即使事情小一點，故事本身也不極其動人，但是只要寫了能夠鼓動幹這一行的人，使他們鬥志昂揚，還是該寫。……我們希望寫出來的東西鼓動力大，但是故事本身浪漫的程度是不一樣的，有大有小，我

們不能光選大的,把小的丟掉。我們是要把光彩的寫得更光彩,而不是只選擇最光彩的,以便寫得有幾分光彩。」(老舍《我的幾點體會》,《文藝報》1959年1月號)這段話體現了一個老作家對生活、創作的真知灼見,即在平凡事物中挖掘有力的人物形象,充實社會主義文學先進人物的塑造。老舍對社會主義現實主義的理解代表著大部分知識分子作家的共識,而這樣的認識是不符合毛澤東從策略上對於社會主義文學的構想和規劃的。在五六十年代,有一定文學素養的作家在新的黨政文藝政策裏輾轉而難以創造,百花爭鳴、反「右」鬥爭等文藝運動就是兩股文學理念的不斷博弈。即使像老舍這樣改造自我、積極要求進步的作家,內心深處反映出的文學思考仍難以無間隙地應和「社會主義文學理念」。而另外一類工農兵作者,雖能果敢上陣,創作的作品卻心有餘而力不足。工農兵業餘作家黃聲孝說:「對於一個作家來說,要有階級的愛、階級的感受。當你對黨、對共產主義事業充滿著無限的愛的時候,當你一想到共產主義遠景的時候,心情就會激動起來,就有東西可寫了。」(黃聲孝《站在共產主義高峰上看問題》,《文藝報》1959年2月號)這類架空生活體驗的寫作理念,的確較為容易產生符合社會主義要求的文學作品,但對於站穩藝術舞臺、更長遠地為社會主義服務來說,還遠遠不夠。在知識分子作家和工農兵業餘作者之間,在艱難掙扎與藝術水準欠缺的縫隙中,浩然「橫空出世」,極妙地調和了主流文藝需求高不成低不就的創作困境,浩然既沒有知識分子作家複雜的藝術追問,又有工農兵業餘作家不足以具備的藝術才能。在這個縫隙中,浩然恰逢時機地創作出《豔陽天》,成功踐行了社會主義現實主義創作方法,甚至最早使用了「文化大革命」時期才提倡的「三突出」手法。以文為證,《豔陽天》主要人物蕭長春始終佔據故事的重要地位,為突出主要人物,就要刪掉一些對次要人物的描寫,所以《豔陽天》實際上也巧妙地避開了受「中間人物論」批評的可能性。按照周揚提倡的在鬥爭中展現先進人物的品質,浩然設計了兩條對壘分明的階級陣營,以1957年麥收前後京郊的一個農業合作社為背景,展開尖銳複雜的鬥爭。為在鬥爭中表現人物的先進性、革命性,《豔陽天》處處緊扣階級鬥爭,完全以階級鬥爭為綱進行小說構設,東山塢農民一出場就根據階級身份劃分而住在兩邊——溝北和溝南,代表資本主義力量的一方住溝北,代表社會主義力量的住溝南。蕭長春、馬老四、焦淑紅、韓百仲是貧下中農代表,馬小辮、六指馬齋則是地富代表,他們各自按照階級標籤行動、思維。想必作家落筆前,就

已經在預設的階級鬥爭全圖裏，設定了每個人的身份、性格。在東山塢的世界裏，每個農民都置身於一場階級鬥爭中，溝北富農鬧土地分紅、彎彎繞鬧糧慌等現象在《豔陽天》裏都不是普通的農民鬧情緒、人與人之間的摩擦，而被上昇到兩種階級力量的鬥爭，甚至爲體現鬥爭中主人公、廣大貧農的覺悟和力量，作者設計地主馬小辮在北京讀書的小兒子寫回一封關於「變天」的信，把東山塢的階級鬥爭立刻與外界相聯繫，無限放大到國內更大的階級鬥爭背景中。而第一主人公蕭長春也不像是農民幹部，而更像戰士，隨時警惕反動勢力的破壞活動，不斷地在鬥爭中被塑造出英雄先進人物的成熟品質。

　　更關鍵的是，《豔陽天》完全遵照社會主義現實主義創作方法，第一次成功按照主流文藝政策需要塑造出符合社會主義農民英雄形象的蕭長春。這樣說並不是有意忽視《創業史》這部更早創作出「新人」梁生寶形象的小說，而是在筆者的細緻閱讀感受中，我認爲相比《創業史》中的梁生寶，《豔陽天》中的蕭長春更符合無產階級文藝需求的代表階級立場的階級英雄，而梁生寶則像追逐人性理想光輝的代言人，他們在表達深處是有區別的。雖然柳青在談《創業史》創作宗旨時說：「這部小說要想回答的是，中國農村爲什麼會發生社會主義革命和這次革命是怎樣進行的。」（柳青《提出幾個問題來討論》，《延河》1963年8月號）針對小說的評價也主要從反映農村巨大變革、描寫新時代農民創造新業績入手，對梁生寶體現的「新人」品質也作出了高度評價，但我認爲之所以《創業史》藝術成就略高於《豔陽天》，主要在於柳青以文人式的情懷塑造了一個代表人性理想光輝的人物形象，即使祛除時代賦予新人的歷史性評價，梁生寶所散發的個人理想熱忱依舊感人肺腑。梁勝寶是勤勞、愛動腦筋的莊稼小夥，新社會建立後，轉變個人發家致富的舊觀念，一心撲在集體事業上。然而，撥開表層賦予梁生寶社會主義農民新人形象的外殼，我們感受到的不僅僅如此。小說開頭寫梁生寶帶領農民搞生產，爲弄清楚稻種特性，他不畏辛苦到處探究，當聰明的小夥發現答案時，小說寫到他的心情：「春雨的曠野上，天氣是涼的，但生寶心中是熱的。他心中燃燒著熊熊的熱火——不是戀愛的熱火，而是理想的熱火。年輕的莊稼人啊，一旦燃起了這種內心的熱火，他們就成爲不顧一切的入迷事物。除了他們的理想，他們覺得人類其他的生活簡直沒有趣味。爲了理想，他們忘記吃飯，沒有瞌睡，對女性的溫存淡漠，失掉吃苦的感受，和娘老子鬧翻，甚

至生命本身，也不是那麼值得吝惜的了。」（柳青《創業史》（第一卷），中國青年出版社，1960 年，第 101 頁）這段內心獨白，容易讓人覺是在誇大梁生寶的精神，但我們細心感受就會消除這種虛空感，反而被生寶這類年輕人爲了理想而忘我的生活執著所悸動。我們都年輕過，有過追求，有過理想，當我們爲理想奮鬥的時候，人就是這樣忘我，所以梁生寶的熱火是眞實的人性。相比蕭長春爲黨、爲集體，帶領貧苦農民奔新社會的形象，梁生寶身上多了一種集體精神下的個人理想情懷，柳青本人傾注的知識分子情懷在整體上與黨政意識形態和諧共生。而一心緊跟黨的文藝政策走的浩然就不同了，浩然務實地讚美黨，感謝黨帶領貧苦農民走進新生活，筆下的蕭長春更像是黨組織的代言人。《豔陽天》寫蕭長春在鬥爭中受到上級黨組織指引時，「他緊張的心情已經消除了一半兒了」。（浩然《豔陽天》，高占祥主編《浩然全集》第三卷，中國文史出版社，2005 年，第 314 頁）「他找到了靠山，找到了主心骨」。（浩然《豔陽天》，高占祥主編《浩然全集》第三卷，中國文史出版社，2005 年，第 314 頁）蕭長春反省自己之前的幼稚行爲，準備「用自己的全身力量，迎接一切困難，克服一切困難，大步前進」。（同上）通過這個晚上，「這個年輕的支部書記最大的收穫就是思想認識提高了一步」。（同上）梁生寶也需要黨組織的指引，在與上級交談後獲得怎樣搞互助組的精神后，「生寶在街道上的莊稼人裏頭，活潑地趕行著，覺得生活多麼有意思啊！太陽多紅啊！天多藍啊！莊稼人們多可親的！他心裏產生了一種向前探索新生活的強烈欲望」。（柳青《創業史》（第一卷），中國青年出版社，1960 年，第 279 頁）除了幹好集體事業的決心，在梁生寶身上我們更多地看出一份感觸：對未知新生活的渴望，對自己行進在個人生命變化歷程中的喜悅。這種情感是人性成長的本眞體現，通過梁生寶的不斷「成長」，我們感受著他堅定、熱誠的追求。小說最後帶給讀者的不僅是對新中國爲帶領農民奔向社會主義前仆後繼的感觸，更有著對梁生寶所代表的個體對理想追尋的感動，若不簡單地以歷史功過評價文學，從文學帶給人生的精神力量、感染力度來說，柳青塑造的新式農民青年形象不僅反映了一個時代的記憶，更是一種人們永久尋找理想夢境生活的啟迪。反過來說，浩然《豔陽天》塑造的蕭長春相較而言缺乏人性實感，但他更能直接彰顯階級鬥爭中典型英雄的特徵——堅定的革命意志、崇高的集體精神境界、大公無私的道德品德，這些品質都是社會主義文學爲教育、改造現實農民而十分希望達到的。柳青的梁生寶形象也有這類品質，但他身上承

載的人性理想光輝在一定程度上淡化了時代的階級性,所以蕭長春才是完全貼合社會主義現實主義、「兩結合」等主流文藝創作方法「橫空而出」的「典範形象」。

　　除了極好演繹社會主義現實主義等創作方法,浩然還以實踐緊緊貼合文藝為工農兵服務的要求,踐行大眾化語言創作,適應廣大工農兵讀者閱讀心理、水平,去除知識分子文藝腔。在描寫農民方面,「五四」文學以及後來的小說家有普遍的「通病」,即「寫不像」。「五四」作家一寫鄉土農民,從故事敘述語言到人物對話,往往顯得和真實的農村生活、農民「相隔」,這種知識分子氣息在解放區文藝裏被批評為文藝腔,正因為不熟悉農民的生活方式、說話語氣,大部分知識分子只能模仿農民語言,甚至加入粗俗的言詞以接近他們設想中的農民,以至於無形中放大了農民的弱點。新文學與農民語言的隔閡成為四十年代解放區文藝重點要克服的問題。從提出文藝為工農兵服務之時,趙樹理在運用農民語言進行文學創作方面,最早取得成功。這一時期,語言大眾化(農民化)第一次廣泛而自覺地進入新文學,對中國現當代文學創作語言形式產生了重要影響。浩然接續趙樹理在新文學農民語言方向的成功,再次取得突破。通常我們講知識分子有文藝腔,是由對農民生活、精神世界、語言表達的陌生造成的,知識分子寫作通常有一種感性情緒,所以從思維方式到行為模式都遠離現實中的農民。工農兵作家出身的浩然熟知農民,加上極高的語言天賦,作品裏的景色描寫和人物對話都貼近農民感受,故能贏得大眾的喜歡,他的小說閱讀群體實現了真正的普及化。浩然語言的獨特在於以下兩點。第一,貼合農民閱讀心理,去除過分主觀的情感表達方式,應用形象化語言。以浩然的景色描寫為例,但凡農村小說都有涉及鄉間生活的景色描寫,浩然語言的不同在於運用農民的直觀思維方式、形象地表達外部世界,浩然的景色描寫有物我兩融的鄉村自然美,而非生硬的主觀式抒情。這裡值得一提的是浩然在此期間創作的兒童文學中的景色描寫:「六月的山坡上,野花開得雪白,麥苗長得碧綠,麥子甩出大穗子。山谷像戲臺上的美公主,頭上戴著珍珠翠,身上穿著五彩衣,要多美有多美」;(浩然《北京文學》,1963 年 6 月號,第 34 頁)「深秋的時候,老綠色的野地,一眨眼就變黃了,黃澄澄的,像媽媽烙的一鍋米餅子」(浩然《浩然短篇小說》,高占祥主編《浩然全集》第十七卷,中國文史出版社,2005 年,第 263 頁)。最樸實無華的語言反而透出真意,浩然採用乾淨的兒童視角描繪的鄉村自然美景,發揮孩子般的

想像，用孩子簡單卻充滿形象感的句子感染著讀者。第二，語言高度口語化、生活化，並且與國家意識形態語言表達巧妙融合爲一體。首先，浩然繼承 20 世紀 40 年代解放區文學的通俗化方向，再次推進新文學語言的本土化。「五四」以來的文學語言都有歐化痕跡，而在浩然的筆下，我們不得不驚歎於他的獨特貢獻。木弓就指出：「讀《豔陽天》，我是非常震撼的。因爲這部最具有時代精神的長篇巨著中居然看不到中國文人文化影響的痕跡，也看不到西方哪怕古典知識分子文化影響的痕跡，只有徹頭徹尾的充滿民間文化的泥土氣息，僅此一點，就值得我們刮目相看。在今天，這種寫作是多麼不可思議，而當年的浩然，居然創造了這樣的一個文本。他用純粹民間的文化改造了已經非常知識分子化的長篇小說形式，並創造了在一個封閉時代才能實現的適合農民閱讀的藝術表現形式」（木弓《關於浩然的一點隨想》，《新聞與寫作》1997 年第 10 期）。我想這段評論已經充分說明了浩然在語言上對新文學的貢獻，更進一步地講，浩然還開闢了另一個不同於「五四」知識分子寫作的「藝術語言意識形態表達」文本，即將京郊農民口語、民間俗語巧妙融合在現代國家意識形態表達中。以《豔陽天》爲例：

> 「唉，我看你們是騎驢的不知道趕腳的苦哇！事情不是明擺著：一家子人筷子挾骨頭──三條光棍，沒個娘們，日子怎麼過呀！」
> （浩然《浩然短篇小說》，高占祥主編《浩然全集》第四卷，中國文史出版社，2005 年，第 1 頁）

> 「就憑咱們頂著一腦袋高粱花的泥腿子，如今在八、九百口子人裏邊說啥算啥，走區上縣平趟，先頭那個社會，做夢你也夢不著，不好好幹對得起共產黨呀？老四，你這句話可沒說到我的心裏去。我早看出這步棋，不論你是貧農、中農，都得走社會主義，只有走社會主義才是奔鐵飯碗，活的才有味！」（浩然《豔陽天》，高占祥主編《浩然全集》第三卷，中國文史出版社，2005 年，第 345 頁）

在浩然的文本中，我們看見了各種語言，果眞是「八仙過海，各顯其能」：既有民間俗語「騎驢的不知道趕腳的苦」，又有農民口語「頂著一腦袋高粱花的泥腿子」，也有「只有走社會主義才是奔鐵飯碗」這樣的意識形態化政治話語，三種不同路數的語言奇妙融合在一個文本中，既滿足大眾文學趣味，又符合國家意識形態。浩然創造出了不同於「五四」知識分子傳統的語言方式，進一步推動了文學語言本土化。

在 1962～1967 年的第二個階段，浩然迎來了文學生涯的高峰期，第一部長篇小說《豔陽天》緊扣社會主義現實主義等主流文藝創作方法，塑造出第一個完全符合黨政需求的工農兵階級英雄形象蕭長春，並運用本土化語言，有機融合了國家意識形態與民間表達。浩然此階段的成就來自於對文藝政策的準確領悟，這是他創作的第一個高峰。

（三）1967～1976 年

1966 年，對於中國是一段狂亂記憶的開始。1966 年 5 月中央政治局擴大會議和 8 月召開的八屆十一中全會是「文化大革命」全面發動的標誌。在風雨飄搖的日子裏，眾多文學藝術者被迫停止文學創作，從生活到創作，甚至生命都受到嚴重威脅。浩然在這風雨飄搖的日子裏，對比鮮明地成為爲數不多保持創作並成爲具代表性的作家，他的創作與「文化大革命」主流意識形態話語依然保持高度一致。值得講述的是，在這段文學創作期間，浩然的創作演變就是一部微縮的文學史，從十七年到「文化大革命」文學，從主流文學由極「左」政治發展成「陰謀文學」的過程中，浩然的創作是一個重要過渡，《金光大道》既是浩然個人文學生涯的轉折點，也是中國當代文學由十七年文學轉向「文化大革命」文學的轉折性代表作。浩然創作成爲重要轉折點的原因，就是因爲它既有代表性，又有獨特性。他的創作具備兩種文學形態自然過渡的特徵，所以有代表性；他能成爲這個轉折點上的代表性人物，原因在於他能準確把握主流文藝政策的走向，並且比之前更激進，這就是其獨特性。《金光大道》的創作正式開啓了「文化大革命」文學「三突出」、「主題先行」、塑造無產階級英雄典型等創作手段的運用。最早把農村階級鬥爭引入長篇小說創作的大概是浩然，最早成功使用「三突出」、塑造無產階級典型英雄形象樣本的還是浩然，這些「最早」、「最成功」、「獨特」、「轉折性」都來自於浩然對黨的文藝政策的準確入微的貼合把握。

「文化大革命」文學一開始就把塑造無產階級英雄典型作爲社會主義文藝的根本任務，要求作家根據典型化原則，在實際生活基礎上集中概括，塑造出典型環境中的典型人物。事實上，「文化大革命」文學中的典型化原則，已遠離典型最初作爲一種藝術手法的概念了。在「文化大革命」時期，典型就是要求文學創作不受眞人眞事的局限，不作生活現象的簡單複製，而必須對生活本質及其發展規律作出能動反映，目的是用創造出的各種人物幫助群眾推動歷史的前進。那麼，問題的關鍵是，爲什麼要求無產階級文學根據實

際生活塑造藝術典型，又要避免直接表現真人真事呢？從根本上講，要求避免真人真事，是由於實際生活中的人和事有局限性，突破真人真事的局限，就可以從許許多多工農兵英雄人物的身上進行典型概括，塑造出符合歷史期待、高大豐滿、光彩照人的無產階級英雄形象。典型化原則，重要的不在於塑造典型本身，而是為了達到教育人民的目的，樹立典型形象，是為了改造現實人民。由十七年文學向「文化大革命」文學演變的過程中，文藝政策愈加黨政化、扭曲化。主流文藝政策的闡釋者利用毛澤東《在延安文藝座談會上的講話》中指出的文藝作品中反映出來的生活卻可以而且應該比普通的實際生活更高、更強烈、更有集中性、更典型、更理想，進一步闡釋發揮，認為「毛主席的上述教導，科學地、深刻地闡明了革命文藝的典型化原則，論證了文藝創作同社會生活的辯證關係，概括了文藝反映社會生活的特點和規律，是革命的現實主義和革命的浪漫主義相結合的創作方法的精髓，是把塑造無產階級英雄典型作為社會主義文藝根本任務的理論基礎」，(初瀾《生活中的矛盾和鬥爭典型化──學習毛主席關於文藝創作典型化原則的體會》，《人民日報》1974 年 10 月 14 日) 認為塑造比真人真事更突出革命意義的英雄形象即是革命典型化原則的精髓。隨著「文化大革命」政治局勢的激進化演變，70 年代的文學創作由強調「塑造無產階級典型英雄形象」為社會主義文藝根本任務，其內涵迅速升級為「努力塑造與走資派鬥爭的無產階級英雄形象」，開始了十七年文學向「文化大革命」文學的轉變。在這個節骨眼兒上，浩然的《金光大道》以準確的政策把握能力，快速地對現實政治生活中多重複雜的階級鬥爭路線作出反應，不但成功塑造了無產階級英雄典型高大泉，還在作品中體現了黨內走資派與革命勢力的鬥爭，隨著政治局勢的變化，從單純反映黨外階級鬥爭路線「深入」到黨內階級鬥爭，準確貼合了「文化大革命」時期文藝政策的要求。

　　1975 年，浩然在《學習典型化原則札記》一文中提到：「人類的社會生活是文學藝術創作的唯一源泉。但是，社會中的一切現象不一定都能變成文學藝術作品。文學藝術是觀念形態的東西。典型化的根本任務，就是把社會生活中的『矛盾』和『鬥爭』典型化。我覺得，一個寫作者對這個問題做到真正的理解和接受，又確信不疑地加以堅持，是能不能寫出革命文藝作品的根本條件。」(浩然《學習典型化原則札記》，《天津文藝》1975 年第 3 期) 毋庸置疑，浩然在這一點上做到了「深刻」、「準確」的理解。他說：「在毛主席的偉大思

想指引下，我在寫《豔陽天》時候，對這個問題開始覺悟；經過黨內第九次和第十次路線鬥爭，通過對馬列主義、毛澤東思想的學習，還有無情的事實教育，在動筆寫《金光大道》的時候，我的覺悟有了進一步的提高。」（同上）那麼，浩然的進一步領悟和提高在創作中指的是什麼，又是如何具體體現的呢？我們來看浩然自述他對政策理解的「提高」：「在寫《豔陽天》的階段，我的注意力只在基層，或者說較多地看到下邊問題的嚴重性。對上邊，尤其高一層領導，只注意到黨外的右派，沒有多考慮地富反壞右在黨內的代理人。這種狀況，經過無產階級文化大革命得到改變。所以從寫《豔陽天》的時候認識到我們這個社會主義國家『存在著資本主義復辟的危險性』，在寫《金光大道》時候，我進一步認識到『不然的話，我們這樣的社會主義國家，就會走向反面，就會變質，就會出現復辟』。這種認識的發展，寫第二部的階段，比寫第一部的階段又有所加深。」（浩然《學習典型化原則札記》，《天津文藝》1975年第 3 期）說到底，浩然對「這個問題的覺悟和提高」都是圍繞「鞏固無產階級專政，防止資本主義復辟，把無產階級革命進行到底的革命路線」不斷加強創作的。從浩然自述可以明確看到《金光大道》追隨政治時局變化而變，緊扣黨內走資派鬥爭路線構設故事情節，首先創造了芳草地這個包含農村兩條道路鬥爭的典型環境，在典型環境裏展開兩條路線錯綜複雜的矛盾，既表現貧下中農同地富農的矛盾，以高大泉為代表的貧苦農民與被打倒仍不死心的地主歪嘴子、漏劃富農分子馮少懷之間的鬥爭，又展開階級鬥爭在黨內的反映，表現高大泉和走資派幹部張金髮之間的鬥爭。對小說中後一條路線鬥爭的情節設計，浩然是有充分現實「依據」的，「寫第一部的時候，從我們黨內揪出了一個竊取一部分權力的叛徒、內奸劉少奇，這個事實，在寫《豔陽天》的時候沒有，我對毛主席指出的我們的主要敵人是黨內走資本主義道路的當權派這一極重要的理論理解不深，沒有想過我們黨中央還隱藏著一個資產階級司令部，這是我的思想和認識的局限性。對照毛主席的指示，我的認識有了新的突破，理解了在我們黨內有一條跟毛主席無產階級革命路線相對立的修正主義路線，它代表著被打倒的「地富反壞右」的利益。我認識到，我們的文藝作品，必須努力地表現兩條路線的鬥爭，才能本質地反映時代，更好地為無產階級政治服務」。（浩然《學習典型化原則札記》，《天津文藝》1975年第 3 期）除了圍繞兩條互為表裏、倡導現實的政治路線設計小說情節外，如何具體展示鬥爭路線，還需要切實的人物形象塑造來實現。為此，作者塑造

了代表黨性、堅決執行革命路線的無產階級先進戰士高大泉的形象，進一步成熟地運用「三突出」手法，即在所有人物中突出正面人物，在正面人物中突出英雄人物，在英雄人物中突出中心人物。為此，浩然改進了《豔陽天》創作中對文藝政策貼合還不夠準確之處。《豔陽天》對反面人物馬之悅描寫過多，其心智和謀略甚至高出蕭長春，這顯然不符合三突出要求，改進後的《金光大道》極力突顯正面貧下中農力量，在人民革命力量面前，反動勢力歪嘴子和馮少懷顯得十分弱小，張金髮也不過是一個搖擺可憐的膽小人物，尤其突出了高大泉的形象。所以，我們在《金光大道》裏看到高大泉比蕭長春更「成熟」，在階級覺悟、政治水平、鬥爭方式上，高大泉有著無與倫比的力量，蕭長春仍需黨組織的指引，身邊還有不少有豐富人生經驗的老一代貧農出點子，而高大泉似乎天生就是革命領袖的料子，一切困難在他面前迎刃而解，在發家競賽、秦富告狀、鄧九寬鬧退社等鬥爭事件中，高大泉都表現出優秀果斷的政治事務處理能力，事事獨當一面，成為芳草地生活、生產中不可缺失的一位英雄領袖，真正成為貧下中農的「主心骨」，更加明確地突出英雄人物中唯一的典型形象。

由十七年文學過渡到「文化大革命」極「左」文學，浩然的《金光大道》是一個重要的轉折性代表作。「文化大革命」中，浩然反覆研習無產階級專政理論，不斷深入研究怎樣把無產階級專政理論運用到實際創作中。據他自述，他認真地、有計劃地學習了樣板劇本，同時把介紹樣板戲創作經驗的文章歸納為若干專題，一個一個地進行研究，站在無產階級專政立場上，深入研究怎樣在一切人物中突出塑造好英雄人物、怎樣寫矛盾衝突等等。直到晚年，浩然口述的自傳裏仍頗自豪地提到：「『文化大革命』中把高大泉作為寫作樣板，讓大家都這麼寫，說實話，我覺得沒有一個人能夠超過我。這個路是我蹚出來的。」（浩然口述，鄭實採寫《浩然口述自傳》，天津人民出版社，2008年，第 238 頁）這種準確研究主流文藝政策「精髓」的創作能耐，雖然成功得到主流意識形態話語的青睞，卻推著作家在「文化大革命」後期創作上越走越遠，70 年代的《百花川》、《西沙兒女》就是證明。這是兩部失去藝術性，延續政治話語教條式書寫的小說，它們的出現使浩然小說幾乎走向「陰謀文學」的邊緣，加速導致了「文化大革命」後浩然毀譽參半的命運。

不管怎樣，從浩然初登文壇領悟到創作的「奧秘」，到寫作《豔陽天》到達文學生涯高峰，再到進一步深入主流文藝政策「精髓」，創作出《金光大道》，

成爲「文化大革命」「八個樣板戲，一個作家」的浩然，他與眾作家的不同在於，準確貼合主流文藝政策。這一點同時造就他成爲 50 到 70 年代中國文學基本形態變遷的最佳樣本，成爲每個文學轉折點上記載歷史的記憶，成爲一個獨特的文學史樣本。我想，造就浩然獨特性更隱蔽的原因，是他「準貼」主流文藝政策的個案文本無形中明確演繹了毛澤東對新中國文學的構設。從延安文藝時期開始，毛澤東對於新中國文學就已經有一套完整的認識和構想，但由於知識分子骨子裏的不羈和時代自我政權的不穩固性，在策略上無法「一刀切」地對待文藝問題，而是循序漸進，一步步迂迴地實施著他對中國新文藝的構想。比如，從 1942 年《在延安文藝座談會上的講話》初步完成，到 1943 年正式發表，再到 1953 年確定其文藝地位的唯一性，三個《在延安文藝座談會上的講話》版本之間的延宕，就是毛澤東迂迴實施文藝計劃的一個典型例子。從社會主義現實主義到「兩結合」口號的提出、穩固，也是這樣一個過程。事實上，知識分子在經歷延安審幹、搶救、整風運動以及新中國成立後一系列批評運動後，大大「收斂」了文人的自由行，無論何種創作心態的文藝人，經過一宗接一宗的文學事件後，大部分逐漸收歸到黨政領導的文藝體制下，然而，文人的意氣與天眞總會時不時流露出來，並與毛澤東的文藝理想形成衝突，部分知識分子借文章隱喻性地發表對文學眞摯的看法。而浩然在這個複雜、龐大的文藝政治背景下，果斷、準確地獨尊毛澤東的文藝理論政策，絲毫不走「彎路」地成功佔據文壇一角，天生的政治敏感在特殊時代成就了他的「與眾不同」。

三、「鉤心鬥角」與「集體精神」的交鋒

如果說緊抓時代命脈，跟隨主流意識形態是那個時代作家的「通病」，只不過浩然超強的緊跟意識和獨特的寫作方式賦予他「更上一層樓」的突出，那麼我們仍然是在外圍打量浩然的創作。從政治意識形態把握浩然的獨特性，是研究浩然的一個必要視角，但絕不是核心視角。從政治話語可以解釋浩然作爲「樣本」的獨特成因，可以得出爲何相較同時期農村小說，他的創作成爲一面旗幟，卻無法有效解釋浩然小說剝離政治意識形態後依然存有的文學魅力。換句話說，我們可以從創作方法和內容上如何緊跟政治話語考察浩然「成名」的獨特性，卻無法解釋浩然作爲小說家「成功」的獨特性。所以歸根結底，文學的問題要從文學出發，從作品閱讀體驗本身探尋浩然小說吸引讀者的獨特性。

　　當時，不識字、不讀書的婦孺農民也成爲浩然小說的鍾愛者，廣大讀者的喜好是驗證文學作品的有效尺度，相信當時愛讀浩然小說的大眾，不是尋著浩然小說裏時事政治、政策而去的，他們並不關心蕭長春、高大泉是不是合格的馬克思、毛澤東主義者，也不關心無產階級怎樣戰勝資產階級，他們只是被曲折的故事情節、生動的人物塑造、貼切風趣的語言而吸引，這才是浩然文學吸引讀者的內在魅力。根據個人的閱讀體驗，我認爲浩然小說讓人願意讀，喜歡讀，別的作家寫的合作化小說沒有他寫的合作化小說讀者多，他的農村小說之所以獨特就在於寫了人性鬥爭，內含「鈎心鬥角」與「集體精神」的交鋒，眞誠地謳歌天下爲公、和諧美善的美好人性。需要區分的是，這裡的集體精神不完全等同於政治意識宣揚的集體主義，集體精神更傾向於一種民間和諧共事的精神，集體主義經意識形態強調，包含更多犧牲個人、成全集體的政治話語成分。所以，儘管浩然的作品外掛在某種政治意識形態表達下，其追求人性內核、觸動人性美好描寫的文學依然能打動人，這就是浩然在政治強勢話語下葆有文學魅力的獨特性。

　　從作品出發，是文學研究的基本素養，通讀浩然的全部文學作品，會發現他的所有小說觸及一個共同的話題：新中國如何解決農民的生產、生活、身份問題。共同富裕，做團結、無私的新時代農民是浩然所有小說體現出的核心農民價值觀。以兩部長篇代表作《豔陽天》和《金光大道》爲例，無論是《豔陽天》裏秋後麥收分糧，還是《金光大道》裏反對發家致富、堅持走共同富裕的社會主義道路，其實從經濟學角度看，這無非是採用單幹還是合作化以謀取最大經濟利益的兩種生產手段而已，只不過在特殊時代政治話語下，作家借用「走哪條道路」的政治性問題演繹了農村的生活故事而已。正如我一開始提到的，浩然創作雖涉及農村合作化等政治經濟問題，但這些都不是衡量文學創作優劣的尺度。作爲新中國寫農民的作家，他不具備俯瞰時代，超越時代深度的氣度，但他寫出了自己的感受，寫出了不同於同時代知識分子作家對農村所擁有的眞切體會，和許多知識分子寫農村相比，浩然的創作更貼近大眾審美，即使其他知識分子有著比他深厚的文學修養和眼光，卻沒能寫出比浩然更吸引當時讀者的農村故事，這是爲什麼呢？除了通常我們可知的浩然具備知識分子沒有的豐富農村生活積累以外，我認爲他的創作能打動讀者的獨特因素少有被關注。撥開政治形態階級鬥爭情節的表層，浩然在他的農村小說裏其實構設了一個民間傳統奪權與反奪權的故事，無論是

《豔陽天》還是《金光大道》，真正吸引讀者閱讀心理的是馬之悅、馮少懷之流渴求權力與蕭長春、高大泉之類單純、熱忱、爲集體謀福利的精神之間的矛盾對立故事。這個矛盾以各種形式演繹在中國由古至今的社會裏，自古就有官場奪權之爭，也有爲百姓謀利的清官故事，今天的社會上仍然有以權謀私的官員與一心搞好本職工作、爲自己所在集體謀福利的好領導。事實上，馬之悅和蕭長春是換著外表，出現在不同時代的社會中。在《豔陽天》和《金光大道》裏，人物和故事情節不過是掛靠在一個走哪條道路的政治問題上，但實際上，走哪條道路的問題在浩然的作品裏是帶有一種虛幻性質的問題。就蕭長春或者高大泉式的農民人物的政治水平而言，我們無法說他們是馬克思社會主義者，我們認可他們不是因爲他們的政治素養有多高，他們的魅力在於這個人本身，他們不是爲個人謀私利的農村幹部，他們一心想著怎樣搞好農業社。抓住主人公的這點魅力就是這些小說真正打動人心之處！

來看小說文本。實際上，《豔陽天》第一卷處處顯現東塢山村主任馬之悅對掌控當地權力並從中牟利的渴望，雖然故事在村支書蕭長春與其不同的階級立場選擇上拉開序幕，而隨著小說展開，馬之悅這個人物展現的並不是在乎什麼黨性原則，或者如小說表層反覆強調的階級立場，他更像權力投機者，滿腦子琢磨如何利用中富農不願加入合作社的吃虧心理，集結一些自私的單幹戶，靠取得這些人的「擁護」來穩固自己的權力威信，他一心往上爬，有空子就鑽，想要永遠穩坐東塢山這個小天下，當蕭長春逐漸成熟頂替他的職務後，他只有一個念頭：「明忍暗衝，把群眾拉過來，籠絡住，把蕭長春擠垮。」（浩然《豔陽天》，高占祥主編《浩然全集》第一卷，中國文史出版社，2005 年，第 75 頁）出於爭權奪利的用心，馬之悅摸準了麥收後溝北幾個中農戶想多分一點麥子，懷念單幹單收的日子的各種算盤，利用「這個時候誰要主張多分給他們麥子，誰就是天下的大好人，就會朝這邊靠攏；這個事情一辦成，跟農業社散心的人多了，打擊了農業社，也就是打擊了蕭長春」。（浩然《豔陽天》，高占祥主編《浩然全集》第一卷，中國文史出版社，2005 年，第 75 頁）從小說情節看，故事的內在推動力是東塢山鬧分糧和上繳國家、按勞分配之間的幾個矛盾鬥爭回合，實際上，外部的政治話語始終有些貌合神離地遊移在故事進程外，正如馬之悅的心思，他挑起東塢山鬧分糧不是因爲階級立場不穩、想破壞黨的農村建設政策，作爲一個農民中的既得利益者，他遠沒有如此高深的政治意識，他的目的很現實，就是打擊對手蕭長春，恢復自己的權勢、地位。而

讀者在閱讀過程中被吸引的也正是人與人之間的激烈爭鬥，我們卷不離手地沉浸於馬之悅怎樣幾番利誘青年會計馬立本、遊說莽撞的馬連福、收買彎彎繞等故事情節中，同時，蕭長春與之形成對比，一心爲社、爲集體謀利，沒有個人名利，佔據他整個心思的是農業社生產。正如馬老四對他的評價：「一個人活著，不能光爲自己，光爲自己的就不是人了。那叫白活一世！就拿長春你來說吧，你要光爲自己，大瓦房早就蓋上了，大姑娘早就娶上了。可是你一心爲大夥，爲大夥自己的什麼事也顧不上，好處全讓給別人，難處全留給自己，跟著別人也吃了多少苦呀！」同上，第 178 頁。與馬之悅操心算計如何收買人心、穩固個人勢力相比，蕭長春醉心於怎樣搞好東塢山的農業生產，心中時刻牽掛社員。當他發現老社員馬老四瞞報缺糧，偷偷吃荣湯度日時，「他望望老人那張瘦黃的臉，……年輕人的心裏，一陣刀剜，一陣發熱，兩隻眼睛立刻被一層霧似的東西蒙住了。他端著碗，無力地坐在老人對面的門檻子上。他說不出話來，胸膛的熱血翻滾著，打著浪頭。他感到痛苦、慚愧，又似乎有些委屈的情感。他在質問自己：蕭長春哪，你是一個共產黨員，一個黨支部書記，你是一個農業社的領導者，你的工作做到哪裏去了？你在讓一個模範社員，一個年近七旬的、病魔纏身的老人吃糠咽荣呀……」（浩然《豔陽天》，高占祥主編《浩然全集》第一卷，中國文史出版社，2005 年，第 496 頁）當讀者真正深入小說情境時，蕭長春一心爲集體的個人品格是非常感染人心的。集體精神作爲浩然文學的主魂貫穿其全部創作，很多中短篇小說也體現出作家對「自我私利」與「集體精神」交鋒的渲染。《一匹紅瘦馬》、《人強馬壯》、《珍珠》等都表現了這個問題，富順、王德寶、佟慶合等人圖個人方便，爲自己小單位的利益，幹著不光彩的事，卻找理由裝扮自我私利；焦貴、田小武、珍珠等人所想到的都是集體，是多爲群眾做些好事，自己多擔任些艱苦的工作。雖然這些短篇小說的模式化主題容易產生審美疲勞，藝術感染力也不及長篇動人心扉，但整體來說，浩然文學內在的獨特性就在於剝離了政治話語後，他寫出了新時代農民開始轉變舊有個體經濟落後心理，開始展現出一種嶄新的道德品質。

可以這樣說，現在我們尚未擁有判別某些政治事件對錯的能力，我們無法對那個時代的政策做出一個簡單的評判，而且政治、政策是非說不清也不能作爲文學的評價標度，但在任何時代都有鉤心鬥角、爲自己利益破壞他人權益的人，也有爲集體無私奉獻的人，這種人性的矛盾和鬥爭是可以脫離政

治存在的，無論什麼意識形態性質的社會，都有這樣的人性矛盾，如《水滸傳》裏高俅一類人和宋江一類人等等，這兩種人性構成了社會生活永恒的矛盾。事實上，浩然作爲一個作家而非社會主義理論家，他可以事後在言談中賦予自己創作政治理想之類的言論，但他作爲小說家，在寫小說的時候，尤其是寫到激動人心的故事情節時，他更關注的應是集體情懷下蕭長春式人物的民間道德美善力量。作家在《口述自傳》裏提到：「在所有作品中，我最偏愛《金光大道》，不是從藝術技巧上，而是從個人感情上。因爲從人物故事到所蘊含的思想都符合我的口味。和《艷陽天》一樣，當時讀者就認爲我寫二林、彩鳳這樣的中間人物寫得好，但我不喜歡他們。今天，經歷了這麼多人世糾紛，對這種有點自私，但無害人之心的人是否比較理解了？但不，我還是不喜歡自私的人。我永遠偏愛蕭長春、高大泉這樣一心爲公，心裏裝著他人的人，他們符合我的理想，我覺得做人就該做他們這樣。至今我重看《金光大道》的電影，看到高大泉幫助走投無路的人們時還會落淚。」（浩然口述，鄭實採寫《浩然口述自傳》，天津人民出版社，2008 年，第 238 頁）我們絕對相信一個彌留之際的老人對自己創作的最後總結。多年以後的浩然看到自己的作品還依然爲心裏裝有他人的主人公落淚，可以想像當時奮筆書寫之中的他，是多麼激動，這就是文學創作的魅力。事實上，不僅是小說，當時的生活也眞實的存在過這樣的新型農民人物，在歷史的某一段時期，中國農民一改小農落後保守的思想，曾作爲時代的先鋒，激發出人性中積極、樂觀和無私的熱情。張樂天的《人民公社制度研究》一書記錄下一名農村幹部思想轉變的眞實心態：「與白求恩同志相比，眞是一個天上一個地下。我對工作沒有興趣，做一天和尙撞一天鐘，不去鑽研，不學習，通過對照認識到了自己的錯誤，我一定痛改前非，學習白求恩同志毫無自私自利之心的精神，全心全意爲人民，做一個有益於人民的人。」（張樂天《人民公社制度研究》，上海人民出版社，2005 年，第 128 頁）一個農村幹部對自己的要求是何等之高啊，在當時情境裏的確存在不少被激發出無私熱情的新式農民。不管時過境遷的今天多難想像當時的熱情，當今依然存在形式不同，做著不同事，本質上卻一樣的這種人。一心搞事業的蕭長春式人物和爭權奪利的馬之悅式人物，代表著永恒的社會人性矛盾，這才是打動、吸引讀者心靈的文學性內核。作品吸引人與否，讀者是不看作品是否對應政治的，否則大可翻閱政治條文著作，浩然的作品雖沒有超越自己的時代，卻贏得了眾多讀者，他的作品讓人願意讀，也喜歡讀，

別的作家寫的合作化小說沒有他寫的合作化小說讀者多，他的農村小說獨特在哪裏，好在哪裏？就好在他寫了人性鬥爭，真誠地寫了天下爲公、和諧美善的美好人性。這是任何時代文學渴求的人性內核，這是即使剝離政治意識形態，表現人性美的浩然作品依然能打動人的原因。這就是文學。

四、青年人的奮鬥與烏托邦理想

讀作品，就該從文學性評價作品。什麼是文學性？怎樣依據文學性評價作品「寫得怎樣」？劉納先生有句深刻的認識：「寫得怎樣，指的是藝術表現力以及造成的表達效果，即作品在怎樣的程度上體現了難以用其他形式傳達的語言藝術的力量。」（劉納《寫得怎樣：關於作品的文學評價——重讀〈創業史〉並以其爲例》，《文學評論》2005 年第 4 期）以藝術表現力和表達效果作爲文學尺度，浩然的創作較之其他農村合作化小說十分獨特，理由是他的作品富有一種內在藝術感染力。這種內在藝術感染力是什麼？通過閱讀，我認爲是浩然大部分作品裏時時洋溢出的一種年輕人爲理想、爲共同目標而團結努力、真誠奮發的喜慶氣。細心體會，可以感受到集體主義精神在浩然作品裏，不是一句純粹的標語口號，或者某種政治話語宣傳的注釋，它是切實可感的，讀起來讓人由心而生振奮感和喜慶氣，是一股爲理想而共同奔走的朝氣蓬勃氣質。

還是那句話，研究文學，就從文學本身出發，細心體會作品在哪些地方觸動了自己的閱讀感受，一切外在的尺度都無法代替文學感受，雖然浩然抒發的集體主義精神不可避免地帶有時代政治宣傳色彩，可在寫作方面，浩然用小說有效地證明了他的文學性。翻閱《豔陽天》，乃至《金光大道》，在虛構的階級鬥爭故事背後，令讀者激動的不是階級鬥爭的驚天動地，而是蕭長春們爲堅守某種生活理念而共同奮鬥的激情與愉悅。不管他們堅守的理念在當時和如今有何種評價，哪怕是一種烏托邦式的激情，無論什麼時代，年輕人的蓬勃奮鬥總是令人振奮的。讀浩然小說，其間內蘊的青年人的奮鬥與烏托邦激情，使之不同於其他合作化小說，隨著閱讀我們明顯感受到一種激昂的青春氣息。《豔陽天》裏一群全心投入農業社建設的青年搞起了封山育林、廣植果園的試點。在這塊新開墾的苗圃上，我們讀出青年人的憧憬：「年輕人爲什麼不歡樂呢？……他們心裏充滿著春天，春天就在他們的心裏邊。他們每個人都有自己的歡樂與追求。這片綠生生的樹苗，是他們共同的、綠色的

希望。在他們的眼前，常常展現出一幅動人美景：桃行山被綠蔭遮蔽了，春天開出雪一般的鮮花，秋天結下金子一樣的果實；大車、馱子把果子運到城市裏去，又把機器運回來。那時候，河水引到地裏，東山塢讓稻浪包圍了；村子裏全是一律的新瓦房，有像城市那樣的寬坦的街道，有俱樂部和衛生院；金泉河兩岸立著電線杆子，奔跑著拖拉機……人呢，那會兒的人都是最幸福最歡樂的人了。」（浩然《豔陽天》，高占祥主編《浩然全集》第一卷，中國文出版社，2005 年，第 183 頁）這幅美景預支著未來的希望，這群青年人腳踏實地從小小的苗圃做起，一個小火花傳遞著無限奮鬥的激情，這就是青年人的特質，為了心底的美好期盼，他們努力克服現實中的困難。《金光大道》中的高大泉帶領青年社員外出採石，為辦好農業社節省開銷，他們夜宿松柏坡。小說寫到一個青年幹部為理想起步而精心打算：「高大泉往宿營地走，寂靜的山谷響著他腳踏石子的聲音。他用手掂著可做柴草的鳥窩，心裏盤算起過日子的事情。他想，現在已經在工地上幹了十幾天，除去吃用盤費，買的那輛破舊大車的本錢也掙出來了。他想，往後接著幹，再領到工錢，就給組員們買口糧；口糧準備充足，餘下錢買些肥料，再用到青苗地裏；手頭還寬綽的話，應當添置幾件秋收用的小工具。他想到秋收，就如同小孩子想到過節日似的，心裏充滿著嚮往和激動。組織起來的翻身農民，能夠從分到手的土地上拿到第一次收穫，就算站住了腳，互助合作也有了根基，從此就能夠一步一步地朝前發展。」（浩然《金光大道》，高占祥主編《浩然全集》第五卷，中國文史出版社，2005 年，第 274 頁）浩然筆下的青年人，像桃花源裏的武陵人，渴望超越現實中的生存局限，將共產主義期許的美好未來作為奮發的藍圖，期望創造先前不曾有過的世界，並為之同甘共苦、重義輕利。即使他們努力的目標和結果受人質疑，即使在今天看來那是一個時代烏托邦，但任何時代青年人為其理想而奮鬥的本質是無可詬病的。從現代「五四」新文化運動開始，年輕人作為新生力量的崛起，開闢了中國文化新質，青年一代覺醒了，為民族振興而奔走相告；新中國建立後，同樣有一群青年人披星戴月、萬眾一心地渴望改變舊制度，為創造前所未有的新生活而共渡難關，這種青年人的朝氣特質屬於人類本性，在不同時代、不分政治意識形態性質的社會裏閃耀著它的光芒。在浩然小說裏體現出的這種年輕生命的熱忱，即使是烏托邦性質的消耗，也成為剝離小說時代政治意識形態話語，打動讀者之心的優質文學特質之一。從某種深層閱讀體驗感觸而言，浩然的這類文本完全可以讀作青年人為自我

認定的理想、青春而奮鬥的故事。每個時代，都有年輕人獨有的熱血拋灑途徑。五六十年代的青年人選擇了爲天下而公的理想，並爲之付之摯誠。儘管時代變遷，從不同立場對他們的理想，我們有著個人見解，但在心靈深處，我們無法否認青年人爲理想而奮鬥的生命本能。作爲文學表達，作家在作品裏體現的桃花源尋夢者的真誠理想與努力，這種情懷是十七年文學裏其他作家不多體現的情感。在這點上，浩然用小說藝術證實了他的文學感染力，是另一個祛除政治話語，浩然小說依然具有存活理由的文學因素。

　　怎樣看待浩然文學本身保有的獨特魅力？評價浩然，不脫離時代政治話語是必要的，可是之後呢，作爲文學研究，尋到作品與讀者心靈交匯的地帶才是最重要的，跳不出政治意識形態，不斷糾結在歷史政治、政策等外圍視線，不願進入文學本身考察浩然的文學性，始終無法說清浩然小說在政治寫作之外的獨特性。文學說到底，是個閱讀體驗問題，是人與人、讀者與作者進行心靈對話的過程。進入文本內部，我們才真正與浩然進行心靈對話。在這種對話中，我們不僅要知道浩然告訴我們什麼，更重要的是我們自己感受到了什麼，這才是文學的本質，也是文學研究最基本的方法。可是，這對於長期受意識形態束縛的研究者卻是最難做到的。所以，圍繞針對浩然的是是非非的評價，我認爲只有走進文學內部，在人與人的心靈對話中，體會哪些感觸了我們，又是什麼打動了我們，這才是體驗文學的根本之道，才是說清楚浩然創作獨特性的有效途徑。

第三節　浩然如何被「經典化」

　　前面一節提到浩然創作的獨特性，接下來我們繼續考察浩然在十七年和「文化大革命」時期的小說創作是如何被「經典化」的。整體說來，新中國主流文學中被塑造爲經典的長篇小說爲數不少，在政治與文學一體的時代，文學經典化的塑造印刻著政治的印迹。提到眾多的紅色經典作品，我們耳熟能詳，卻少有探究這些作品何以能稱爲「經典」，又是怎樣被確立爲「經典」的。浩然的代表作《豔陽天》、《金光大道》是兩部爭議較大的小說，尤其是《金光大道》，從 20 世紀 70 年代出版到作家不久前離世，針對這部小說的評價褒貶不一。面對這些是是非非的爭議，考察浩然留存的時代文學產物是怎麼被經典化的，釐清在作者、讀者、評論互動的文學場域中，「八個樣板戲、

一個作家」的浩然及其代表作如何一步步成爲社會主義無產階級文學經典，自然意義重大。在當今時代，主流意識形態話語如何生產、傳播文學效應，如何人爲製造文學「經典」，這些都爲我們認識主流作家的經典化提供了有效渠道。

一、經典的釋義與前提

經典，指具有典範性、權威性，經久不衰的傳世之作，是經過歷史選擇的最有價值、最能顯示精髓、最具代表性、最完美的作品。根據這樣的解釋，能夠成爲經典之作的文本，首先應具有豐厚的文化內涵，展示人類精神的根本問題，並且與特定時代相結合，有代表性和震撼力。在文學創作與傳播泛政治化的十七年，文學「經典」的確立在一定程度上游離了原初的定義。十七年文學經典的生成，政治取捨是關鍵，經典的生產在於是否符合典範性的文藝政策。在特殊的十七年文學場域中，考察文學經典化歷程，首先應關注它的生成前提。

十七年文學體制的生成是浩然本人及其小說《豔陽天》、《金光大道》被譽爲無產階級文學經典作品的前提。一般而言，作品出版進入讀者接受階段，學術團體、報紙雜誌具有關鍵作用，它們充當著闡釋者，對文本經典化起主要作用。當代文學取消了晚清以來以雜誌、報刊爲中心的文學自由生產、傳媒機制，文學傳媒的自主空間非常有限。政治權力掌控文學創作、宣傳渠道，收縮文學批評權利，極大地凝聚權威批評導向並限制異己聲音的發聲，大大增強了《豔陽天》、《金光大道》等主流文學的「經典化」成功率。

特定文學體制的生成，不僅約束了文學的生產與傳播，同時通過各種方式轉化爲大眾接受者的主動認可，使文學接受達成共識。「受眾需求」爲《豔陽天》、《金光大道》這類符合體制化的創作經典化提供前提。而在新中國成立之初，受眾需求得以實現，歸功於新中國成立初期全國掃除文盲工作的大力開展，從 1949 到 1956 年，黨政工作不斷強化這項工作的落實。沒有掃盲工作的普及，沒有文學意識形態功效接受對象的配合，在新中國成立之初較低的全國教育水平上，試圖加強文學宣傳、控製作用，會極其費力。文學服務的主要對象——工農兵的文化普及，是主流文學經典化得以實現的又一前提。

文學作品實現經典化，除文學機制、受眾需求外，發行傳播也很重要。作家創作產品，必須通過有效的傳播途徑，使作品普遍到大眾閱讀的程度，

才能使經典化成爲可能。《豔陽天》和《金光大道》能在十七年暢銷全國，乃至在農村地區可以購買到，離不開官方文化部門的大力發行和售書支持。新中國成立後，全力建立覆蓋全國的圖書發行網絡。1956 年，國家文化部和全國供銷合作總社發出指示，要求基層供銷社經營圖書發行業務，加強圖書發行力度。文學作品才得以進入分散、偏遠的廣大農村，爲六七十年代浩然小說流行城鄉創造條件。

　　經典的樹立，離不開特定的文學體制和傳媒機制，十七年文學的生產、傳播形式爲《豔陽天》《金光大道》等主流文學經典化創造了前提。

二、經典化的實現

　　浩然的「經典化」地位主要是通過兩部長篇代表小說實現的。《豔陽天》是浩然三十而立的第一部長篇小說，《金光大道》接續《豔陽天》，確立了浩然無產階級文學戰士的地位。根據經典是闡釋者與被闡釋者文本之間的互動結果，十七年文學經典化過程涉及文學體制、出版、評論、讀者等因素。這兩部作品毫無例外地遵循了十七年主流文學的「經典化」運作模式，同時顯現出不同尋常的特質。

（一）經典的出版及報刊推廣

　　文學作品只有發表或出版，才能面對更多的讀者，而不同級別的出版社或雜誌，在很大程度上，決定了作品面世的第一步成就。《豔陽天》是一本差點被埋沒的著作。據浩然在《口述人生》裏講，當雄心壯志的青年作家浩然興致勃勃地準備將剛剛脫稿的《豔陽天》拿給人民文學出版社時，電話那頭的冷淡澆滅了作者的興奮，轉念給了另外一家大型雜誌《收穫》。很快，這部反映當前農村合作化運動中階級鬥爭生活的長篇小說得到《收穫》的青睞。在發表之後，人民文學出版社輾轉又向作家索稿，年輕氣盛的作家拒絕給稿，經過浩然所在《紅旗》雜誌上級領導鄧力群做工作，《豔陽天》最終於 1965年由人民文學出版社出版。這段小插曲增添了小說面世的曲折，也慶幸權威出版社的出版爲《豔陽天》獲得極大反響、成爲經典提供了良好條件。

　　《豔陽天》面世後，立即得到文學刊物、評論者的關注。最早的介紹文章是 1965 年 1 月《北京文藝》上王主玉的《評長篇小說〈豔陽天〉》，文章闡釋《豔陽天》的成就道：「比較深刻地反映了社會主義革命和社會主義建設時期，農村中尖銳、複雜的階級鬥爭。……作者選擇這個時期的重大題材，截

取典型的生活面貌加以藝術體現,是既有歷史意義、也有現實教育作用的。」(王主玉《評長篇小說〈豔陽天〉》,《北京文藝》1965 年 1 月)這幾乎成為後來每評必重複的評價。確立《豔陽天》作為社會主義現實教育意義作品的性質,在政治大於文學意義的時代,這種評價是正面的,首先為浩然小說經典化提供了政治性的定位。接著,《文藝報》在 2 月組織北京京郊公社農民基層幹部座談小說。最高文學機關刊物《文藝報》組織農民讀者座談並推薦作品,這一舉措充分肯定了小說的文學政治地位。在大力提倡為工農兵服務的文學時期,《文藝報》舉起《豔陽天》這面文學創作實績旗幟,為小說經典化的確立提供了重要信號。以《文藝報》和農民讀者兩個群體的名義發出評論,在當時具有權威意義:一個是代表黨的文藝喉舌,一個是代表國家的主人。因為受到機關刊物《文藝報》的關注和肯定,小說在發表後的幾個月時間裏快速進入全國文學關注視野。隨後,從 1965 年 2 月開始,《光明日報》、《天津日報》、《北京日報》、《安徽日報》、《羊城晚報》等重要國家及地方報刊陸續推薦,推動了作品在全國的影響效應。

集作家更大心血而創作的《金光大道》毫無疑問地由人民文學出版社出版,《光明日報》和《人民日報》於 1972 年 8 月和 10 月發表重要評論文章,隨後,更多的報刊介入《金光大道》第一、二部的評論活動,《人民文學》、《文匯報》、《解放軍報》、《安徽文藝》、《天津文藝》、《河北文藝》、《黑龍江日報》、《北京日報》從 1972 到 1976 年不斷推出文章,並且引起香港《文匯報》以及日本《咿呀》文學刊物的關注,很快進入全國性的文學關注視野。

(二)學術研究機構對經典化的推進

報紙雜誌對作品的推廣,引起了專門文學研究機構及人員的重視。1972年,武漢大學中文系、揚州師院、開封師院中文系等高校的讀書小組組織關於《豔陽天》的討論會,並發表評論文章。《金光大道》發表後,武漢大學、山東大學、遼寧大學、復旦大學中文系也紛紛組織工農兵學員發表文藝評論,大學教授文學課程的老師也撰文評論。這些評論文章均按照階級話語分析作品的內容和人物。值得一提的是《文學評論》上范之麟的《試談〈豔陽天〉的思想藝術特色》。此文第一次較為詳細、有文學批評色彩地分析作品在塑造蕭長春這一正面形象過程中的優點和不足,指出正面人物的刻畫主要是從「忠於社會主義思想品質」和「進行階級鬥爭的本領」。(范之麟《試談〈豔陽天〉的思想藝術特色》,《文學評論》1965 年第 4 期)出發,進行無產階級英雄人物塑造,

舉小說細節爲例說明作品對各類人物刻畫細緻且語言生動，彌補了之前的評論文章對蕭長春英雄人物形象塑造的典型性意義評論不足的缺陷，進一步在小說經典化過程中鋪敘重要話語。相對關於《豔陽天》的評論推動其經典化過程，《金光大道》的操作方式更爲成熟。在可以索引到的當時 47 篇公開發表的有關《金光大道》的評論文章中，筆者認爲是由三篇重量級的評論文章一步步把小說推到無產階級文學經典地位：1972 年 8 月鮑定文的《向著社會主義的金光大道前進──評長篇小說〈金光大道〉》，1972 年 10 月金枚的《農村鬥爭的畫卷──評長篇小說〈金光大道〉》，1972 年 12 月麓山草的《走社會主義道路的帶頭人──讀長篇小說〈金光大道〉》。選擇此三篇評論文章，不僅僅是發表的報刊級別具有影響性，更重要的是在評論內容和程度上，三篇文章逐步昇華《金光大道》的政治地位和文學意義，不斷深化小說作爲經典之作的評定。鮑定文在文中確立「《金光大道》是當前我國社會主義文學創作中值得重視的新成果」。（鮑定文《向著社會主義的金光大道前進──評長篇小說〈金光大道〉》，《光明日報》1972 年 8 月 23 日）金枚首次分析高大泉的無產階級英雄形象，確立小說塑造社會主義無產階級文學典型人物形象的功勞。麓山草更進一步明確《金光大道》在當時的文學意義：「《金光大道》在展示社會主義革命時期的鬥爭風貌，塑造無產階級英雄形象等方面，已經顯示出『文化大革命』以後文藝創作的許多特點。」（麓山草《走社會主義道路的帶頭人──讀長篇小說〈金光大道〉》，《解放軍報》1972 年 12 月 6 日）該文把《金光大道》樹立爲「文化大革命」中「三突出」、「多側面」創作方法的典範。直到 1976 年，關於《金光大道》的評論皆在此定論下進行衍生。學術機構對作品的評論，有力論證並不斷推動《豔陽天》和《金光大道》走向經典地位。

（三）經典的讀者認同

如果說十七年文學的經典化主要是通過黨政文化部門運作，那麼讀者的作用也不可忽視。從現代文學提出文學大眾化開始，少有文學作品眞正深入知識分子以外的農民群體，而浩然的作品做到了農民能讀、愛讀，這是小說經典化實現的重要一環。

《豔陽天》出版後，爲適宜農民閱讀習慣，浩然壓縮篇幅，簡化情節。1965 年，人民文學出版社出版《豔陽天》第一卷的農村版。作者提到，在《豔陽天》發表後收到多達萬件的讀者來信。書出版十年間，發行五百多萬冊，並且翻譯爲朝鮮文、日文由延邊人民出版社、日本青年出版社出版。20 世紀

70 年代，由長春電影製片廠拍攝成電影，由人民美術出版社改編成連環畫，中央廣播電臺以廣播劇形式在電臺播講，使更多不識字、不讀書的人和偏遠山鄉的人知曉。甚至這部小說成為當時農村合作社之間表示友好的禮物，大家敲鑼打鼓，把書繫上紅綢帶，相互贈送。更能戲劇性地說明《豔陽天》在當時之經典的故事是，據扮演《西沙兒女》的男主人公陳亮的張連文回憶，他去青島嶗山一個村子，支書夫婦請他吃飯，他們說，就因為浩然的《豔陽天》這本書，他們才結成夫婦。吃飯時，書記念了第一句，媳婦就能接下第二句。（參見陳徒手《人有病，天知否：一九四九年後中國文壇紀實》，人民文學出版社，2000 年，第 378 頁）不僅如此，許多活躍在文壇的知識分子也承認，在文藝蕭條的年少時期，閱讀浩然小說成為最早的文學啟蒙。《金光大道》雖然在出版上幾經周轉，但一樣擁有大量讀者。筆者 2010 年 6 月採訪了浩然家屬，回憶了《金光大道》當時受讀者歡迎程度：《金光大道》是「文化大革命」以來，出版界恢復出版文學作品後的第一部個人署名的作品，印數 500 萬冊，數量空前絕後，作者無稿費，收入養了整個出版社一年，包括留守在社裏的和下放勞動人員的工資等。據浩然女兒梁春水回憶，曾聽父親說人民文學出版社在後院蓋起一座小樓，用的就是《豔陽天》和《金光大道》的發行收入。以上這些足以說明浩然小說在當時的發行量之大，讀者之眾多。同時說明浩然小說經典地位的確立並非僅因其政治因素。浩然小說深入廣大農村，在文學「大眾化」的軸脈上，是完全有權利稱為「經典」的。

（四）經典地位的最終確立

《豔陽天》從出版到引起廣大評論關注，直到經典地位的確立，是一個漫長的過程，跨越了整個十七年到「文化大革命」時期。真正以政治權威話語形式確立浩然小說「經典化」地位是「文化大革命」期間。1974 年 5 月 5 日，以初瀾署名，《人民日報》上發表了《在矛盾衝突中塑造無產階級英雄典型——評長篇小說〈豔陽天〉》。文章以「《豔陽天》是我國文藝戰線上兩個階級、兩條路線激烈鬥爭中產生的一部優秀文學作品」。（初瀾《在矛盾衝突中塑造無產階級英雄典型——評長篇小說〈豔陽天〉》，《人民日報》1974 年 5 月 15 日）的定性，確定了浩然小說不可動搖的政治地位。熟悉這段歷史，翻閱過那個時期國家報刊的人都知道「初瀾」是「文化大革命」中著名的寫作班子的筆名之一。文化組的寫作班子主要有四個筆名：初瀾、江天、宿燕、望浦。其中，「初瀾」排在第一，一般用來發表被認為最重要的文章。在特殊

的政治時期，這篇文章一經發表，就算在全國取得了著作的經典權。隨即，1975 年，浩然當選為第四屆全國人大代表，文學地位的肯定帶來作者政治地位的提高。不同於正常的文學經典確立歷程，《豔陽天》在十七年其他長篇小說飽受批評、命運坎坷的年代，獨秀一枝地被確立為「文化大革命」時期的文學經典。作者在 20 世紀 70 年代出版的《金光大道》是「文化大革命」期間被稱為「八個樣板戲，一個作家」的關鍵作品，作為「文化大革命」期間不多的、有官方殊榮出版的文學作品，本身已取得特殊時代的文學經典地位。

（五）經典的文學史書寫

按照文學經典運作模式，作品必須得進入文學史，方可以鞏固經典地位。不同於《創業史》、《紅旗譜》、《山鄉巨變》等十七年主流小說，《豔陽天》、《金光大道》的出版時間均在 1962 年後，浩然的長篇小說自然無緣進入五六十年代諸如 1962 年由華中師範學院中國語言文學系編著的《中國當代文學史稿》這類同時代的文學史書。1965 年，浩然的長篇小說不斷出版後，又恰逢「文化大革命」，文學史的編寫難以繼續。而當 1978 年撥亂反正、進入新時期之後，受政治因素的影響，浩然的小說遭到否定，80 年代的文學史對《豔陽天》、《金光大道》的評價或者是「全盤否定」，或者是「否定中的部分肯定」。1980 年郭志剛主編的《中國當代文學史初稿》和 1986 年洪子誠編著的《當代中國文學概觀》，在肯定《豔陽天》的同時，基本上把《金光大道》寫成浩然進入「文化大革命」後的「創作歧途」。直到 90 年代末期出版的當代文學史，少有對浩然小說的專節介紹。時至今日，面對「文化大革命」文學，如何評價浩然創作依然懸而未決。鑒於這些情況，我們無法從文學史書寫角度，給《豔陽天》和《金光大道》做出準確定位。但值得思考的是，R・麥克法奈爾、費正清主編《劍橋中華人民共和國史》中《共產主義統治下的文學》一章，唯有浩然享有專節的文學創作評價。1999 年香港《亞洲周刊》評選世紀百強中文小說，《豔陽天》「以刻畫農村的面貌入木三分」入選「二十世紀中文小說一百強」第四十位。1949 至 1976 年的中國大陸小說，只有浩然《豔陽天》和王蒙《組織部新來的青年人》入選。2008 年國家圖書館中文圖書借閱榜上，《豔陽天》名列 13 位，是 120 本上榜書中唯一的一本文學作品。

三、經典化的主體性因素

在眾多的十七年主流文學裏，並非每一部小說都能有幸佔據人們的視線，要成為十七年文學經典，除了藝術可取、相關文藝部門支持外，作者創作主體因素至關重要。在相同的表現社會主義新農村題材下，在共同的外界政策規約下，浩然小說何以能成為這一時期的文學經典？關注作家在相同的文學體制下，創作主體意識對文本經典化起到什麼作用，是考察浩然小說實現經典化的必要追問。

《豔陽天》、《金光大道》為何能成為十七年到「文化大革命」小說創作的一面旗幟？小學三年級文化水平的他，為何能成為贏得廣大讀者和政策支持的有名作家？除了作家的辛勤寫作、豐富的農村生活經驗、時代的眷顧等原因外，相比同時代其他作家，浩然創作的主體因素起到決定作用。從工農兵作家隊伍脫穎而出的他，真誠地信奉黨的文藝政策，一心「為農民、寫農民」，抱著明確的寫作信仰，浩然深信文學「是宣傳黨的政策、配合黨的政治運動的武器，是宣傳群眾、教育群眾、團結群眾的武器」，（浩然《小說創作經驗談》，中原農民出版社，1989 年，第 22 頁）文學工具論的信念紮根於浩然心底。相比同時代作家，浩然在對待政治與文學的關係上，是輕裝上陣的，作家的主體創作信念為小說的經典化提供了可能。

根據這樣的創作信念，《豔陽天》、《金光大道》由始至終均明確地依據政治需求、黨的政策進行寫作。以《豔陽天》為例。1962 年，中央北戴河會議重提「階級鬥爭要天天講，月月講，年年講」，再次高度重視階級鬥爭的重要性。作家浩然有著一種敏感的政治識別力，熟知政策對文學創作的重要性。此時的他豁然開朗，把反映「階級鬥爭」作為開拓自己創作新天地的依據，立志在長期積累農村生活素材的基礎上，寫一部反映社會主義農村建設的長篇小說。和《創業史》、《山鄉巨變》等農村小說不同，浩然有更明確的政治定位，為配合階級鬥爭政策，作家明確表示《豔陽天》的寫作動機是要打退「城市裏的一些牛鬼蛇神」、農村「那些被打倒的階級」對黨的進攻。（浩然《寄農村讀者——談談〈豔陽天〉的寫作》，《光明日報》1965 年 10 月 23 日）隨著日益激化的鬥爭形勢，作家對小說的構思也在不斷調整，以適應政治形勢的變化。浩然後來談道，在《豔陽天》定稿的時候，文藝界正在進行整風，「文化大革命」正拉開序幕，作家很快意識到危險，放棄了在作品裏摻進一些接受改造或改造好了的地主分子的最初構思，捨棄了對生活的真實所見和個人思考，

原因很簡單，就是因爲那幾年沒有講「改造」地主的政策，害怕寫進這些內容鬧個「一塊臭肉壞一鍋湯」。（浩然《小說創作經驗談》，中原農民出版社，1989年，第 57 頁）從創作動機到創作調整，我們都可以看到作家爲迎合現世政治、保障小說創作立場的用心。相比《豔陽天》，陳登科創作的《風雷》就沒有這麼幸運了。同樣出身工農兵作家隊伍的陳登科，同樣不遺餘力地詮釋時代的主流，熱情宣傳政治領袖的最高指示，在創作動機和題材、形式上無異於《豔陽天》之類的農村合作化小說，但陳登科沒有浩然那種明確的政治意識或者說政治敏感，同樣寫農村合作化的《風雷》不但沒能成爲主流經典小說，反而給作家帶來人生的噩運。《風雷》寫農村合作化運動中發生在黨內的兩條路線鬥爭。《豔陽天》寫農村合作化運動中發生在黨外的激烈階級鬥爭。《風雷》的故事發生在淮北農村一個叫黃泥鄉的鄉村，由於黨委領導的退化，不但消極開展農村合作化運動，在抵制階級敵人的激烈進攻方面也缺乏力度。區委書記熊彬不思進取，被資產階級思想「糖衣炮彈」打倒。區委宣傳部長朱錫坤只會叫嚷「不管什麼主義，吃飽肚子就好」，作爲黨內幹部不但不執行黨的路線，反而暗中庇護稱霸一方的反動階級敵人。在區委第一書記祝永康的正確帶領和圍繞他的一群熱忱農民努力下，歷經和黨內外不良勢力的激烈鬥爭，終於走上社會主義大道。《豔陽天》以京郊東山塢兩條黨外階級鬥爭爲線，展開轟轟烈烈的農村生產、思想改造運動。故事集中發生在短短幾天，涉及眾多農民群像，並按照兩大階級對壘劃分農民成分：代表資本主義力量的富農、地主階級和代表社會主義力量的貧下中農。在社會主義力量一方，以蕭長春、焦淑紅、馬老四等爲代表的積極分子堅決走合作化道路，和對於想要破壞農業集體化的一批反動分子展開激烈鬥爭，並取得最終勝利。在構思小說的動機上，陳登科和浩然一樣，欲通過文學寫作宣傳黨的政策，但陳登科在政治上的不成熟，使他犯下致命的錯誤。缺失的政治敏感讓他忽略了《中共中央關於目前農村工作中若干問題的決定》中明確指出，少數地方的「奪權復辟」現象，只表現在農村基層單位，而隱藏在黨內、起破壞作用的地主資產階級也只是少數現象。《風雷》卻將鬥爭矛頭集中在黨內較高領導層，加之對黨內正面英雄人物刻畫力度不夠，對黨內蛻化分子著筆不少，這樣的寫法存在巨大的政治風險。《豔陽天》雖然同樣也是寫農村路線鬥爭，卻緊跟當時政治，把矛盾著眼點放在黨外路線，大力強化黨內幹部蕭長春的英雄形象，而投機黨內的村支書馬之悅很快就被識別、清除出革命隊伍，整個小說矛盾

集中在同地主分子馬小辮等階級敵人的鬥爭中，成功演繹了當時中央政策對於形勢的認識。而《風雷》由於在政治表達上的含混性，被批評爲對農村形勢估計悲觀，把黨的領導寫得那麼糟糕。在「文化大革命」時期，更遭到滅頂之災，被定性爲「中國赫魯曉夫篡黨復辟的反動小說」。（安江學《砸爛中國赫魯曉夫篡黨復辟的黑碑——批判陳登科的反動小說〈風雷〉》，《人民日報》1968 年 7 月 8 日）這就不難解釋爲何同樣是表現階級鬥爭觀念的小說，命運差距之大。簡單地說，由於《風雷》沒有充分強調敵我階級鬥爭，又過多涉及黨內權力變質、黨內鬥爭，這種政治上的含混不容於當時的形勢，隨著政治變化，被別有用心之人利用，成爲反黨的「罪證」。相比之下，《豔陽天》的寫作有著明確的政治立場，並且生怕「一塊臭肉壞一鍋湯」，即使放棄個人獨立思考，也堅決不寫把握不准的、可能壞事的內容。從緊跟政治的文學工具論信念到維護創作政治立場的作家主體意識，我們可以看到小說家的主體性對作品實現「經典化」的主觀保障。

綜上所述，考察浩然及其代表作《豔陽天》、《金光大道》的經典化歷程，可以發現新中國主流文學的經典化，是文本、作家與政治權力合在一起而成的。在作者、讀者、評論互動的文學傳播場域中，浩然和他的《豔陽天》、《金光大道》一步步成爲社會主義無產階級文學經典。從這一過程，可以看到，要成爲無產階級文學經典，衡量準則並非僅有時代因素。在相同文學體制下的創作產品，是否獲得經典意義，作家的主體性發揮著顯著作用。與同時代其他獲得經典地位的作品相比，《豔陽天》和《金光大道》的經典化，乃至「文化大革命」後的「去經典化」，它們的成就與曲折的遭遇，都是我們反觀浩然及其創作的有效渠道。

第四節　浩然「獨特」的成因

上文探討了在歷史的風口浪尖上，浩然文學在十七年至「文化大革命」文學時期的獨特之處。對於浩然爲何能成爲十七年到「文化大革命」農村小說創作的一面旗幟，爲何僅有小學三年級文化水平的他能成爲贏得廣大讀者和主流政策支持的有名作家，除了從政治原因、文學因素考察，本節主要針對浩然成其爲「浩然」的作家個人創作心理機制、社會原因、知識結構等方面說明其「獨特」的成因。

一、忠誠與時代的一致性

對於大部分迎接中華人民共和國來臨的作家們，除了最初的真誠期待與歡喜外，隨著政治意識形態對文學的極「左」政策，此時期作家的心態呈現出複雜性。相較而言，像浩然這樣長於紅旗下的年輕作家，不需要脫胎換骨的思想改造，便天然真誠地信任這個新時代，忠實歌唱這個時代的萬事萬物。對於浩然創作中的「政治頌歌」信念，客觀地看，我們不可以將其當做一種功利性口號。他的忠誠與時代需求具有一致性，「永遠歌頌」體現了浩然亦步亦趨跟隨政治創作的獨特心態。

浩然對黨有強烈的報恩思想，曾多次說「是社會主義的新時代給了我走上文學道路的權利，沒有共產黨領導的革命勝利就沒有我。我永生永世都不忘恩負義」。(浩然《〈浩然選集〉自序》，孫大祐梁春水編《浩然研究專輯》，百花文藝出版社，1994 年，第 46 頁) 這話不是作家在作秀，從浩然的個人經歷可以體會作家的表白是發自內心的。浩然出生在貧困家庭，幼時喪失雙親，在舊社會度過童年，14 歲走上革命道路，16 歲便加入中國共產黨。在浩然的童年經歷裏，有這樣一件事情奠定了他的忠誠愛黨信念。14 歲那年，寄人籬下的浩然面臨被趕出家門的絕境，當時一位共產黨基層幹部根據群眾的反映和調查，在最困難的時候幫助他要回了原本屬於他而被占去的房屋，使他的生活得以支撐下去。這一絕處逢生的經歷，使浩然開始真心感謝共產黨，並積極投身共產黨所領導的運動。十幾歲的浩然在新中國成立以前一直親身參加大大小小的革命實踐活動，對於一個正處於成長階段的青年，這段經歷可以說是他生命的一部分，因此他對革命鬥爭重要性的感知必然比其他人強烈，對自己筆下的英雄人物、農民故事有著深深的摯愛，這些人物和故事直接和他的生命體驗連接，而不是浮誇虛假的口號式寫作，是他在艱難成長過程中的親身體驗。不瞭解這點，便難以理解浩然在創作心理機制上，比一般的作家更忠實於黨的文藝政策。新中國成立後，憑著童年時代的一些民間文化薰陶和自強不息的努力，一個農民的子孫「奇迹」般地實現了文學夢。浩然在新中國成立之初，在一次偶然編排的鄉村小喜劇表演中，開始萌生文學創作的夢想。正因為這次編劇演出的成功，第一次讓他看到了寫作原來可以和革命結合而成為有效的宣傳武器。在實踐中，他不斷認識到文學對革命的作用，這無疑養成了他緊跟黨的形勢、政策創作的習慣。當浩然認為他的一生都受惠於共產黨領導的革命鬥爭時，這種發自內心的忠誠便成為作家內在的創作

心理因素。浩然坦誠地說:「像我這樣一個只讀過三年半小學,身居偏僻鄉村,連『作家』這種名稱都不曾聽說的農民子孫,能夠愛上寫作,能夠搞寫作,並以它爲終身職業,若不是共產黨、毛主席領導窮人搞革命,政治上得解放,經濟上鬧翻身,那是不可思議的事情。正如我常說,連做夢都沒有做到過當作家!」(浩然《浩然簡介》,孫大祐梁春水編《浩然研究專輯》,百花文藝出版社,1994 年,第 11 頁) 這種感恩般的熱忱,成爲浩然一生創作的情感,這就不難理解爲何在其他作家猶豫彷徨之際,他卻一路輕快地創作著,忠於自己內心地歌頌著。他 1956 年的處女作《姐姐進步了》就飽含著對共產主義事業的熱愛。他的文學信仰和政治信仰是一致的,當一個作家從內心深信不疑文學就是黨的宣傳工具時,我們就不難理解浩然爲何能緊跟政治、絲毫不偏差地按照政策寫作。

文學信仰的確立,對青年時代的浩然來說是一瞬間的,「一個人的信仰和世界觀的形成是很複雜的嗎?要有一個漫長的過程嗎?也許是。然而,對我來說卻是極爲簡單而迅速的——彷彿就是在河邊的那個明淨早晨,就是那麼一閃念,便冒出了芽兒、紮下了根子,一直到年逾古稀,都在長,都在長」。(浩然口述,鄭實採寫《浩然口述自傳》,天津人民出版社,2008 年,第 46 頁) 浩然忠誠於時代需求的創作心理機制,其文學信仰與政治信仰的一致性,是作家在政治風雨如晦的創作年代輕裝上陣的原因。

二、樂觀、堅強的個人性格與實踐生活的體會

浩然憑著有限的文化背景自學成才,從一個不識幾個大字的農民成爲中國當代文學重要的作家,有著超越常人的堅強與樂觀。浩然的創作道路並不是一帆風順的,他個人性格裏的樂觀與堅強時常投射到文學寫作中。能在現實生活苦不堪言時依然保持樂觀向上的寫作姿態,我認爲,個人性格投射到創作中是一個不可忽視的原因。

浩然偶然接觸到文學帶來的快樂後,從此開始了義無反顧、癡迷不倦的「爬格子」夢想。據浩然自傳說,當下定決心追求作家夢,自己便像著魔般迷上了寫作和投稿,每天心懸投稿結果,時間久了,大家都對他每天都去收發室看有沒有退稿信習以爲常。終於有一天,《河北日報》刊登了浩然的第一篇一千多字的處女作《姐姐進步了》,這是浩然用一百多篇退稿換來的最初成果。憑著一股一定要做出成就的堅持,浩然在追求文學的道路上,可以放棄

休假、和家人團聚，只為不落下掃盲課程；為得到河北青年業餘作家的培訓機會，可以忍辱負重地在被取消代表資格後，仍然堅持旁聽。諸如此類的堅守例子很多，浩然為追尋文學付出的努力是很多人難以想像的。在這條創作再難也要堅持不懈，再難也要樂觀的道路上，浩然骨子裏的剛硬不自覺地投射到文學創作中。在一定層面上，我們可以理解為何作家寫作中總是保有一種樂觀積極的情緒。

此外，浩然深入農村所見所聞的某些生活感受是他「獨特」創作的源泉。1960 年春天，浩然以下放勞動鍛鍊幹部的身份，到山東昌樂縣擔任城關公社第一任黨支部書記。在那特殊的艱苦歲月，他深入農村，親眼目睹村民們正接受著災難的煎熬。他與村幹部一起管理村莊，組織領導農業生產。在進村後的八個月日子裏，浩然肩負起黨支部書記的職責，組織和發動好全村男女老少，依靠集體力量，搞好生產自救，盡力度過災難。在此期間，浩然深刻地體會到集體的力量、黨組織的作用。浩然到東村後，首先健全大小隊兩級領導班子，使一盤散沙的村莊有了一個一心一意抱成團、為集體為大夥兒謀利益的黨組織；然後清查倉庫，摸清集體財產家底，計劃節約用糧，逐家訪貧問苦。當時，要是隊裏安排不好，食堂就會斷炊，社員就會斷頓，尤其那些體弱多病的老人就會餓死。在冰天雪地的季節，浩然帶領社員說修渠道就修，奮戰半個月，修成村里第一條長達兩里路的水渠。由於浩然和村民不等不靠，精打細算，積極採取各種救災方式，使全村 80 多戶近 400 口人沒有一戶出現問題，終於把災難熬了過去。在東村，還有不少舍己為人的農民打動了浩然的心靈。當時規定晚上護坡值班的每人二兩瓜乾麵煮點粥喝，但每當煮好了粥，保管員田敬元就藉故離開，約摸大家把粥喝完才磨蹭回來，每次都說在家吃了，其實他根本沒吃，是讓出糧食給看坡的其他人吃了，這位老保管員後來成為《艷陽天》裏馬老四的原型。當農村基層幹部這段經歷成為浩然日後創作的個人獨特體驗，比如在《艷陽天》、《珍珠》、《人強馬壯》、《半夜敲門》、《小河流水》等作品裏都可以看到浩然這段個人經歷的投射。他在口述自傳裏說：「在東村，在昌樂，在京郊和冀東的許多村莊裏，我接觸到無數類似田敬元這樣的農民，所以在那個災禍時期沒在我的心靈投下多麼濃重的失望的陰影，更多的倒是希望的曙光。回到北京兩年之後，動筆創作我的第一部長篇《艷陽天》。當寫到社會主義的根子深深紮在農民心裏那些情節和細節的時候，我很自然的想到田敬元，以及類似他的眾多對集體事業赤膽忠

心的老貧農。」（浩然口述，鄭實採寫《浩然口述自傳》，天津人民出版社，2008 年，第 227 頁）不瞭解浩然這段獨特的個人實踐經歷，我們很難理解爲何在災難遍野的時期，他筆下的農村還抱有一種遭人質疑的樂觀、生機。立足於作家的自我生活體驗，哪怕是片面的樂觀事例，我們似乎可以進一步理解作家在當時不同於他人的創作原因了。這些獨特體驗成爲浩然在同時代寫出積極向上的農村故事的根基。

三、寫作的「虛榮心」與明哲保身的「緊跟」

在眾多農村合作化小說裏，浩然緊跟、準確貼合政治除了源於心底的感恩之情和樂觀的性情外，還有一種少爲人知的名利心以及明哲保身的創作心理。

一個作家寫作的理由是多方面的，作爲從工農兵業餘作者逐漸成長起來的浩然，他內心一直有種當作家能「光宗耀祖」、「出人頭地」的心理。浩然的自傳小說《圓夢》坦誠表露出他性格里根深蒂固的虛榮心。第一次編排小劇演出，轟動鄉里，在鄉親面前「露臉」便成爲浩然愛上文學寫作的最初動因。在浩然決心以文學爲終生事業的理由中，也脫離不了這份虛榮感。曾在新華通訊社冀東支社當譯報員的唐力不經意對浩然提起有個名叫趙樹理的區幹部因寫了一篇小說《小二黑結婚》，轟動整個解放區，甚至連外國人都知道了他的名字，黨中央大幹部都表演他。這份榮耀，像鼓風燒油一樣更助長了浩然胸膛裏燃起的寫作熱情，浩然當下便萌生了寫稿子到報刊發表的衝動，因爲「報紙的讀者比看演出節目的觀眾多，我寫出的文章能夠通過報紙送到全河北省的每一個村莊，識字的人能把報紙拿到家裏去看，不識字的人可以找識字的人替他念著聽；到了那個時候，全薊縣的農村幹部和農民群眾，就像知道趙樹理那樣知道我梁浩然的名字，那該有多麼榮耀，多麼有意義，比起過去的秀才中舉人、中狀元，比起當今受到上級的提拔而做官當領導還要神氣、露臉呀！這樣的念頭倏然間在我的思想意識中冒出來，立即在我靈魂深處紮下根子。同時從身上爆發起一股子激昂強烈的情緒，恨不能馬上展開紙、拿起筆，揮寫起我那揚名全省的錦繡文章！」（浩然《圓夢》，高占祥主編《浩然全集》第十卷，中國文出版社，2005 年，第 138 頁）在浩然的文學創作途中，一直扔不掉寫作能夠「揚名萬里」的虛榮心，正如他所言：「在我幼嫩的不成熟的思想意識裏，有一種與常人不同的優越感和出風頭的虛榮心。以後我被

時代的大潮捲進獻身血與火的革命鬥爭行列，再以後我傾心於文學創作，那種早就紮了根的優越感和滿足感一直或多或少、或暗或明、或自覺地或下意識地起著一定的作用。」（浩然口述，鄭實採寫《浩然口述自傳》，天津人民出版社，2008 年，第 115 頁）因此，寫作對浩然而言，除了熱愛，骨子裏有種根深蒂固的虛榮心隨時在作祟。當一個寫作者把文學當作「出人頭地」的手段，摻雜名利在其中，就難免受外界風向轉動的影響，隨主流而動。所以，隨時把握政治動向，緊跟政策創作，便成為浩然對待文學寫作的必然態度。

與虛榮心相伴而生的是明哲保身。在政治風雨陰晴不定的年代，正因為渴望保住寫作的資格，害怕失去寫作成名的機會，浩然選擇了明哲保身的「緊跟」。不少人對當時的作家進行譴責，憤懣於作品裏「寫光明」、「永遠歌頌」的調子，詰問作家難道看不到現實人民的疾苦。事實上，相比大躍進期間為農民利益受損上書的趙樹理，浩然並不是沒有看見農民的災苦，而他更關心的是能不能寫進書裏，關注怎麼守住作家的地位。時過境遷，浩然在新時期才逐漸公開表達他對那段歷史的質疑。作家的自傳中提到大躍進期間自己家的孩子被送到集體幼兒園，兩歲的小孩像要進屠宰場那樣躲逃哭叫，周末回家瘦得皮包骨頭。更慘不忍睹的是，在浩然擔任支部書記的東村，浩然親眼見到農民因飢餓偷吃生麥粒，他很清楚地知道農村人民正承受的苦難，可是他不敢寫進書裏，害怕失去千辛萬苦得到的作家「名譽」。

尤其在 50 年代整風反「右」運動期間，浩然更是小心翼翼，生怕走上萬劫不復的「錯路」。在《俄文友好報》的批判會上聽了批評劉紹棠的發言後，浩然心裏總是沉沉的，時刻在心裏警告自己：不要重蹈覆轍，要規規矩矩寫作，選擇最安全、最牢靠的地方落腳，穩當地邁步，以便達到夢想成真的目的。這種農民式的識時務，選擇最穩當的「頌歌」方式寫作，使浩然在大部分作家受「右」傾批判的時候，反而頻頻傳來好消息，不斷出版作品。浩然心有餘悸地在自傳裏講到，為求保險，曾心驚膽戰地焚毀過一篇名為《新春》的小說。《新春》寫的是幾個地主和地主子女在土地改革中被清算，後幾經曲折的磨煉，脫胎換骨成為新人。本來稿子已經交給中國青年出版社文學主編蕭也牧，發表在即，蕭也牧突然被打成「右」派，在這人人自危的時刻，蕭也牧偷偷撤下稿件歸還給了浩然。浩然時隔多年仍然感激蕭也牧保全了自己，也慶幸自己避開了危險。若從創作深度來說，《新春》不同於以往浩然小說的內容，它的主角不再是臉譜化的英雄人物，而是生活中被打擊的對象—

一地富分子，他們以正面的形象出現在小說中，小說描寫他們的痛苦轉變過程。這樣的小說即使沒有宣揚地富分子的指向，也很容易被指責成「右」傾小說。當浩然意識到自己處境的危險後，趕緊燒毀了這篇可能導致自己文學道路中斷的作品。「文化大革命」結束後，浩然對此做過深刻的思想檢討：「學習寫作以後，一下子酷愛文學創作，不顧一切地為『創作』而奮鬥。順利了，有了成績，就揚揚得意，驕傲自滿；有了困難，就急躁悲觀；遇到風險，就總想保住寫作的權利；越有點名氣，這個包袱越重，於是就有了怕字，不敢鬥爭。」(浩然口述，鄭實採寫，《浩然口述自傳》，天津人民出版社，2008年，第258頁) 於是，我們不難想像為何「文化大革命」開始，浩然的創作越來越走調離譜。在寫作中，「我使勁學習樣板戲的經驗，明明感到是框框，強硬著往裏鑽，我對長篇作品必不可少的成長人物、被爭取團結的人物，抱著極小心的態度對待，盡可能少寫，怕犯『中間人物論』的錯誤，我在生活中獲得的短篇素材，如果沒辦法加進『階級鬥爭』的線索，寧肯放棄，也不寫，怕蹈『無衝突論』的舊轍」。(同上，第254頁) 為了明哲保身，為了繼續寫作出名，浩然的選擇離文學越來越遠。相比其他作家，由於「怕」的內在創作心理機制，他寧願放棄藝術也要貼合主流政策。

作為一個寫農民的作家，與趙樹理、柳青、周立波、王汶石等作家相比，浩然既是簡單的又是複雜的，那種既有心底期盼，樂觀信任黨，也有明哲保身不敢寫的矛盾心態，構成了作者複雜的創作心理機制，創作自然也就表現出耐人尋味的特性。

四、知識結構的局限和認知水平的單一

造就浩然獨特性最主要的原因還是知識結構、認知水平的問題。浩然既是簡單的又是複雜的。簡單在於他的認知水平單一，複雜在於他以簡單的寫作理念對應時代呈現出的複雜性。個體知識結構決定對文學的理解。浩然幸運地在特殊年代圓了作家夢。他斷斷續續僅念過半年私塾和三年小學，最初對文學的瞭解僅限於《西遊記》、《東周列國志》等幾本書，是革命把他引入新文學的天地，而後開始嘗試從小消息、通訊等直至小說的創作。對於一個作家來說，這是一種局限，在單一的知識背景下，作家的視野以及對生活的深度、維度的理解，都會受到很大限制。浩然不缺才華，缺的是寫作的內在資源，這是他不及趙樹理等農村小說創作者的地方。表面上看，趙樹理、孫

犁自稱鄉村夫子，但他們接受了完整的新文學教育；甚至和馬烽、西戎、康濯相比，他們在延安魯藝也受過系統的文學知識教育。正因爲文化資源不足，浩然困惑於如何寫作，缺乏理論、技術性的方向。這個時候的浩然也是「幸運」的，在他對文學的認識還是一片空白之時，1952 年當他急於需要文化知識提高和文學修養提升時，社會主義的文學理論成爲他的指路明燈。浩然《在溫暖的大家庭裏生活生長》一文裏提到「要搞創作，首先必須具備觀察、認知生活的能力。黨及時地派我進了黨校、團校去提高政治思想水平，從馬列主義理論學到黨的最基本知識」。（南京師範大學中文系資料室編《浩然作品研究資料》，1973 年，第 45 頁）在《永恒的信念》裏，浩然反覆講毛澤東《在延安文藝座談會上的講話》對他創作的理論性指導意義，「幾十年沒有間歇地生活與藝術實踐，不曾停頓以《講話》精神來對照、校正自己這種繼續著的實踐」。（浩然《永恒的信念》，孫達祐梁春水編《浩然研究專輯》，百花文藝出版社，1994 年，第 39 頁）從 1950 年開始，浩然自學高小語文、算術直到大學課程，研讀巴人的《文學初步》和蘇聯季摩菲耶夫的《文學原理》等各類書籍。可以看到，當作家需要精神養分提升時，他接受的都是主流文藝理論，《在延安文藝座談會上的講話》成爲他主要的理論資源。認知結構的單一對於一個作家無疑是缺陷，卻造就了浩然忠實遵照主流文藝政策寫作的創作信念。正是這一創作信念使之「與眾不同」。

此外，浩然陳列的閱讀書單裏，除了黨政文藝理論書籍，早年唯一的文學啓蒙是爲數不多的幾本古典英雄傳奇故事。最初的文學記憶總是深刻儲存在潛意識裏，由英雄傳奇故事釀成的理想情懷，在一定程度上促成了浩然創作裏的理想主義。根據浩然自傳，我們看到的是一個不滿足於只做農民，而是沉迷於「不務正業」，一心搞創作，最終吃文學飯的人生理想主義的浩然。也許正是理想主義性格，使浩然可以淡化現實，而以一種積極向上的理想主義情懷取代對實際現實的把握。因此，我們不難理解浩然這樣的創作經驗：「我在構思小說時，對生活中遇到的事情，常常從完全相反的角度去設想。譬如，到商店去，遇到一個營業員態度特別惡劣，甚至挨了罵，但在寫小說時，我就設想遇到一個好營業員，對人如何熱情如何周到；一個生產隊員懶惰消極自私自利，我就設想一個勤勞積極大公無私的形象……」。（參見李輝《趙樹理、浩然之比較》，《文學自由談》1996 年第 4 期）浩然談他有幾種處理素材的方式，其中之一就是「改造」，使反面材料成爲正面材料；其二就是「虛

構」，依據一個創作主題虛構材料。浩然把「理想」變成「眞實」的創作方法，在一定程度上是其理想主義情懷孕育所致。所以，無論是在浩然前期的短篇小說還是後來的長篇小說裏，我們都一如既往地看到一種積極向上、美好明淨的生活圖景。若不是這種理想主義情懷，我們很難理解作家何以眞誠地信奉共產黨所描繪並帶領人民去實現的社會主義烏托邦社會，儘管作家對未來社會美好樣態的抒寫是觀念的，儘管它和現實世界的遭遇差別很大。英雄主義氣質是時代所需的氣質，浩然內在的理想情懷賦予了他在那個時代裏的成就。

最後，我們不得不說，對於一個作家，忠誠單一的文學信仰、夾雜在文學熱愛中的虛榮心、知識結構的單一，歸根結底是一種限制。但是，在特殊的年代，浩然在一定程度上反而「幸運」地因其自身特性造就了他的獨特性，使他的創作呈現出看似可以簡單定論，實則糾結難辨的獨特現象。

第五節　對「眞實性」的理解與誤區

關於浩然文學始終有一個欲說還休的問題，即怎樣評說浩然小說的眞實性。由始至終，浩然創作引起的最大爭議是小說與現實的糾結，而眞實性在此充當了一個極其重要的評判準則。但事實上什麼是文學眞實性？怎麼理解文學眞實性？以眞實性作爲唯一的尺度評價浩然，是否具有合理性？諸多混雜不清的問題影響了我們對浩然文學的深入評價。釐清浩然文學現象，對進一步合理看待十七年主流文學也有一定幫助。

無論浩然或是十七年文學時期的柳青等作家，都堅信自己所寫的農村合作化小說眞實地反映了時代。「眞實性」作爲現實主義文學的一個關鍵詞，在十七年文學裏有著強大的理論支持。近幾年來，儘管「眞實」已經得不到以往那樣的尊崇，現實主義也成爲陳舊的創作方法，但具體到評價這段時期的文學創作時，仍不可避免地落入把作品描述與現實進行比對。前文多處提到，農業化運動的歷史和政策得失不能作爲文學優劣的依據，追究這些與作品的評價無關，但人們還是常常根據歷史判斷小說與現實的差距，並以現時代的價值觀念作當時故事的評價尺度，然而，浩然的創作不是合作化運動的歷史著作，也不是供研究合作化運動的政治資料，它是小說，而且是只會出現在浩然筆下的小說故事。

一、「烏托邦」與「眞實」

　　對於一個終其一生「爲農民，寫農民」，將四十五年創作精力全部奉獻給農村題材小說的農民作家，浩然從創做到行爲都像一個地道的農夫。對農村、農民有著極深感情的他，執拗地按照自己對生活的理解書寫農村，儘管外界針對他的小說有眞假質疑，甚至口誅筆伐他的「不懺悔」，晚年的浩然依然堅信自己的小說有存在的理由。回顧作家在新時期文學裏的作品，即使其全部創作都建構在農村合作化運動描述的框架裏，就算是這樣一位與政治話語靠攏、服務的作家，通過體驗文本，我們仍然在小說裏感到激起作家寫作根本欲望的不是階級表達，而是對農村未來的「希望」，對心中理想農民集體精神的稱讚，對美好人性的嚮往。對於這種農民在運動中的熱情的描寫往往也是浩然受人針砭並被質疑其眞實性的理由之一。人們常會以現實政策制度的災難否定那個時期農民在運動中的熱情和積極，批評者的現實前提是正確的，但這些都無法作爲否定文學作品的理由。事實上，從現實歷史來講，這個前提依然可以受到質疑，我們無法否認 50 年代新中國農民對共產黨無比信任的事實，也無法否認合作化帶給過農村切實的改變和利益，所以，用現實爲尺度是有邏輯問題的，更何況身在其間的我們是無法輕易對歷史作簡單評定的。因此，簡單地就浩然作品歌頌了「失誤」的政治、違背了生活而評價浩然，是極其粗淺和不識文學本質的。

　　什麼是文學的眞實性？文學眞實性，在不同的時代、不同的文學思潮中有不同的認知。大致說來，我們要在現實主義創作方法上考察浩然創作肩負的眞實性。關於文學的眞實，我們更強調的是「本質眞實」，但嚴格說來，就像沒有完全客觀的眞實，完全本質的眞實也是不可能的。由於創作者的主觀性，任何作品都會出現作家經驗之上的或眞或假、或深或淺的對部分生活本質的反映。另外，「眞正優秀的文學作品絕對不同於客觀實錄，除了事實本身的展示，它必須是滲透了作家深刻的思想的，包含著作家對生命、對人性、對生活事實的深沉思考——這一思考就凝結著對本質眞實的深沉認識。所以，評價一部作品的眞實性，不能只看它與外在現實表象是否完全一致，更應該看作家對深沉生活的滲透力、思考力和洞察力，看他透過生活表層、揭示生活本質的能力——只有作者的這一思想滲透力是強大而深刻的，揭示出了生活背後隱藏的、爲一般人所忽略或難以理解的深層潛流的時候，它才具有眞正的思想震撼力，才具備高度的眞實性」。（賀仲明《眞實的尺度——重評 50

年代農業合作化題材小說》,《文學評論》2003 年第 4 期)對照以上對文學真實性的理解,浩然的文學無疑是有自己的思想認識的,問題就在於它不夠深沉,沒有達到超越時代深度的程度而已,但我們依然不能否認在文學本質真實裏,浩然具備文學區別於其他人文學科的最大特點,即以情動人,是以人性書寫和再現為基準的。即使與歷史發展規律相違背的作品,只要具備了對生活和人性一面的描寫,也有可能獲得它獨特的本質真實。所以,浩然小說故事裏隱現的對烏托邦美好生活的嚮往以及對人性大公無私、集體精神的追尋,是一種能使文本生輝的獨特力量。

　　圍繞真實性問題,浩然小說裏對烏托邦美好生活的描寫常常遭人詬病,而我的看法卻不同。正像上面提到的,儘管不夠深刻,沒有透過生活表層來揭示生活本質,從文學個人閱讀體驗看,浩然小說裏隱現的烏托邦美好生活以及大公無私的人性、集體精神,依然足以打動讀者。我認為,與客觀現實是否一致不能成為評價浩然小說裏的烏托邦問題的尺度。「烏托邦」一詞就是對完美理想人性、人境的追求。依照文學世界裏對烏托邦的理解,我在此更多使用「烏托邦心態」一說,即「當一種心靈狀態與他在其中發生的那種實在狀態不相稱的時候,它就是一種烏托邦心態」,(〔德〕卡爾‧曼海姆《意識形態與烏托邦》,艾彥譯,華夏出版社,2001 年,第 228 頁)「歷史上任何一個時期雖然都包含著一些超越現存秩序的觀念,但是,這些觀念並沒有作為烏托邦而發揮作用,⋯⋯只有當某些社會群體通過他們的實際行為舉止把這些充滿希望的意象體現出來,並且為了實現它們而努力的時候,這些意識形態的心靈才會變成烏托邦心靈狀態」。(同上,第 229 頁)顯然,浩然的文學裏有著這樣一群為之努力的人物。烏托邦作為人內在具有的對完美的渴望與追尋,是人之為人的本質表現,中國自古就有此類文學期許,從老子、孔子到近代太平天國、梁啟超的政治文學,再到毛澤東時代,浩然的文學在一定程度上就是演繹著這個時代的烏托邦文學心態。既然是文學表述,那麼進入文學的歷史,雖然無法割斷與歷史事實聯繫,卻已不是歷史現實本身了,它打上了寫作者的印迹。一旦歷史的片斷進入文學的修辭世界,那就是「想像」的世界。那麼,浩然的文學在這個想像世界中敞亮的是什麼呢?這是如何評價浩然烏托邦寫作,以及如何評價浩然文學真實性問題的關鍵。與評說浩然小說是「烏托邦祭壇」的論者不同,我認為不能簡單地下結論。同樣是寫農民為新生活奮鬥,與同時代合作化小說《創業史》相比,柳青是將農民的物質欲望貫穿

在集體創業之中的，而《豔陽天》、《金光大道》顯然是輕視、抵制農民的原始物質欲望的。姑且不論這樣的表述是否符合人性現實，這裡有一個矛盾：正如前幾節提到的，《豔陽天》、《金光大道》筆下的集體精神讓人深受感染，然而小說在主人公們的集體熱情下，並沒有充分講述集體生產是如何追求富足生活的，那麼小說究竟要在集體主義情懷下表達什麼或者說這股熱情最終要帶領著農民追求什麼？這就是浩然小說的致命問題：從作者創作激情出發，他在一定層面帶給了讀者對美好人性、未來生活的期待，但受對生活認識深度的局限，他所表達的烏托邦世界卻不夠深刻。這就構成一定程度的藝術感染力與整體上缺乏思想深度的局面，呈現出「有而不足」、遭人質疑的複雜形勢。究其根本，浩然的小說實際上表達的是「不患貧、而患不均」的「烏托邦」農民夢想，蕭長春、高大泉被賦予集體帶頭人的形象，他們還不像梁生寶似的在個人理想光芒下引領同伴實現財富夢，而更像傳統意義上桃花源境界中的武陵人，他們並不在乎能追求到的物質生活高度，而是只要能在一片祥和、無矛盾的天地裏，沒有不平等、沒有剝削，有田公耕，有飯共食即可。所以，為了實現這個平等境界，在目前生活現狀中，就要不斷發動階級鬥爭，消滅阻礙這一目標的階級敵人以及農民思想裏附帶的自私的小農意識，提倡集體精神，並以身作則。這就是我們在浩然小說中看到的集體主義內核，然而，這樣不顧人性本質和中國現實情況的表達期待，注定只能是「烏托邦」。有限的思想深度在關鍵時刻削減了浩然烏托邦表達的深度，加之小說裏有與現實不符的描寫，大部分讀者就會否認浩然作品的真實性，詬病他的「烏托邦情懷」。

談及浩然小說的烏托邦表達，我並不想過多涉及政治視野或中國的社會問題，僅在文學表達裏考察浩然個人意義的「烏托邦情懷」與文學「真實性」問題。我認為，不能簡單地從政治或現實生活否定作品的真實性。在表層看似不顧客觀生活的寫作下有一種個人理想內核的訴說，這就是文學。文學的本質就是表達個人情感，雖然浩然要述說的情感沒能以絕對的藝術力取勝，或者說無法企及思想的更深層次，但是作為閱讀，我們應該尊重作家真誠地、努力地想要表達的情感。這也是晚年浩然面對批評能保持沉默與堅守的作家之心。

二、細節真實的藝術與觀念真實的誤區

細節真實是評價一部優秀作品的指標，回顧十七年幾部經典的主流小說，大致都有突出的細節描寫，如同浩然小說被評價為細節真實但整體觀念

化,「在作品裏,生趣盎然的形象與外加的觀念,迴腸蕩氣的人情與不時插入的冰冷說教,真實的血淚與人為的拔高,常常扭結在同一場景」。(雷達《浩然,「十七年文學」的最後一個歌者》,《北京文學·中篇小說月報》2008 年第 4 期)浩然小說裏局部細節真實和整體小說觀念化構成的悖論,也是浩然現象中「剪不斷、理還亂」的爭執焦點。就作家而言,浩然堅持認為小說中的農民都有真實人物原型,故事也是當時農村中真實發生過的,所以自己的小說具有真實性;就歷史現實而言,研究者論證浩然小說是虛假的觀念真實。那麼,究竟用什麼來衡量作品的真實性?事實上,我們通常用模糊不清的概念去判斷,以至於糾結在對「真實」理解的誤區中。

文學的「真實」與一般意義上的「真實」不完全相同,一般意義的「真實」是指「相符」,即觀念、表達與客觀事實相吻合。對文學真實而言,除了必要的與客觀事實相符外,文學還有虛構性。那麼,怎麼理解文學真實性呢?雖然不同時代和文學流派有不同的「真實」理解,但大致說來,文學真實包括兩個維度,一是經驗之真(體驗之真),一是真理之真。「所謂經驗之真,是指通過感知和表象所直接把握到的人與世界之真切相遇,或者人的誠而不偽的內心狀態——此為經驗意義上的『真實、真誠』。所謂真理之真,則是通過思維之歸納或演繹,或者徑直通過直覺把握到的宇內萬物抽象的運行規律或隱藏於其後的內在結構、秩序與動因——此為所謂的『真理』,即潛藏於現象背後的『本原、自身』(當然,所謂真理之真也常常只是一種意識形態的宣示,通往政治意識形態的工具性規定而非字面所指涉的『真理』)。」(姜飛《經驗與真理——中國文學真實觀念的歷史和結構》,巴蜀書社,2010 年)簡單地說,文學真實性包括經驗之真和真理之真。而事實上,由於文學創作的主觀性特質,在文學真理之真維度上,往往是一種意識形態化後的「真實」,是一種經意識形態「規定」表達下的真實,即所謂的被創作者吸收、接受了的「觀念的真實」。憑著浩然對毛澤東《在延安文藝座談會上的講話》精神的篤信,他深信不疑地認為無產階級是人類歷史上最先進的階級、無產階級政黨是最能夠接近客觀真實的政黨,因此無產階級文學服務於無產階級政黨,自然也是最符合客觀真實的,由此認定文學真理和政治真理是同一的,政治的正確性就是文學的真實性。「我們是馬克思列寧主義者,我們絕對相信共產主義的實現是人類社會發展的必然規律,絕對相信我們的事業是正義的……那麼,我們歌頌社會主義的勝利,歌頌為奪取這一勝利的人民群眾,大方向完全正確。」(南

京師範大學中文系資料室編《浩然作品研究資料》，1973 年，第 16 頁）這就是浩然的認識邏輯，換句話說，單一的認知和忠實的信仰使他真誠地認為自己所寫的頌歌文學的「大方向」是完全正確的，代表了文學真實反映世界的客觀性，這明顯是一種馴化後的「觀念真實」。這便可以解答問題了，很明顯浩然主要依據「真理真實」維度上的「觀念真實」寫作，並真誠相信自己的寫作方向是正確的，實際上後來者在評價作品時主要針對的也就是他的觀念性真實，而作為作家，浩然畢竟有著極好的文學天賦，他在生活體驗之上又有符合實境的細節真實，即有一定的「經驗之真」，因此，兩種真實交織混同在一個文本中，形成駁雜的、真假難辨的複雜局面。如果不避表達的簡單化，則可以說，客觀真理賦予文學現實功用，經驗之真使文學富有血肉，而浩然在過分追求「真理之真」之觀念真實的功用性之中，飽有的「經驗之真」（有關生活的細節真實）在一定程度上挽回了浩然小說觀念寫作造成的虛空性。這就是「寫什麼」和「寫得怎樣」的問題，「寫什麼」是浩然的「觀念」決定的，而「寫得怎樣」是浩然的「經驗」之真決定的。也就是說，浩然在政治、階級鬥爭路線框架裏寫作，但即使這個框架倒塌，內部充盈的生活故事依然可顯現文本的生動真實性與文學魅力。兩種文學真實交織在浩然作品裏，呈現出複雜的面貌，因此不能簡單地使用「真實性」來籠統評說浩然的創作。再者，就「寫的怎樣」而言，浩然的文本也是複雜的，雖然細節真實賦予文本以藝術性，但觀念之真的創作理念時常蓋過作者的經驗體會，事實上，在那個特殊的時代，大部分作家都是被規定了「寫什麼」，被灌輸了意識形態中的真理之真，但是就文學而言，只有有著閱讀質感的、有著體現作家藝術表現力的描寫方能說明文學的「真實性」。

　　就文學細節真實表現力而言，相比柳青、趙樹理，浩然的「觀念之真」制約了他小說經驗真實的發揮。以描寫農民形象為例，柳青的《創業史》給人逼真的農民形象感，梁生寶、梁三老漢、徐改霞、高增福、素芳等人物的刻畫除了帶有柳青特有的知識分子情趣，可以說即使在強大的意識形態壓力下，作者也很少讓人物說出不符合人物性格邏輯的話，這種對農民描寫的細節真實性，正是《創業史》的文學價值所在。梁生寶，一個黨的農村基層幹部，即使是這樣集中地體現主流意識形態的人物，在柳青筆下也有生動的內心世界，在日益增長的個人威信過程中，有切實可尋的事件作邏輯對應。在梁生寶個人「精神成長史」中，每取得一次精神進步，除了黨組織給出指點，

人物自身也是經歷了動腦筋、切實分析、再作出決策幾個階段，比如買稻種、上終南山割竹，他用智慧和意志帶領農民創業。相對而言，蕭長春、高大泉的內心精神和情感世界顯得有些蒼白。浩然筆下的主人公一出場就分外「成熟」，抓階級鬥爭多於搞生產，過分強烈的階級意識表達損傷了作品的生活氣息。在柳青心中，一部作品是否真實，要看藝術經驗與主流意識形態是否相符合。趙樹理則堅持，作品的真實來自藝術經驗是否與日常生活經驗相符合，如《三里灣》實際上就是以農民日常生活、心態做底，在合作化運動中展示農民生活的世俗情態的小說。文學作品，無論奉行什麼主義，採用什麼創作手法，或者企圖傳達什麼意識意蘊，經生活經驗之真展現的細節真實，最能體現作者的藝術表現力，也是獲取文學真實的重要指標。這一點不再多做文本舉例。可以說，浩然有突出的細節真實表達力，卻因觀念之真的理念更勝，常常在激烈的情感中突然嵌入意識形態表達的冰涼說教，如小石子遇害一節。蕭長春沉痛地回到家裏，看見孩子出生後用的第一隻枕頭，坐在炕沿上，聞到一股子孩子的奶香味兒，聯想到孩子幼稚的臉蛋時，剛強的硬漢子，壓不住沉痛的感情，熱淚直下。這一段細膩的心理刻畫給我們展現了濃濃的骨肉之情，尤其是當革命戀人淑紅走進來發現他的悲傷時，兩人的心思是感人的。但作者忍不住跳出來，強行拔高人物的階級形象感，壓抑人物的自然情感流露，把親子之情當做英雄主人公不能具備的個人小我、自私、軟弱的情緒。因此，面對淑紅的傷心，蕭長春反而安慰對方：「我一想到我為保衛群眾不受大的損失，我自己遭一點小損失，遭了一點小損失，就保衛了大的利益的時候，我感到光榮啊！」（浩然《艷陽天》，高占祥主編《浩然全集》第三卷，中國文史出版社，2005 年，第 330 頁）蕭長春失去了兒子，卻認為得以保衛社會主義建設大利益，我們看到的是人物褪下「人」的真實，最後走向「神化」。觀念表達經常削減作品帶給讀者的經驗真實的質感。

可以說，浩然創作引起的最大爭議就在文學的真實性上，這點也是如何評價浩然最大的疑難之處。浩然的問題在於，他認為「觀念真實」遠比「經驗真實」重要，但作為一個有牢靠生活根基，有文學創作激情的寫作者，創作者會無意識地在文本中流露自我對生命、人性的文學表達，所以浩然作品出現了「雜駁」的情形，既有具體生活的生動場景，又有作者不自覺流露出的人性表達，同時又有因觀念表達帶來的與現實不吻合的「虛假」場景。「虛假」和「虛構」的區別何在？實際上，我認為，作者本人對此和評論者對此

的認識還不完全相同。「虛構」在浩然眼裏就是為「觀念眞實」服務的文學手法，但因為大部分作品情節、主題的重複雷同寫作，使讀者最後愈發難以感受到文學本質虛構背後的藝術打動人心之處，任憑作家如何眞誠地認為小說是對時代的眞實再現，可時過境遷的讀者並不「買賬」，他們更多感受到的是「虛假」，而不是單一的藝術手法「虛構」。因此，評價浩然文學眞實性不可以簡單地一概而論。

　　正因為多種因素交織的複雜局面，難以對浩然以及十七年主流文學下一個定論，研究浩然對於十七年文學的意義也正在此，作為一個典型性樣本，透過浩然這個窗口，可觀十七年主流文學的整體樣態。對於當代文學研究者來說，浩然提供了一個完整的文學史分析樣本，他走上文學之途，他與時代亦步亦趨地緊跟，他筆下獨特的農民書寫，他的被經典化，從文學創作內容到形式、從思想到實踐都充分再現了五六十年代乃至八十年代中國當代文學形態的演變。對於一個在每個歷史轉折點都留下一筆的作家，客觀、深入地評價浩然，也是對這段當代文學史的正確看待。怎樣評價浩然，以及如何看待十七年文學呢？還是那句話：從文學本身出發，文學研究是對文本的文學性研究。文學說到底是閱讀體驗的問題，我們不能過分使用政治、經濟、宗教等外在的體系代替文學感受。在文學建築裏，感受是主體，而小說涉及的相關社會、政治、經濟等問題僅能作為主體建築的外圍門窗而已，透過門窗可以把樓的內部看得更清楚，這些門窗卻無法支撐或構築起一幢大樓。因此，在研究浩然文學的時候，最關鍵的是體味個人的閱讀感受。體味作品什麼地方打動了人，什麼地方帶給人獨特感受。說得再徹底一些，甚至浩然其人，也是不能說明主要問題的，這就是文學閱讀和研究。拋開作品的研究，便只是被外部因素牽著鼻子走的外圍研究。通過本章寫作，從個人閱讀體驗而言，我認為浩然是個複雜的現象，浩然的文學裏交織著時代觀念和個人生命的雙重表達，但由於觀念表達的突顯和作家單一的認知結構，致使精彩的個人表述被削減，作家本人極高的文學天賦也在特殊時代既得到極大施展也受到致命局限。整體來說，浩然以及他的文學是雜糅的混合體，以往單一否定或肯定的評價都把問題簡單化了，因此只有回到閱讀，在歷史的辨析中才能相對客觀地評價浩然，作為一個樣本啓發我們如何看待十七年文學。最後要說的是，在 20 世紀五六十年代，可供中國作家自由發揮、施展才華的空間是非常狹小的，客觀地講，即使這樣，在那個特殊年代，在主流意識形態下寫作農

村小說的作家，也沒有幾個人的文學表達超過浩然的水平和影響力。我相信，進行這種就算不夠深刻的「文學體驗」研究，也比糾結於浩然是否需要「懺悔」的爭執，有意義得多。避開政治評價，浩然的文學有它存在的獨特理由，這就是浩然的文學。

第二章　從俯望「蒼生」的重生
　　　　　到彌留之際的「圓夢」

　　當時代邁進 1978 年，「十七年文學」與「新時期文學」在此開始交接，歷史語境的重大變化促使文學衝破狹窄的甬道，開始儀態萬千地展示其多元化。經歷了「文化大革命」後短暫、小範圍的批評，浩然面對新時期轉折性的時代語境，經過迷惘、痛苦的思考，惜時如金的他很快再次調整自我，重新邁入新的創作生活。然而，從意識形態經典化地位開始蛻變的浩然，在新時期的創作不再一路輕快，以往根深蒂固的文學理念在「去政治化」的時代劇變中，時常與新變革發生衝撞。浩然在開放重生的姿態中難免有些糾結，於是他的創作呈現出內在的矛盾性。如何認識浩然新時期的文學，考察作家創作的延續與變化，即「變」與「不變」，開啓浩然新時期農村小說的文本意義，並探求作家「寫農民、爲農民」這一不變宗旨的當下意義，是本章的重點。

第一節　浩然的「去經典化」與新時期的轉折

　　在浩然失去昔日光芒、「去經典化」的過程裏，中國文學發生了什麼樣的變革？新時期文學的哪些變化促使浩然走出禁錮與封閉？在一個重新呼喚「人」的文學尋覓期，以意識形態全面覆蓋文學的創作必然走向「去經典化」。

　　1979 年，第四次文代會召開，代表著新時期文學變革和文藝政策重組的主流意識推進，鄧小平代表「撥亂反正」後的黨中央作了《在中國文學藝術

工作者第四次代表大會上的祝辭》（以下簡稱《祝辭》）。《祝辭》總結了新中國成立 30 年來文藝的發展成就，肯定了十七年的文藝路線和成就，對「文化大革命」結束後的文藝狀況給予了肯定，並且明確地闡述了新時期文藝的任務。與此同時，鄧小平指出：文藝是一種複雜的精神勞動，只能由藝術家在藝術實踐中去探索和求得解決，要求各級黨的領導部門對此不要橫加干涉。事實上，《祝辭》以政治領導人講話的方式正式將「文化大革命」後文藝政策的調整方向、原則等問題明確闡述出來，從主流意識形態重新調整當下的文學語境，確定文學自由的方針。在政治不斷鬆綁的氛圍中，文學從各路突圍舊意識形態創作理念，勢必拋棄十七年政治話語下的種種經典成規。

一、政治意識形態的祛魅

在 20 世紀七八十年代之交的文學轉化期，新舊文學理念的轉變並不是抽刀斷水。事實上，這是一個不斷逃離、重返的歷史過程。社會體制的驟變，也不能阻截思維觀念的延續性，在短短十幾年間，文學內部其實是緩慢漸變的過程，不管新時期文學出現何種裂變、變異、重組，有一點是肯定的，即政治意識形態的逐步淡化。

從文學史上「傷痕文學」、「反思文學」的命名開始，80 年代的文學開始走上逃離政治意識形態的道路。「文化大革命」後的文學，懷著巨大的熱情批評「文化大革命」，對極「左」路線進行反叛。1977～1984 年，文學主要承擔轉型期人們的沉痛反思，實際上是以另一種政治意識形態批評早期政治話語。1977 年和 1978 年分別發表了劉心武的《班主任》、盧新華的《傷痕》，接下來，鄭義的《楓》、茹志鵑的《剪輯錯了的故事》、方之的《內奸》、高曉聲的《李大順造屋》、周克芹的《許茂和他的女兒們》等短篇、中長篇小說問世，雖然文本延續著政治干預生活的模式，但也體現了反思過往、努力掙脫政治束縛的掙扎。80 年代最初幾年，文學創作不可能在短時期裏告別自己的歷史記憶。1985 年，後來被稱之爲「方法年」的這一年，才決絕地標誌著感時憂國的現實主義退潮，迎來文學回到自身的一幕，揭開了當代文學截然不同的一頁。隨著反思潮流退去，文學如何表達本身的形式主義大潮登陸。尋根文學之後，作家們開始考慮中國文學如何和世界文學接軌，從文化尋根開始透視中國的文化。國外的理論資源重新成爲刷新本土文學創作的引介資源。在西方文藝理論啓發下，80 年代的文學走向形式化探索，文學逐漸成爲「先鋒」

作家筆下的想像，此階段文學的想像性本質幾乎覆蓋文學政治話語功能。正像劉索拉的《你別無選擇》、王安憶的《小鮑莊》、莫言的《透明的紅蘿蔔》、殘雪的《山上的小屋》等漸行漸遠地把文學推向遠離政治話語的地方。80 年代末，進入 90 年代後，文學消費意識無以復加地佔據了文學市場，政治話語只是久遠歷史硝煙中的記憶，歷史在此完全被政治祛魅。

　　當我們再具體走進鄉村小說這一支獨特的文學創作流變中考察，就更能深入體會新時期的變革與浩然「去經典化」的必然性。中國現代鄉土小說起始於 20 世紀 20 年代，從魯迅提出鄉土文學概念到 30 年代「左」翼作家筆下覺醒的革命鄉土社會，或是京派作家筆下幽靜的田園鄉土，這些小說大都有著描寫鄉村生活風貌、展示鄉村人觀念、體現鄉土感情的特徵。30 年代，鄉土文學得到長足的發展。不過值得區分的是，「左」翼革命作家理解的鄉土已經不同於魯迅提出的鄉土範疇，他們是按照革命思想理解當時的鄉村，其目的是為了表現所謂農民覺醒與革命，並未深入刻畫農民的感受和鄉土特徵，「鄉土」在他們筆下失去了原有的意味。在 40 年代的解放區文學裏，政治語境中描寫億萬農民歡天喜地鬧革命的「農村小說」置換了原來意義的「鄉土文學」。中國現代文學發展到 40 年代，鄉土小說觀念發生了變化，首先是作者群的變化，農村小說的作者已不是當年魯迅提及的被故鄉放逐，在遠離故鄉的城市裏以懷鄉之筆直抒胸臆的人了，而是一群生於土地、一直植根於農村，實實在在反映農村新變化、農民新生活的作者，如趙樹理、柳青、周立波等等。由此至新中國成立後的十七年文學，土地在農村小說裏是農民生活的實際依靠，不是文人懷鄉的意象。農村小說主要圍繞幾千年土地制度的變革，歌頌共產黨，反映此時的農民思想，更重要的是其間的政治意識形態表述取代了鄉土文學中的文人情懷。同是描寫土地和依賴土地而生活的人們的文學，農村小說和鄉土小說從內涵到表現形式截然不同。在描述從十七年文學到「文化大革命」時期的文學創作時，「鄉土文學」被階級意識置換，隱退不顯，直至八十年代「尋根文學」重新開啟了「鄉土文學」的內涵。可見，「鄉土」和「農村」雖有著共同的描寫對象，卻意指不同的社會和文化語境，實際上，「鄉土」和「農村」是兩個包含不同價值觀念的概念，新時期文學重新開啟鄉土文學的意義，就在於祛除了農村小說內涵中的政治意識形態話語。在這樣的時代歷史語境下，可想而知浩然從十七年主流文學走到新時期祛魅年代的「去經典化」之必然命運。

二、人道主義、人性的回歸

在 20 世紀中國文學發展史上，80 年代文學最大的特點就是人的重新發現。新時期批評家何西來在 1980 年指出：「人的重新發現，是說人的尊嚴、人的價值、人的權利、人情、人性、人道主義，在遭到長期的壓制、摧殘和踐踏以後，在差不多已經從理論家的視野中和藝術家創作中消逝以後，又開始重新被提及，被發現，不僅逐漸活躍在藝術家的筆底，而且成為理論界探討的重要課題。」（何西來《人的重新發現──論新時期的文學潮流》，《紅岩》1980 年第 3 期）隨之掀起的人道主義探討和作家人性歸復的普遍創作，不斷推動新時期走向探索文學本質的歷程。

70 年代至 80 年代初期，有關「人性」、「人道主義」問題的論爭在文藝界產生了廣泛、深刻的影響。「從 1979 年到 1980 年，全國二十多家報刊共發表關於『人道主義討論』的文章八十餘篇，截止到 1983 年 4 月，相關文章超過了六百多篇。這些文章涉及的問題，在範圍和深度上，都超過了五六十年代。」（程光煒《「人道主義」討論：一個未完成的文學預案──重返 80 年代文學史之四》，《南方文壇》2005 年第 5 期）1979 年，朱光潛《關於人性、人道主義、人情味和共同美感》一文中重提 50 年代曾被批評的敏感話題，王若水、汝信等人的觀點也都觸及主流意識形態的根基，接下來引發的有關「異化」問題的討論，更是觸碰到主流話語的底線。在一系列論爭後，周揚對這次論爭作了《關於馬克思主義的幾個理論問題的探討》的報告，認為在「文化大革命」前的十七年，對人道主義與人性問題的研究，以及對有關文藝作品的評價，曾經走過一段彎路；在一個很長的時間內，一直把人道主義當作修正主義批判；這種批判有很大的片面性，有些甚至是錯誤的。雖然此報告在 1984 年第 2 期《紅旗》上遭到胡喬木的批評，但是從中可窺見主流意識形態內部對此問題的鬆動與不可阻擋的時代衝擊。可以說，整個新時期文學都是圍繞著人的重新發現這個主軸展開的，文學實際創作對人性的探索，引發了廣泛的社會關注。

在人道主義大討論之後，文學創作轉向高標自我、張揚個性，把眼光投向人的價值和尊嚴。覺醒的個人在文學中得到充分的表現。張辛欣的《在同一地平線上》、鐵凝的《沒有紐扣的紅襯衫》、劉索拉的《你別無選擇》、徐星的《無主題變奏曲》等，讓我們看到了一系列青年的覺醒形象，他們的共同點是恐懼於自我淹沒在沒有特徵的群體裏，他們開始思索個人獨特價值，渴望無拘無束，勇於掙脫所謂的集體觀念，面對經典和權威，他們以怪異不羈

的行爲對群體進行反抗。這類人物形象截然不同於十七年文學人物形象，如果說梁生寶、蕭長春、高大泉同樣是熱情敢爲的青年，他們的個人熱忱與集體要求則是合二爲一的，個人在集體組織名義下屬於無名狀態，甚至那個年代人物的性格都是特定的。新時期人的回歸，必然讓我們反思十七年時期文學對人的湮沒。1980 年，戴厚英發表《人啊，人》，以血淚控訴喚起人們對個體存在的思考。壓抑已久的人們在這個時期尤其渴望恢復眞實的人性，給人以基本的情感自由。張抗抗的《夏》把青年人的個人情感需求推到現實面前，越過集體主義，還以個人的正常生活。靳凡的《公開的情書》、張潔的《愛，是不能忘記的》都可以看到人性的需求在政治意識形態中破冰而出。在這樣的創作整體氛圍下，十七年主流意識形態支撐的經典勢必遭到祛魅，浩然創作的「去經典化」成爲歷史的必然趨勢。

三、經濟大潮下的觀念變革

1978 年，這是讓每個中國人翻開新生活的轉折點。國家新的經濟體制很快給人民日常生活帶來翻天覆地的變化。最早出現在農村的經濟變革是 70 年代末期的土地承包。土地承包和城市的改革開放很快轉變了中國人的思維觀念。隨著物質生活的改善，人們的思維觀念開始與舊傳統理念發生矛盾。新時期的文學及時反映出人們生活中的觀念衝突。思想的鬆動，各種價值觀念的混雜，難以再出現十七年文學時期一統化的局面。隨著作家們反映生活的不同角度帶來的創作紛呈，浩然在一個思想相對統一年代創作的小說，自然走向「去經典化」之勢。

以浩然創作所屬的農村題材小說在新時期的演變爲例，新時期的鄉村敘述經歷了幾個明顯的變化階段。第一階段是 70 年代末到 80 年代初，針對「文化大革命」帶給農村的傷害，對歷史進行了反思，如高曉聲的「陳奐生」系列小說，周克芹的《許茂和他的女兒們》、何士光的《鄉場上》、古華的《芙蓉鎭》等小說大膽揭示了「大躍進」、「文化大革命」年代政治運動中農民的曲折經歷，沉痛反思中國農民災難的根源。第二階段是 1985 年到 90 年代初，隨著改革開放的深入加速，現代化的步伐愈發推進了農村改革。《平凡的世界》、《古船》、《浮躁》等一些長篇小說反映了在農村變革大潮中，農村「新人」孫少安兄弟、金狗等勇闖天下，在新時期爲個人奮鬥的故事。大部分此時的鄉村小說都對農村變革有更深入的反映。第三個階段是 90 年代中期至今，消費和網絡傳媒推動中國文學走向零散狀態，文壇時之久矣的各自爲政，

使現實主義呼喊再次興起。在「現實主義衝擊波」潮流下，出現了《分享艱難》、《年前年後》、《敗節草》等反映農民艱難生活現狀的小說。經濟時代的變化使如今的鄉村很難再比擬曾經的人民公社制度下的農村。50 年代的農村合作化和六七十年代人民公社化制度，幾十年的集體化生產方式並沒帶給廣大農民富裕的生活，尤其是「文化大革命」時期甚至造成災難性後果。經濟體制變革帶來的轉折，為新時期作家提供了多元思維視角，面對複雜演變中的鄉村世界，一輩子寫農村、農民的浩然自然不得不「與時俱進」，改變以往的文學風格和創作路數。時代的步伐推動著他在新時期「辭舊迎新」，反思過去，重獲新生。

新時期政治話語的祛魅是不可阻擋的歷史車輪，在浩然失去昔日光芒四射的文學地位的年代裏，中國文學發生了巨大變化，「去經典化」成為必然之勢。「文化大革命」後，經過短暫的、小範圍的批評，浩然由最初的牴觸漸漸轉變舊有觀念，開始敞開心懷迎接新時代的到來，開始他在這個時代的新生。

第二節　心靈的糾結與重生的視野

「文化大革命」結束時，曾風光一時的浩然因被江青指派過任務，受到小範圍的批評。1977 年，廣州《作家》雜誌發表批評《西沙兒女》的文章，首次對浩然進行批判。年底，浩然在北京工人體育館北京市文聯恢復大會上做了一個小時的檢討。1978 年，他被取消第五屆全國人大代表資格。在文學界和政治上都受到批判後，浩然告別以往的風光，在心靈的糾結中開始了新的探索。

一、浩然的自我反思

在「文化大革命」結束時，浩然真心實意地迎接「撥亂反正」後的日子。可始料不及的是，他受到批評界的指責。面對眾人的批判，浩然本能地不理解，不接受。他認為批評界是繼續著「左」的一套，在「整人」。面對心愛的作品《豔陽天》、《金光大道》被批判，浩然堅持說：「《金光大道》所描寫的生活情境和人物，都是我親自從五十年代現實生活中吸取的，都是當時農村中發生過的真實情況。今天可以評價我的思想認識和藝術表現的高與低、深與淺，乃至正與誤，但不能說它們是假的……今天，評論家可以說那時的做法錯了，但不能說『作者根據先驗的路線出發、三突出等模式』編造的假東西。」

（浩然《關於〈豔陽天〉〈金光大道〉的通訊與談話》，孫達祐梁春水主編《浩然研究專集》，百花文藝出版社，1994 年，第 181 頁）「我對某些當代文學史家同志，目前對我的《豔陽天》和《金光大道》持基本否定的態度，不以爲然，難以服氣。他們不是以歷史唯物主義觀點，而是用形而上學的唯心史觀來論述作品；不像獨立思考的見地，倒似人云亦云的學舌，甚至靠猜度當今的政治氣候、窺測某些文藝權威的臉色爲依據，給我和我的作品做政治結論。」（同上，第 192 頁）所幸的是，浩然的這種牴觸情緒持續時間不長，面對新的社會，不變的創作信念使浩然很快振作精神，決心通過紮紮實實的社會實踐來總結以往的經驗教訓，探索未來的前程，開始重新認識社會，認識文學。這期間，浩然首先回到他的創作「基地」，和農民吃住一起，重新觀察如今豐富、新鮮的農村生活，並瀏覽世界名著，擴大自己的閱讀視野，從中對比自己創造的不足之處。最後把自己出版了的作品，逐字逐句地看了一遍，結合對社會生活和文學的重新認識，默默地對自己的作品重新進行評價。在這個痛苦的反思期間，他給自己定下的戒律是「甘於寂寞，安於貧困，深入農村，埋頭苦寫」。在吸取外國藝術經驗和檢查自己的作品後，浩然誠懇地認識到自己作品的兩大病竈：

　　一、在創作中，我常常不能把藝術內容和思想內容的關係處理好。例如，爲使作品達到宣傳的目的，我往往把思想性看得比藝術性更重要；在表達主題思想的時候，往往失於直白、淺露、生硬，而沒恰到好處地做到委婉、含蓄、巧妙——藝術地把要表達的東西表達出來。例如在行文中，我熱情有餘，常常忍不住地跳出來發議論，而議論本身不少屬於政治口號和豪言壯語，缺乏藝術的感染力。例如，我強調作品的民族化、大眾化，有頭有尾，但是，往往差不多把話都說盡，不留給讀者更多的思考餘地，等等。

　　二、我的創作注意寫人，也不乏有血有肉的藝術形象和由生活細節發揮出來的生活氣息。但是，我的兩部長篇小說，都是以生產和勞動組織改革引起的矛盾鬥爭爲綱，用這綱把作品結構起來的。換句話說，它們基本都是用社會的政治運動來串線，組織故事，在故事的鋪成中讓人物活動起來。寫了人，寫了人的命運；然而人和人的命運是爲整個作品的綱和主線制約和服務的。」（浩然《懷胎，不只十月——漫談〈山水情〉的醞釀過程》，孫達祐梁春水主編《浩然研究專集》，百花文藝出版社，1994 年，第 178 頁）

「重新認識歷史、重新認識生活、重新認識文學、重新認識自己」，這四個「重新認識」對浩然而言，並不輕鬆。推翻昔日根深蒂固的觀念，否定以往的創作，對浩然來說不僅牽扯到他的感情，而且關聯著什麼是文學，尤其是關聯著對自己的鑒定和估價，這種觸及個人靈魂的否定與反思，其痛苦可想而知。所幸的是，浩然走出了迷惘，很快迎頭接續起新的創作生涯。

二、開闊重生視野的顯示

不管如何艱難，浩然闖過一道道關卡，終於承認了歷史和自我犯過的錯誤，很快創作出諸多作品：長篇小說《山水情》（1980 年）、《晚霞在燃燒》（1985 年）、《鄉俗三部曲》（1986 年）、《蒼生》（1988 年）、《迷陣》（1988 年）、《樂土》（1989 年）、《活泉》（1993 年）、《圓夢》（1998 年）；中篇小說《彎彎的月亮河》（1982 年）、《傻丫頭》（1982）、《能人楚世傑》（1982 年）、《浮雲》（1983 年）、《姑娘大了要出嫁》（1983 年）、《高高的黃花嶺》（1983 年）、《老人和樹》（1983 年）、《趙白萬的人生片段》（1985 年）、《嫁不出去的傻丫頭》（1985 年）、《花癩子秘史》（1984 年）、《山豆》（1988 年）；此外，還有兒童文學和散文紀實文學的創作。

浩然在新時期不僅創作數量上大豐收，在創作的社會容量、質量方面也大有突破。在一系列長、中篇小說中，展示了新的歷史時期下農村的各種畫面，從多方面描寫各種人物的性格和命運，介入農民的心靈，展現他們的所求、所歡、所憂，反映新政策帶給社會和人與人關係的變化。《山水情》是浩然邁入新時期最早的作品。小說通過青年男女的愛情故事，對「血統論」、「唯成分論」等極「左」思潮的嚴重危害進行揭露。《能人楚世傑》開始思考新時期允許一部分先富起來所引發的社會問題以及人際關係的扭曲。《晚霞在燃燒》、《鄉俗三部曲》、《傻丫頭》等小說通過婚姻、愛情探討新時期倫理道德問題。《浮雲》中對變質黨員幹部進行批判，揭露他們在政治運動中的「投機」以及對人民群眾利益的損害。新時期的浩然在創作中運用語言更純熟、細膩，利用曲折有趣的故事塑造了栩栩如生的新農民。在新的人生視野下，浩然不滿足「文化大革命」前創作中以政治運動、時代要事為主線的寫作模式，力求以「人」為主，以「人生」為線索，展現新時期農村人物獨特的內心世界、農村社會的複雜變化。浩然這一時期的創作主要有如下特點：「不再單純地寫新人新事，也不再沿用往日那種以政治運動和經濟變革為『經』線，以人物

的相應活動爲『緯』線來結構作品，而是寫『人』，寫人的心靈轍印、人的命運軌道；政治、經濟，即整個社會動態動向，只充當人的背景和天幕。」（浩然《浩然第三個十年的新奉獻》，孫達祐梁春水主編《浩然研究專集》，百花文藝出版社，1994 年，第 271 頁）以人的價值、人的尊嚴、人的地位權利爲視角的創作帶給浩然這個創作階段以全新的視野。

新的時代到來了，浩然的小說不再具有經典地位，在眾多批評聲中，浩然痛苦反思，獲得重生的視野，重新創作了諸多中長篇作品，反映出「新生」的努力。但事實上，在慣性的寫作理念中，浩然面對巨大的社會轉變，在創作中難免呈現矛盾和糾結之處。對共產主義情結的堅守和對農村道德美善的認知，對極「左」思潮的反省與對改革經濟發展方式複雜、迷惘的認識，都使浩然新時期的創作呈現出特殊景象，可謂在重生中的矛盾。下文將分別敘述浩然這一時期創作的更新與堅守。

第三節 浩然的「變」與「不變」

浩然 20 世紀 80 年代的創作相對之前轉變較大，但「變」中仍有一些基本的創作信念在延續。「變」展現了浩然深入文學的與時俱進，「不變」成爲作家在新時期創作獨特性的體現。變化與延續不變構成的矛盾性文本，成爲50 至 70 年代與 80 年代文學斷裂與轉換時期的典型性文本，這些作品集中體現了浩然獨特的個人思索與文學生涯的延續意義。正如雷達所言：「浩然的典型性表現在，他的文學生命的強弱與當代文學史的浮沉，關係極爲直接和緊密。於是，他的一身，奇特地集納著當代文學的某些規範、觀念、教訓和矛盾，交織著『十七年』和新時期文學的風雲變幻。」（浩然《舊軌與新機的纏結——從〈蒼生〉反觀浩然的創作道路》，孫達祐梁春水主編《浩然研究專集》，百花文藝出版社，1994 年，第 211 頁）在這些看似清晰明瞭、人物生活化的小說故事背後，浩然的「變」與「不變」交織在一起，即變中也有不變的地方，二者如影隨形。這使得轉變階段的浩然文本呈現出極有意味的複雜性。作爲十七年文學的「最後一個歌者」（雷達語），他的堅持保留了十七年文學的樣貌。作爲新時期的追趕者，他的變化折射了時代文學的變遷，他的不變透出與時代變革相悖的理念。所以無論是浩然的「變」或「不變」，交織的複雜性給新時期農村文學研究者提供了一份特殊的文本。

一、農民劣根性批判與自始至終的美德歌頌

　　新時期浩然突出的變化在於不再單純地寫新人新事，而是寫「人」，寫人的心靈、人的深層意識。當作家的視野不再局限於勾勒單一的農民新風貌時，更深層、複雜的農民心理結構才會浮現出來。從剖析傳統文化積澱、農村社會風俗、新政策變化等方面對農民心理結構的深刻影響出發，浩然找到了新時期文學寫作的新視角。在這一角度下，作家關注到農民傳統文化中的劣根性，但作為深愛農民的作家，他的批判中永恒不變地帶著對農民的愛，對農民傳統美德的歌頌始終不變。

　　《蒼生》中的田留根集中了作家對農村傳統、保守、落後的批評。田留根謹遵蓋房方能娶妻的農民傳統習俗，和父親一起起早貪黑地在野地裏挖石頭，再一步一個腳印背石到山下，終於修成房屋，卻又苦於家中沒有更多的聘錢，娶妻仍然是難事。在婚姻觀念、生活模式中，作者不乏同情地批判了傳統農民因循舊統、難以變通的保守性，凝聚著浩然對中國農民的新思考。小說對田大媽的塑造，可謂浩然小說中獨有的「這一個」。田大媽身上聚合著浩然對農民舊觀念的批判以及對農民傳統美德的稱讚。在田大媽善良、有同情心、勤勞本分、不乏進取心的傳統美德裏，又有中國農民落後頑固的性格，比如她很愛面子。面子觀念既是農民保守的一面，同時是一種民族性格。為了爭得田家人窮志不窮的面子，大媽恪守傳統農家模式，才會出現催促兩父子吐血背石頭建房的情形，虛榮心又使她斷然拒絕兒子入贅鄰村當上門女婿。在田大媽愛面子的細膩性格刻畫裏，豐富地顯示了浩然的「變」與「不變」。《彎彎的月亮河》裏的柳順，是一個從小受盡地主剝削的雇農，可他軟弱，任人擺佈，對雇主忠心耿耿。正因為他奉行傳統「忍為貴，和為高——安分守己」的處事原則，不但害了自己，還差點害了親人。只要中國農民本性裏善良和隱忍交織在一起的深層心理不變，無論在哪個時代，都是阻礙社會前進的心靈包袱。所以只要柳順式的性格還在蔓延，就有《浮雲》裏唐明德的出現。老實巴交、淳樸善良的農村書記唐明德在個人命運面前總是愚昧順從，在生活上不求奢侈，只要黨和革命需要，總是衝在前面，甚至犧牲個人養育後代的願望。但是，在頻繁的政治運動中，他的善良、忠誠被人利用，被人牽著鼻子走。浩然在這一時期塑造的人物性格是複雜、深刻的，既挖掘了農民性格深層的痼疾，同時又無限眷戀這些人物身上的傳統美德。《彎彎繞的後代》讓人記起幾十年前《豔陽天》裏那個自作聰明、精於打算，卻往往

害人害己的「彎彎繞」，幾十年後，他的後代依然受著小農思想的支配，做著賠了夫人又折兵、自認精明的傻事。對農民勤勞致富的心態，浩然是體諒和讚賞的，同時，對「彎彎繞」後代依然如故的小農自私意識的諷刺，也體現了浩然清醒的批判意識。「彎彎繞的後代」帶給中國農民文學的形象至今沒引起重視，這是一個和陳奐生一樣，具有深刻意義的農民形象，而新時期文學肯定了陳奐生的意義，卻忽略了「彎彎繞後代」的意義，從中也可看出新時期浩然的創作尚未得到充分重視。

對「人」的重視，使浩然轉變為關注中國農民深層意識的痼疾，在新時期小說中再次塑造生動、深刻的農民形象。然而作家最基本的寫作理念是不變的，把文學當做反映時代的教訓，讓人們警醒。浩然也不忘「永遠歌頌」，「執筆的時候，我同樣懷著深切的同情、真摯的敬仰歌頌農民群眾的優秀品行與鬥爭精神」。（浩然《〈浩然選集〉自序》，孫達祐梁春水主編《浩然研究專集》，百花文藝出版社，1994年，第50頁）這顯示了浩然在藝術道路上「萬變不離其宗」的創作信條。

二、變質幹部的批判與凡人英雄讚美不變

在新時期初期，浩然和眾多作家同步，把目光投向農村幹部這個特殊群體。農村基層幹部既是農民，又是國家權力在農村的代言人，這一文化群體的思想歷程集中體現了意識形態在農村的變遷。浩然在新時期重新認識歷史的基礎上，反思農村基層幹部攜帶的複雜農民習性和當權者以權謀私的變質現象，同時作為國家主流意識形態的堅守者，浩然雖不再塑造高大泉式的全能英雄，卻依然展現新時期一心為公、熱心為民的農村基層幹部形象。

《浮雲》裏的喬連科這位「變質幹部」的形象塑造是成功的。他的當官經驗是，不管共產黨的政治運動怎麼搞，「運動」就是「整」人和「被整」，農村的每一次政治運動，他都是參與者。為保住他的黨政領導地位，時時緊跟形勢，甚至不惜犧牲他人利益。像這樣的人能夠扶搖直上，體現了浩然對黨內變質幹部的反思。《蒼生》中的邱志國也是典型的蛻變人物。合作化時期的田家莊黨委書記邱志國曾是個熱血揮灑農村建設的鐵漢子，當農村集體經濟解體時，他蛻變成假改革之名以收私利的腐敗幹部。他只顧自己的社會地位，投機政治之餘也投機經濟。在揭示邱志國脫離群眾、腐敗營私的同時，作家依然寄希望於「好幹部」的刻畫，塑造了像《浮雲》裏唐明德這樣不計

個人得失、時刻聽從黨的召喚的好幹部。《山水情》中的萬爺爺是一個平凡的農民，作為一個孤老，開荒守山，為集體事業付出一生。《老人和樹》裏的褚大當年熱心支持合作化，把一塊為之奔波辛苦了大半輩子的山場交給農業社，而後來的政治運動不斷傷害老人對黨的信任，但這位平凡農民的內心深處對黨飲水思源的信念不變，一旦政策穩定後，又煥發出對集體事業的熱誠。難能可貴的是，浩然這期間對人的複雜人性挖掘較深，塑造了《趙百萬的人生片段》中趙百萬這個形象頗為複雜的農村幹部。趙百萬是一個普通農民，懷著對共產黨知恩圖報的樸實心態，在大北坡被「大躍進」破壞、一片殘局時刻出任大隊隊長。他絲毫不計個人恩怨，只要黨開口，叫幹啥就幹啥，用一個農村幹部的具體行動維護了黨在基層的形象。

值得一提的是，浩然在新時期對黨的農村基層幹部有一定的批評和思考，但整體流於浮面，把幹部的蛻變歸於個人貪欲，或把幹部失去熱情的原因歸結於極「左」政治運動傷害了他們的感情。事實上，這一特殊的群體承載著中國農村向經濟建設轉型期間獨特的精神失落。對於為什麼農村幹部會在新時期陡然蛻變，浩然沒作更深的思考，對農村幹部作為普通農民對發家致富的渴望、對其人性中的貪婪缺乏更深入的挖掘。而在描寫黨性不變的幹部時，浩然只注意到他們的忠心，對經濟轉型期中他們的心理失落缺乏深層關注。實際上，長期以「革命工作」為重心的農民幹部，他們在新中國成立以來大大小小的政治運動中認同、接受了主流意識，在以經濟為主導的農村社會轉型後，曾經如魚得水的文化陡然消逝，他們因失去文化支撐，甚至不得不拾起農活以求得生存，而這樣的驚詫、迷茫、失落等複雜情緒都是值得文學作品關注的，這體現了政治文化被另一種經濟文化取而代之的趨勢。由此，《平凡的世界》裏的孫玉亭、《老霜的苦悶》裏的老霜等新時期文學形象，就讓我們看到這樣一批失落、迷惘的農民幹部形象。相形之下，我們不得不說，浩然在新時期對這一特殊群體刻畫上存在不足。

三、經濟變革中的新視角與不變的民間美善頌揚

新時期的農村經濟改革，最早是從土地承包開始的，並逐漸以商品經濟取代農村集體經濟，在這一過程中，農民從物質到精神生活都受到深刻的影響。農民文化中的集體、權力等文化心理很快轉向自由、個體意識。經濟社會的轉型，像一根歷史的撬杆打開封閉的大門，農民沉默、壓抑的意識不同程度地被喚醒。浩然深入農村，把筆觸深入農民精神的變化，一方面肯定農

民主體意識覺醒，同時隨著農村社會人際、人倫關係的畸變，也堅持了多年對傳統人倫道德美善的頌揚。

　　商品經濟使中國農村煥發出新活力，在文學上也催生了農村新人形象。幾千年來，農民從未離開過土地，在土地裏刨食帶來的封閉思想嚴重地束縛著農村人。20 世紀 80 年代，思想活絡的農民紛紛離開土地，渴望走出農村尋找更好的生活機遇，長期以來窮爲榮、富可恥的信條迅速被拋棄。在躁動和熱切的鄉村變革中，浩然選擇青年農民婚姻觀念變化這一角，窺探 80 年代農村人觀念的轉變。《山水情》、《晚霞在燃燒》、《鄉俗三部曲》、《蒼生》、《細雨濛濛》、《傻丫頭》、《姑娘大了要出嫁》、《嫁不出去的傻丫頭》等諸多小說均以婚戀題材爲主，讚賞農村新人們自由戀愛、破除世俗陋習的努力，鞭笞在物質誘惑下人人向錢看的惡習。中篇小說《傻丫頭》以先抑後揚的有趣情節，先貶低「傻丫頭」在婚姻聘禮上如何要高價，嚇跑了一個個願意出錢「買媳婦」的男人，實際上她是以高價嚇走人的計謀對抗農村以錢換婚姻的現象，最後爲自己爭得了婚姻自由，不但選擇了自己心儀的人，還有力地反擊了婚姻買賣現象。在這一系列婚姻故事裏，浩然肯定了思想解放帶來的農民作爲人對自由尊嚴的追求，同時在轉型期間泥沙俱下的各種現象中，始終保持著對傳統美善道德的認同。

　　除了婚姻，農民對待土地的觀念也發生著轉變。土地對農村人來說，既是生存的保障，也是思維意識形成的根基。農民的一切都來源於土地，僵化不變的土地文化無形中在時空上限制了農民的靈活性。新中國成立後，人爲政策形成的城鄉二元對立，加深了土地對農民思想的束縛。趙樹理在《互做鑒定》裏貶斥不安心農業生產、一心想進城的青年劉正，就是以保守的思想拒絕農民離開土地，稱之爲不務正業的農民思想。事實上，新時期作家對於離鄉的態度也是複雜的。但正如趙圓先生所言，農民對土地是一種實際的生存情緒，戀鄉、懷鄉是知識分子文人的一廂情願，當外界更富有誘惑的生產方式向農民敞開之時，他們的離開是合理的，同時給僵化的傳統注入新的風向。浩然在這個視野下更新認識，塑造了他創作生涯中前所未有的農村新人。《蒼生》裏田保根這個有點新潮、狡黠的農村青年成了作家寄託希望的新人。他打破農村父輩傳統婚姻、生活模式，鬼靈精怪地不按常規出牌。保根的性格顯得五光十色，首先母親對他的評價是「太鬼、太浮華、不安全、好追時髦」，就是這樣一個好捉弄人的青年慧眼識出腐敗書記的本質，故意請幫工吃

螺蛳，拖延書記利用職權讓人給自己蓋房的算盤；利用與書記侄女陳耀華的
情誼，找人幫他家崩山運石蓋房，自己躲在家裏，不花費一分錢就輕易辦完
父兄需要幾個月才完成的事；高考落榜後，裝作一副進京城讀書的姿態，實
則憑勞力在建築隊打工學手藝；為躲避母親逼他回去，巧妙地在對方不知情
之下，把一位已婚女青年拉去充當自己女友，達到在外繼續奮鬥的目的。這
是一個有些狡猾又富有正義感和同情心的青年，不同於完人式的高大泉形
象，田保根是有瑕疵的、真實而生動的新一代農村新人。他的可貴之處在於
懂得根據客觀環境變化，認清當下形勢，走出農村，自謀生路的同時給父兄
解脫壓力。這些看似油滑的行為不過是保根審時度勢的智慧罷了。從對保根
的喜愛，看出浩然對擁有新思路的人是認可的，但最後作者讓保根重新回到
農村，放棄女友陳耀華提供的物質生活保證，選擇揭發腐敗墮落、以權謀私
的黨支部書記邱志國，更可看出浩然對新人回歸土地、勤勞致富的傳統美德
的讚賞。從對新時期農民被喚起的主體意識的認可看，浩然的視野有了新的
變化，從對為富不仁、利用權勢先富起來的書記的批判態度看，浩然對傳統
和諧人際關係的嚮往依然不變。對於這種「變」與「不變」的創作態度，體
現的是作家更深層內心面對新時期經濟改革的困惑與糾結。新契機帶來農村
社會的活絡，可打破農村封閉狀態之後呢？傳統美善道德觀也隨之被瓦解。
究竟如何看待農民對物質生活追求僭越了傳統道德引來的後果，這個問題是
同時期很多作家的共同思考。浩然對這個問題僅停留在稱讚傳統美德上，還
缺乏對人變闊後的心靈危機的深思，但他保留十七年文學「不患貧，患不均」
的意識，是十分獨特且值得我們思考的。下文將進一步探討這個話題。

四、極「左」思潮批判與集體主義的眷顧

　　新時期文學初期開始鋪天蓋地地批判極「左」思潮，為人熟知的劉心武
的《班主任》揭開了反「左」傾熱潮，作家們站在政治撥亂反正的立場上，
痛斥長期極「左」思潮帶給人們的傷害。在四個重新認識後，浩然真誠地反
思歷史，反省自我，開始承認自己以往創作中的「錯誤」。然而，作為一個堅
守自我特定信念的農民作家，在敞開接納新事物的同時，浩然始終堅持對合
作化、集體化的支持，毫不掩飾對農村集體主義信念的眷顧。正如作家擲地
有聲的那句話：「我從來沒有否認我的過去。我不會改車易轍！」（浩然《〈浩然
選集〉自序》，孫達祐梁春水主編《浩然研究專集》，百花文藝出版社，第 50 頁）

　　《山水情》是浩然新時期最早創作的一部長篇小說，體現了作家對「血統論」、「成分論」極「左」思想的批判。小說通過幾對青年男女的婚戀故事，在羅小山、劉惠玲、康秀雲的命運輾轉中，痛斥階級家庭成分歷史的遺留意識給青年人帶來的不幸。主人公羅小山，在貧農家庭長大，可因為生父是地主，被莫名帶上了階級成分帽子。他勤勞善良，吃苦耐勞，任勞任怨，可不管他怎麼上進，開創自己的未來生活，「左」得可怕的人們仍然擺脫不了長期的思想扭曲，仍然抓住他「出身不好的尾巴」不放，以至於他從日常生活到愛情選擇總是擺脫不了成分論陰影，從懂政策的黨支部書記到普通群眾都充當著「吃人」的角色。正因為出身不好，出於婚嫁現實考慮，羅小山同意和有著同樣苦衷的劉惠玲交往，可是在他思想深處也排斥出身不好的劉惠玲。一個受著錯誤思想折磨的人，卻依然按照錯誤的思想考量他人，可見「左」傾思想的頑固性。另外一個有著清醒意識的受害者劉惠玲，在這樣的氛圍下，更加可悲。她扭曲自己的靈魂，想盡法子掙脫地主後代的陰影，但最後還是痛苦地以成分不好人家之間互換婚姻的形式，草草地結束了自己追求幸福的權力。不管是羅小山這樣本質上很優秀的青年，還是渴望通過極端手段改變命運的劉惠玲，原本都不該承受這樣的命運，可見極「左」思想殘害人心的程度已經是滲透肌理了。浩然極早推出《山水情》這樣一部反思錯誤政治貽害人民的作品，體現了他對自己以往創作的深刻反思，這個轉變對浩然而言是十分重要的。

　　雖然農村集體主義在浩然新時期創作裏只是一條隱藏不露的線索，但它在新時期的堅守，體現了浩然不變的本質。與《豔陽天》、《金光大道》大張旗鼓地歌頌集體合作化不同，《蒼生》中的「集體化」道路隱約可見。面對農村經濟改革，浩然是肯定中又有疑慮的，在小說兩相對比的安排中，「集體化」無疑是更理想的選擇。《蒼生》以虛寫的方式勾勒了鄰村紅旗大隊劉貴隊長帶領全村集體致富，與田家莊書記邱志國利用新政策以權謀私構成鮮明的對比。浩然在小說中對集體化道路充滿嚮往，一方面借書中劉貴妻子誇耀紅旗大隊集體財產不分家，改進合作化制度，採取聯產承包，將村民劃為果樹隊、農田隊、工業隊、商業隊，「以工副商業養農業，又以農業促進工副商業」的方式，搞活全村經濟，並帶動人人公平合理致富；另一方面又以田保根所見相較田家莊，「人家紅旗大隊的做法對。改革，就是拓展經濟、發展生產力。而咱們田家莊不講究開拓和發展，而是把幾十年好不容易打下的那一點可憐

的家底子，來一次大瓜分、大搶奪、有權有勢的多分多搶肥肉塊子，沒權沒勢的得到一碗稀湯寡水喝。分搶著肥肉塊子的抱著啃，不撒嘴，啃乾淨拉倒。得一碗稀湯的老百姓，成了四分五裂、人心惶惶的烏合之眾，瞎子走路，亂撞亂碰」。（浩然《蒼生》，高占祥主編《浩然全集》第八卷，中國文史出版社，2005年，第 164 頁）在小說裏還描寫了堅持走集體化、關注群眾利益的老隊長郭雲。他不像邱志國那樣迅速轉向，而是在個人與集體利益面前堅持認為「田家莊試驗了一年的新章程，確實讓少數人先富起來了。可是，咱們不能扔下多數人不管哪」，（同上，第 345 頁）並竭盡所能組織一些沒有勞力、沒有特殊本事的人，搞互助組，合作生產，以免這類人生存難。社員對郭雲的評價是「辦集體的事認真負責，公正無私、從來不往自己兜裏摟一分一毫的東西，從不跟誰拉拉扯扯和嘀嘀咕咕，隔著肚皮就能看透他那乾乾淨淨的心」。（同上，第254 頁）《蒼生》不再安排激烈的政治鬥爭路線、大張旗鼓地通過「階級鬥爭」確認集體化的正確性，轉而以對比效果暗含作家傾向。《蒼生》裏最集中地體現浩然集體化傾向的是對理想人物保根的塑造。不管保根如何鬼靈精怪地不按常規出牌，但這個狡黠和正義感並存的青年最後還是回到農村，放棄女友陳耀華提供的物質生活保證，對抗不良風氣，嚮往紅旗大隊，渴望帶動全村人集體富裕。保根的理想實則寓含了作家最深的渴望，渴望社會最終能達到「老弱有幫扶、人民齊富裕」的境界。正像歷史題材小說《彎彎的月亮河》裏，作家神話般的描寫主人公柳順在解放區所見的「世外桃源」：「不遠處的村口，從蒼綠的樹梢上露出來的大殿飛簷，看到從一摟粗的樹幹中露出來的山門和紅牆」，在這塊共產黨管轄的地方「春天就實行土地改革了，一夥人打草壓綠肥，不是一幫扛活的，是互助組。就是得到土地的莊稼人，自有自願地搭夥種地，你幫我，我幫你的一塊兒奔日子」，（浩然《蒼生》，高占祥主編《浩然全集》第八卷，中國文史出版社，2005 年，第 130 頁）這裡的百姓住上了不透風、不漏雨的大瓦房，門上貼著「聽毛主席話，跟共產黨走」的對聯，處處顯示出自由、富足的集體生活的喜慶氣息。這樣的景象不禁讓人聯想到武陵人的桃花源。所不同的是，十七年文學裏浩然是直接通過政治鬥爭傳達自己的意圖，新時期文學中浩然是通過理想人物寄託不變的情感傾向。

五、藝術手法的變化與傳統農民文學風格不變

20 世紀 80 年代，浩然在藝術形式上也進行了一些新的探索。首要的變化是立足於人，不再以政治運動結構人物、情節，隨著對人性、人物潛意識的

開掘，浩然的語言愈發細膩，對人物心理世界進行充分的展示，小說布局愈發曲徑通幽，充滿趣味性。所不變的是，本著「寫農民、為農民」的宗旨，小說的語言和風格都適宜大眾閱讀，保留著傳統文學藝術的表現形式。

　　新時期開始，在浩然筆下，「人」不再是階級意識的符號、政治話語的注釋，而是充滿喜怒哀樂、七情六欲的血肉之軀。除了前面提到的田大媽、田保根、趙百萬、楚世傑等生動的農民形象，浩然還把筆觸深入到農村人性心理意識方面，由不涉及愛情的十七年文學創作走進對性意識的探討，絕對是作家對「人」全面關注的變革。《迷陣》寫「破鞋」水仙一廂情願地迷戀上鄰家英俊的有志青年清明，小說細膩又不乏揶揄地描寫水仙如何按捺不住欲念，借機接近小夥子，又是送桃子，又是故意串門，但單純、正派的清明並不「上鈎」。小說最後把少婦水仙由「不安好心」到「一派誠心」的情感過渡刻畫得淋漓盡致。小說裏生動地寫道：

　　　　她從樹上揪下幾個半熟不熟的桃子，放在小籃子裏，返回村，徑直地走進楊家的門樓裏。正蹲在堂屋前燒火熬粥的楊嬸首先發現了進來的水仙，趕緊站起身，手裏的火棍子都沒顧得上放下，就迎了出來：「喲，他嫂子，你還早哇！」楊嬸笑眯眯地打招呼，同時用眼神兒詢問來者有什麼事兒。「我都下地幹一盤活兒了。」水仙以一種顯擺的口吻回答，照樣發揮眼睛的功能，盯著屋門裏面的動靜，等待清明的出現。「聽清明說，他那頭髮是你給理的？」楊嬸想趁此機會表示一下感謝人家幫忙的意思。「理得不好吧？讓您見笑了。」「我看滿好的，氣死城裏大理髮店的師傅。」「嘻嘻，瞧您把我給誇的。」水仙這麼應付著老太太，仍不見清明露面，急不可待，就主動往屋裏走，「我家的桃兒白背兒了，能吃了，摘幾個給您嘗個鮮兒。放到屋裏吧。」「讓你費心啦。就我這牙，咬不動硬東西，虧了你的一番好意。」楊嬸一面伸手接小籃子，一面說。水仙抓著籃子不鬆手，依舊往裏邊邁著步，說道：「您不能吃，讓大兄弟吃，他牙口好。……」楊嬸說：「他沒在屋裏，早就爬起來，鑽到牆旯兒裏背書去了。」水仙順著楊嬸的手扭回身一看，果然瞧見了那個讓她喜歡的身影。在院子的西南牆腳的小白楊樹下邊，清明筆管條直地站立著。因為他面對著牆，看不見他的面部表情，只聽見他像演員念臺詞那樣有板有眼地朗誦著什麼。楊嬸衝著孫子喊：「清明！清明！你

張家嬸子給您送桃子來了，快就手歇歇吧！」清明只顧自己背書，好似聾了耳朵，什麼聲音都沒聽見。水仙早忍不住地「蹬蹬」幾步就奔到跟前，在清明的肩頭輕輕地拍了一下：「嗨，大兄弟，你可真入迷啦！」清明從沉睡中驚醒似的一哆嗦，恐懼地扭轉頭來，睜著兩隻眼睛，卻視而不見地眨巴著，呆了好長時間才看清站在他跟前的人；又眨巴幾下眼，才認出是誰；過了一會兒，才長嘴巴吐出仨字兒：「是你呀？」「不是我是誰？看你這副迷迷糊糊的傻樣兒，嘻嘻……」水仙捂著嘴巴笑笑，說：「我給你洗桃子，快來吃吧。」清明說：「謝謝你啦。交給我奶奶收著吧，我得過個時辰再吃。清早腦筋好使喚，得把這篇古文背幾遍，記得牢實一點兒。」水仙用不依不饒的目光注視著清明，想逼著清明跟自己聊聊天。清明倒用要求原諒的口氣說：「大嬸子屋坐吧，我不陪你啦。」說完便端起書本，復又轉回身去面衝牆腳，念經似地「嘟嘟囔囔」地背起課本上的古文。水仙遭受這樣的慢待大為惱火，賭氣地一返身子，來到那玫瑰花叢跟前，把小籃子的口兒朝下一翻，把桃扣到放在那兒的一張小地桌上。桃子「嘰裏咕嚕」滾了一地，她沒管。撞腿把一隻小凳子給撞翻了，她也沒扶起來，幾乎是怒衝衝地往門樓走。楊嬸跟在後面相送：「他嬸子，有空兒過來呆呆。」「不啦。」水仙不回頭地說，「我也不是個閒人，照樣兒忙的沒功夫。」「你家正拔草吧？」楊嬸好似自言自語地說：「唉，我家分的點地，撒上種就沒擱擱手，準都打荒了。看我們那個書呆子，光啃書本子，等著絟上脖子不吃飯啦！」要邁到門坎兒的水仙聽到背後的老太太的這句話，不由自主地停住了腳步，側臉朝西南牆腳那邊瞥一眼。她瞧見清明仍在津津有味地念著他的「經」，心裏的怒火，一下子熄滅了。回到家裏，水仙的心氣又恢復到對清明熱烈思念的水平線上。（浩然《迷陣》，高占祥主編《浩然全集》第十二卷，中國文史出版社，2005年，第48～50頁）

農間風俗中，不乏類似的男歡女愛的故事，浩然借著一支靈巧的筆，細緻入味地把農村人的真實一面有趣地展現出來，展現了他愈發老道、內斂的語言技藝。新時期文學裏浩然的語言技藝尤其體現在他對人物心理世界的入微刻畫，正因為細膩的人物內心展示，諸多作品給人留下生動、細膩的人物形象感。以《寡婦門前》為例，浩然用娓娓道來的描寫，蕩氣迴腸地述說他對農

村風土人情的理解。農村寡婦王金環本可以在新社會改嫁過正常人生活，卻拋不開鄉村傳統顧慮，獨自帶著幼女孤單地生活。當她遇見可心的男子時，年幼的女兒並不理解母親的苦楚，以丟臉阻撓母親改嫁。小說對母女倆的心思刻畫細膩，語言精道且俗語化，字字傳意。一段文字盡展王金環起伏跌宕的心思，也帶出個人命運的曲折，充分顯示了浩然在新時期文學裏的語言功底。以作品為證：

> 到了起晌的時候了，街上傳來人與車馬走動的聲音，還有人們相互打招呼和聊天的聲音。寡婦院裏的兩母女，全都自動地閉住嘴巴，開始了無言的抗爭。小妞子人小性子強，對待一些事情，只要認準怎麼做，想讓她轉彎兒和屈從，那是極難辦到的。在這一點上，很隨她媽媽。經過剛才的那麼一哭一鬧，從媽媽的嘴裏討到了實底兒之後，她的決心便下定了：拼了命，也要攔下媽媽，不讓媽媽幹出那樁丟臉的寒磣事兒！所以她自動地撩著盆子的水洗臉，跳到東屋對著鏡子梳頭，整理整理身上的衣裳，最後隨便地找了一本破舊的書，躺在炕上默默地翻開。王金環也站起身，抱柴禾點火，煮上一把掛麵，從小菜園裏拔了一把小嫩蔥，擇乾洗淨，一半兒放在雞蛋裏攤著，一半兒蘸醬吃。隨後她把桌子放好，把菜盤擺上，還端來已經打開過的點心匣子，盛了兩碗飯，把一碗往閨女那邊推，自己吃一碗。小妞沒有湊到桌子跟前來，連看也不看，眼睛只盯著書。王金環只好開口叫閨女吃飯。連叫三遍沒頂用，她心裏猛然冒起一股子火。打從這個親生骨肉「哇啦」一聲落地那會兒起，到今兒個，王金環頭一次對閨女產生了恨，仍不住怒氣衝衝地說：「你沒完沒了的，想怎麼著？我進了你們曹家門兒這麼多年，可沒得到一丁兒好處！你那爹活著的時候，我跟他過著窩囊日子；他死了，還得留下數不盡的是非、禍害折磨我；如今又安排你這麼一個坐陣的、催命的，讓我活不能活，死不能死！我哪輩子該你們的、欠你們的了？告訴你，我受夠了，忍夠了，誰想限制我的自由也辦不到！」小妞好像胸有成竹，很清楚媽媽這兩下子，跳不了多高多厲害。所以她不僅不害怕，都沒動一下。王金環覺得自己被閨女撅了個對頭兒彎，胸膛裏的怒與恨更加升了級，她把掛麵湯碗使勁兒往桌上一蹾，騰地跳下炕，一撩門鏈子躥到堂屋，在堂屋地下她猶豫片刻，心裏暗

想：在這個時辰不能到街上去，在街上碰到人，被瞧出來難看；也不能到前院去，左右鄰居只隔著一道矮牆，翹起腳後跟就能瞧見這邊的情形，被他們傳出去難聽。於是她側過身，跨出後門次兒，奔到大桑樹下，坐在陰涼裏一個刨下來的、仍了多年的老樹根上。這兒涼快，這個僻靜，這兒正是給遇上為難狹窄的人預備下的好地方，可以不受干擾，安安靜靜得縷縷思緒，找找路子。王金環呆坐著很久，更加痛苦和茫然。她的思路越縷越亂，她的路子越找越絕。不知道為什麼，她想念起生她養她的酸棗溝，想起那兒重重的高山，條條的溝岔，層層的梯田，叢叢的樹木，一排排的石頭房子和石頭牆。她也想起那兒的人，想起一張張熟悉的面孔，還有他們各自的脾氣和說話的聲調。圖錢財給她包辦婚姻的老爹先死了，照老禮兒幫著苦害親人的老媽，也跟著離開了這個世界。大哥有了一群孩子，日子過得緊巴巴的；連自己都顧不上，就是想惦記別人，也力不從心。二哥當了幾年兵，在大西北一個荒涼的大沙漠邊緣地帶駐守，後來在當地轉業，在當地討了個老婆，安了家，一直音訊皆無。他也許不記得沟河邊上還有這麼一個受罪的妹子。三哥倒是個講外場，待兄妹親的，可惜不走正路，跟幾個村幹部大夥偷盜了分銷店的東西，給公安局逮去判了刑。……王金環活這麼大，沒走出過方圓三十里的地盤，也沒念過地理課本。她知道中國很大。她常聽下鄉的工作人員講中國有八億人民。八億，這個數目字可真不小：就是八萬萬！在八萬萬人裏面，誰能跟寡婦王金環親近？誰是寡婦王金環的親人？只有一個，就是閨女。閨女小妞是從她身上掉下來的肉，是她一口水一口飯餵養大的。不僅是她在沒有親熱和樂趣的家庭生活中掙扎到今天的精神支柱，也是她再接著掙扎下去的奔頭和指望。倘若跟這個獨生閨女也鬧了生分、絕了情，那麼，孤苦伶仃、苦難重重的王金環哪，活在這個人世上還有什麼意思呀！她想到這兒，感到心頭髮緊，渾身發冷，彷彿要地陷天塌，使她無比恐懼。……小妞顯然是聽見媽媽的喊叫了。她雖然沒回頭，卻遲疑了一下。可是她立刻就撞動腳步，邁出大門。一切一切希望和乞求的窗口，都在這一剎那間對王金環關閉了。她眼前一陣發黑。她那本來就虛弱的心，被一隻無形的手用力地揪了一下。然而，她沒有掉淚，更沒

有哭泣。直到此時此刻，閨女在她胸膛撩撥起來的那股子小火苗兒，不僅沒有因爲前思後想而熄滅，恰恰相反，她越對自己的處境悲哀而絕望，就越增加對死鬼男人的怨恨。今天，這個怨恨必然地蔓延擴散到閨女的身上。在絕大傷痛中，那火苗子就一拱一拱地猛烈地燒起來。她活了三十四年，儘管一直在委屈摻著愁苦中醃泡過來，但她血脈潛在著的那種不肯示弱、爭強好勝的素質並沒有泯滅。她若以爲有必要，就敢於反抗一切企圖逼迫她、扭曲她的勢力，包括支付出死的代價。王金環就這樣如呆如癡地坐到傍晚時分。（浩然《寡婦門前》，高占祥主編《浩然全集》第十二卷，中國文史出版社，2005年，第366～369頁）

另外，短篇小說《衣扣》意味深長地體現了浩然對80年代農村社會的思索：男婚女嫁、男歡女愛是人自然本性的舒展，但是，逐漸扭曲的社會風氣、人的金錢貪欲，使人自然美好的情感受到污染，衍生了罪惡的故事。故事情節很簡單，一個農村女人獨自在家務農，遭到小偷姦殺的噩運。耐人尋味的是，從女人被姦殺的起因和賊人犯罪的理由看，都是人的本性遭到社會壓抑的結果。女人爲了賺錢，苦口婆心送丈夫進城打工，獨自一人辛苦操持家務，畢竟人非聖賢，也有耐不住寂寞的時刻。賊人當兵復原後，因社會上向錢看的風氣，他只能打光棍，在飢餓和性本能都得不到解決的情形下，走上賊路。但可悲的是，他把仇恨的對象發洩到個人身上，同樣可悲的是，女人讓自己成爲金錢的奴隸，最後不幸地遇見另一個被壓抑得更深的男人。這些小說從不同角度表現了80年代浩然對改革中農村的新思索，一篇篇獨立思考、不同於以往創作風格的小說，把作家的創作推向深入的藝術境地。

　　在新時期浩然的小說裏，小說布局、情節結構也有了明顯的變化。中篇小說《能人楚世傑》在描述楚世傑與農村不正之風做鬥爭時，採用輾轉迂迴的情節，把一個嚴肅的普遍現象寫得諷刺、有趣。楚世傑開始給人的印象是個認死理的樸實農民，與時下送禮走後門的關係學格格不入。小說沒有從正面寫他的反抗，而是巧妙地利用楚世傑也暗合此道，先是送禮給支書讓兒子能夠外出做工，又行不改名地寫檢舉信告發受賄書記，遇到官官相護、檢舉不成功時，又以其人之道還治其人之身，讓受賄的支書吃了啞巴虧。整個故事充滿詼諧氣氛，在詼諧中顯示了楚世傑的正直、能幹，諷刺走關係的不良風氣。《姑娘大了要出嫁》寫兩代人的婚姻恩怨糾葛，批判頑固的世俗偏見。

厲秀芳是個被母親趙淑賢嚴格管教的文靜姑娘，她愛上農民劉永發，但母親硬要她嫁給靠當縣黨委書記的老子走運的朱新亞，她軟弱地不知如何爭取和表達自己的愛情，居然選擇自殺。自殺不成，被看管果園的黑石峪書記劉貴救下，一打聽，原來劉貴是三十年前和母親趙淑賢差點因封建包辦婚姻結合的「故人」。劉貴好人做到底，面見趙淑賢，終於使她意識到自己也是以反抗家長包辦婚姻而爭得個人幸福的人，最後皆大歡喜地成全了女兒。同樣，《傻丫頭》採取先抑後揚的手法布局，在嬉笑之間鞭笞婚姻買賣現象。類似的巧妙情節結構還有中篇小說《老人和樹》、《鄉俗三部曲》等。

儘管藝術手法變新了，但浩然仍然認爲在藝術形式上，徹底撇開作家自己已經形成的個性特點，就等於沒有了自己。他說：「生活是發展變化的，看作品的讀者心理和欣賞習慣也在變化。因而，藝術表現形式必須相應地隨著變化。我意識到這一點，盡力地改進和提高。但是，我覺得藝術表現形式的變化不能脫離本民族的文學藝術的基礎。」浩然《〈浩然選集〉自序》，孫達祐梁春水主編《浩然研究專集》，百花文藝出版社，1994 年，第 50 頁。作家對藝術形式力求改進，但仍然堅持不忘「寫自己的味兒」。所謂浩然的味兒，就是以民族化、大眾化語言和結構寫小說。受到民間文學影響，在對大眾化的長期探索基礎上，浩然堅持用娓娓道來、明淨流暢的口語化語言呈現小說故事。所謂萬變不離其宗，浩然始終保持著自己的農民文學風格。

綜上所述，浩然在接續十七年時期後的十年裏，努力迎接新時期變革，在獲得重生的視角中保持著作家獨有的創作理念。新時期文學裏，浩然的「變」表現在：以探尋「人」、寫人的心靈和深層意識結構小說；關注農民傳統文化中的劣根性；批評極「左」思想下變質、扭曲的農民幹部；肯定農村經濟改革下農民自由個體意識的覺醒；以及藝術手法的純熟。浩然的「不變」在於：對傳統道德美善的肯定；對平凡農民幹部忠誠於黨、心繫群眾集體的「永遠歌頌」；堅決支持集體化道路以及農民化文學風格不變。觀察出浩然的「變」與「不變」並非難事，問題在於從十七年文學向新時期文學的轉型中，作爲一個農民作家，浩然筆下的農村小說有何特別的意義？與 80 年代眾聲喧嘩的文學世界相比，他的變與不變有何啓示？尤其在「去政治化」後，越來越傾向「純文學」寫作的 80 年代，浩然內心的堅守折射出的矛盾性表現出的獨特性何在？這將成爲我們進一步追問的問題。

第四節　浩然「變」與「不變」的啓示

歷經十七年文學到新時期文學，浩然在創作上順應時代而發生轉變，但在這個「變」中，某些基本「不變」的因素使他在新時期文學中與眾不同。正是這些「不變」使浩然小說呈現出有意味的複雜性。浩然的「變」或「不變」，其交織的複雜性給新時期文學研究者提供了一份特殊的啓示。

一、堅守集體化道路的反思

對農村集體化道路的熱忱，似乎已成爲浩然多年的信仰，從十七年到新時期改革，作家始終堅持集體化理念，這裡面既有對毛澤東農業集體化思想的認可，也有作家對農村深入觀察後的體驗。雖然在文學裏，我們質疑集體化宣傳帶給農民生活改變的眞實性，質疑這段歷史的合理性，但時過境遷，經歷「去政治化」、走過轟轟烈烈的經濟開放後，當我們再次問詢浩然創作時，浩然的這份堅守在當下的意義何在呢？

正因爲歷史是人的選擇，不存在唯一正確的道路，每個人都依照自己的感受和理解選擇著自己的歷史，整個歷史是按照所有人的合力選擇而成，所以每個人對歷史的眞誠追求都是有價值的，但他們的選擇不能代表絕對的正確。歷史，是相互交織在一起的人們的共同選擇。一個民族經歷的歷史，不能說絕對正確，但它是現實存在的，其他的選擇也未必比現存的現實差，因爲現實性不是合理性。歷史是這樣，文學也是這樣的。文學不是給現實提供解決辦法的策劃書，它只是抒發個人情感和思索的眞誠之物。解讀文學，要透過作品，從作者內心顯示的力度和眞誠度來感受。所以，我們在看待浩然堅守的毛澤東時代精神時，要有這樣的客觀性。倘若從政治經濟角度來講這段歷史，它有合理的必然性，解放之初，農業生產力水平低下，合作化在很大程度上幫助農民渡過難關，生產有明顯起色。與現在的家庭聯產承包責任制一樣，集體合作化只是農村經濟發展道路的一種選擇，任何一種歷史道路都不是絕對正確的，都可以不斷反覆、甚至對抗，正如我們曾經質疑過的農村合作化生產方式在當今重新顯現出它的合理性和優越性，單個家庭無力與整個市場經濟接軌，在解決溫飽問題後，合作化的經營方式才能帶給農民更大的經濟利益。所以，浩然在《蒼生》中描繪的「紅旗大隊」繁榮昌盛的集體化生產、生活美景並不全是作家理想情懷的抒發，他對農村的思考是有眞知灼見的。90年代，河北石家莊外50公里的周家莊集體經營模式就是一個證

明。1983 年，周家莊人民公社獨特地保留下原有的集體生產體制。雖更名爲周家莊鄉，但生產資料集體所有制沒有變，並成立了鄉黨委、鄉人民政府和鄉農工商合作社。在全國普遍走上市場經濟道路的時候，周家莊用實踐證明集體經濟的可行性，並在農村經濟中顯示出更勝於個體經濟的巨大優越性。令人感慨的是，依靠集體經濟的實力和多年積累的經驗，集體經濟顯示出的優勢十分巨大：經過幾十年大規模的農田建設，全鄉農業生產條件大爲改善，全鄉統一治理沙崗，利用農業科技改良土壤，集體統一規劃田地、樹林、公路、電路，發展水利化、機械化和電氣化，實現了田園化批量統一種植；並且實行「以工補農」，農業生產合作社利用工業企業注入的資金，購置了大量拖拉機、柴油機、電動機、收割機、播種機等機械工具，從春種到秋收，基本實現了農業機械化，減輕人力、物力的重複投入，大大提高生產效率，降低生產成本；此外，還依靠集體科技研發能力，各生產隊對傳統農業、畜牧業等技術加以改進，發揮土地統一經營優勢，調整農業產業結構，建成無公害葡萄、優質種子田、出口鴨梨等大型專業化生產基地。由於實行專業分工，發揮規模效益，農作物產量和質量都提高了，經濟效益成倍增加。同時，周家莊人還陸續建起一批規模不等的社辦工業企業，不但解決本鄉供貨需求，還經受住了市場考驗，以優質的產品質量佔領全國市場。在經濟發展的同時，集體化周家莊保留下這樣的宗旨：「不讓一戶貧困，不讓一家後退，不讓一人掉隊，不讓一人受罪，團結互助勞動，共享幸福滋潤。」周家莊呈現的是一幅社會主義新農村的興旺景象。村容整潔，綠樹成蔭，水泥路面。全鄉統一施工，爲每戶建立住宅樓。隨著集體經濟的發展，周家莊還有多項公共福利：對 65 歲以上的老人發放養老津貼；65 歲以上、連續工作 20 年以上的農村幹部實行退休制，發放退休金；獨生子女的老人，發放養老津貼；社員參加新型農村合作醫療的籌資款由集體負擔；社員享受合作社免費供應的自來水；社員重病，集體給予補助。這些保障標準雖然還不高，但覆蓋面廣，惠及眾人。周家莊還依靠集體的力量，實行義務教育，全鄉入學率、普及率均達到100％。此外，社員們組織了自己的文學會、體育協會等文化娛樂組織，集體還出資建文化中心站、燈光體育場、農民文化宮、圖書閱覽室等設施。在周家莊，我們看到的是黨風正、民風淳、家庭和睦、鄰里互助。周家莊人均 1 萬多元的年收入或許不算很高，但由於是集體生產，各家不用花錢購置農業生產資料，分紅後基本上就是純收入。加之合作社福利多，農民的生活較之

其他地方富裕不少。在這裡，大家共同勞動，共享成果。「老有所終，壯有所用，幼有所長」的農村集體化經濟在這裡不是理想，而是現實的實踐。

所以，任何一個歷史道路都不是絕對正確的，都可以反覆、對抗，甚至雜糅融合，現在的歷史就是交織的狀態。我們目前很難單從政治、經濟的角度答覆一段歷史進程的對錯。回頭來看文學，我們說文學不是提供途經的參考書，它的魅力在於人與人之間的心靈共振與交流。作品反映的是作家的內心世界，代表著個人對世界的理解和感受。在浩然的文學生涯裏，他就是這樣去感受這個世界的，他喜歡美德化的人與世界，嚮往人際的單純、和諧，眷念集體化、大公無私的人群精神，作家始終從人與人之間的情感聯繫來看待世界。從這個層面看浩然的文學，我們可以最大化地理解他筆下保持不變的集體化信仰不僅僅是作家對農村生產方式的個人理解，更是他以文學創作者的情感抒發著自我對這個世界的感受，無論這種情懷深邃與否，他的真誠與堅守在如今爾虞我詐、過分看重經濟得失的現實生活裏都顯得分外可貴，他對美好人心的堅守多少使得某些形式紛呈、內質空乏的文學寫作顯得慚愧。聯繫如今的底層寫作，當我們看到當下農民的生活及其精神狀態的時候，不能不感慨農村的改革道路是漫長而又艱辛的。歷史的相互交織使我們知道沒有一條絕對正確的道路，但不管途經何處，人與人之間的美善情感不可遺棄，作為一種人性，比諸向著更高生活水準追逐的原始驅動力，同樣分量沉沉。而浩然的文學帶給我們的就是這樣的反思與警醒。

作為人生情感的追求，我們理解浩然的文學，但是，我們看待作家、作品要深入肌理，不可以抽象地、理想化地對待世界和人事，要深入作品去看浩然創作中有沒有圍繞自我理想，故意忽視現實裏血淋淋的矛盾。在十七年文學裏，作家有過這樣的弊病；在新時期文學裏，置時代改革中的現實問題於不顧，同樣是對藝術的損傷。經過反思的浩然在新時期文學裏表現出獨特的一面：迎著改革新風，他對新的意識形態表現出肯定，但面對舊意識形態的全面崩潰，他又體現出無限眷念，作品內在的矛盾性極有意味地展現出七八十年代新舊意識形態交替之際的複雜性。在經歷社會大變動後的新時期作家格局裏，浩然是獨特而孤獨的，在年齡以及創作理念上，他沒有「歸來一代」作家們劫後餘生的控訴與訴苦，較之新時期崛起的新生作家，他根深蒂固的歷史因襲又使他無法一開始就捲入思想解放的洪流，無拘無束地暢遊在新時代。眷念與不得不跟進的矛盾心態，造就了浩然在這一時期的獨特性。

長篇小說《蒼生》是一個極好地體現了浩然問題的文本。主人公田保根的形象塑造生動地展現了作家的更新與眷念心態。這種有點新潮、浮浪的農民子弟是作家在十七年文學裏批駁的對象，但鬼靈精怪、思維活躍的保根卻成爲浩然在新時期文學裏的理想給予人物，這種轉變顯示出作家的跟進。當表現這個人物獨闖人生、打破傳統農民守舊生活模式情節的時候，浩然有足夠的藝術本領使這個人物栩栩如生，但是，當浩然想賦予這個人物打敗腐敗幹部邱志國，帶領田家莊走集體化道路的使命的時候，這個人物開始大段大段地思考和討論改革，說著某些理念化的套語，多少給人一種空泛的感覺，和之前個人闖蕩的情節相比，語言顯得冗長、浮泛，人物形象也有些概念化了。它的致命的藝術缺陷是，保根作爲關鍵人物，對於田家莊的改革，卻始終是模糊的，他的反抗方式是利用他人找到邱志國的罪狀，在遠處「指揮作戰」，對改革成功的紅旗大隊只是投以羨慕的思考，遠沒有身體力行的能力，更多的是代表作者發出諸多感慨和肯定。與有聲有色開創自己人生道路的保根相比，這個背負集體化道路理想的保根顯得黯然乏力。尤其是當他拒絕女友陳耀華豐厚的物質生活誘惑的時候，他的回答多少有些不近人情，甚至不食人間煙火，按照改革初期青年人的躁動性情，保根應該是孫少平（《平凡的世界》）、鬥鬥（《雞窩窪人家》）、金狗（《浮躁》）這樣的「走出去」青年，但浩然讓保根出城闖蕩，最後返回，就是爲了實現作者的理想堅守：努力創造集體共同富裕生活，爲理想的共產主義社會永不放棄努力。我們尊重作家的創作理念，但從藝術上把握，一個藝術家要用眞誠的心靈去感受人的痛苦，觸摸人的現實，不可爲了某些理念忽略現實的深度，過分理念化的作品始終有損藝術性。

與保根這個人物形象相比，路遙在《平凡的世界》裏塑造的青年闖蕩者孫少平的形象，值得我們重視。和保根一樣，孫少平也是一個不甘心農村落後的青年，他的出走和保根類似，動機都不在於金錢或榮譽，而是反抗農村人命運的局限性。順著孫少平的性格發展，我們在路遙筆下感受到的是這個人物堅實的人生力量和青春激情。同樣是出走，孫少平更多爲著人生價值精神追逐。作爲一名受過現代文化教育的農村知識青年，他渴望打破農村局限，追求更高的人生精神境界，並一直腳踏實地地行走著。首先，孫少平面臨的是窮苦帶來的身體和精神的雙重折磨，他戰勝自卑，坦然靠知識獲得個人自尊。在黃原攬工的日子，因爲對城市文明的嚮往，他主動選擇飢寒、勞累作爲自己找尋價值的基本考驗，當爲求生存輾轉在社會底層時，孫少平逐漸超

越物質層面，由苦難激發出堅忍的意志，進入人格自我磨礪的精神層面。礦場的井下生活，徹底讓孫少平找到自我的人生意義，自給、自足、善待自己和他人、承擔生命的苦難、把握人生的幸福，使孫少平青春激情的追尋走進成熟人生閱歷的回歸。我們看到的是一個生活在社會改革之初的、不滿農村命運、不斷奮鬥、飽受艱辛的眞實生命個體。從挨餓的學生時代到黃原攬工的艱苦磨礪再到礦山的井下生活，孫少平不辭艱辛，爲的是不斷挑戰人生、實現自我。他雖沒有清晰的人生藍圖，但打破傳統生活方式，尋找自我價值和對待苦難的堅韌，較之浩然筆下田保根身上帶有的輕喜劇色彩，更能體現路遙藝術思考的深邃和對現實生活的觸及力。孫少平的性格設置符合人物性格發展的邏輯，他就是我們身邊共同呼吸著的人物，從當時小說發表引發的社會關注、掀起的青年人共鳴，到至今讀者閱讀後的唏噓不已，充分說明小說觸及了社會眞相，作家以眞切的感受說出了自己對現實的思考。從80年代何士光《鄉場上》的受壓者馮麼爸的一聲吶喊，張一弓《黑娃照相》裏黑娃在相機前的自信，到《平凡的世界》裏孫少平明確的自我價值追尋，不斷體現出新時期文學裏農民子弟開始主動走出鄉村傳統文化束縛，滋生了強烈的個性意識，以個人奮鬥的形式，試圖改變傳統落後的命運。對於這種眞實的需求，路遙給予了充分的理解和思考，作家停留在單一的道德美善上否定這種奮鬥，而是眞實地抓住歷史變動，寫出歷史發展與道德衝突中，奮發者的苦楚與堅實、躁動與迷惑。相比而言，浩然依然停留在自我理想化創作中，對人物的設計擺脫不了對個人理念的鋪演。理念化的表達使田保根性格不大統一，前後就像油和水，始終沒能完全融合，人物藝術形象受到損傷。爲理想而執著寫作，不可避免地讓浩然小說失去了與現實眞實觸碰的機會，在80年代新舊意識形態交替之際，浩然不乏獨特地眞誠保留了「去政治化」時代後，對集體化道路、人際美善的嚮往與執著，這種保留個人歷史思考、又不得不與時俱進的矛盾心態，在浩然文本裏留下了「與眾不同」的筆跡。我們既尊重作家的眞誠思考，看到這份眷念對當下農村建設的意義，也看到這種矛盾心態對藝術造成的損傷。評價浩然的集體化眷戀，最終還是要用文學感受說話。

二、「大眾化」與「農民化」文學的啓示

提到大眾化文學，浩然顯然是一個值得說道的作家。在中國這個歷史悠久，農民占多數的農業國家裏，農民自身的文學始終是以邊緣形態存在的。

考察浩然作爲當代農民作家對文學大眾化、農民化的推進和啓示，首先要勾連出浩然在現當代農民文學創作中的前後鏈條，並在這個歷史鏈條的演變中，找到浩然的意義及其啓示。

　　新文學與農民的關係，有一個較長的發生、發展的鏈條。新文學在 20 世紀 20 年代誕生後，重新審視以往文學與社會大眾疏離的狀態，提出「人的文學」、「平民文學」，並從魯迅開始把筆觸伸進中國農民的精神生活世界，開始了新文學對農民的關注，但整個二三十年代的鄉土文學，不論是左翼無產階級作家筆下的農民革命世界還是京派作家筆下的田園牧歌生活，農民和文人知識分子始終是相隔的、互不牽連的個體。實際上，新文學作家不乏把農民作爲自己的描寫對象，也眞誠地想表現與農民的情感溝通，但在稱之爲「鄉土文學」的作品裏，作家的身份很有特點，他們普遍是鄉村遊子的身份，少時出身農家，與鄉村結緣，但當他們敘述時，已經脫離鄉土，成爲城市知識分子的一員，他們與鄉村若即若離、似牽連又斷裂的關係，很難讓這群作家眞正深入農民生活，反而常以「啓蒙」的角色看待中國農民的滯後性。他們雖然對鄉村投以關注之情，敘事語言、小說結構、情節設置等卻與農民的閱讀習慣相去甚遠。在中國文學裏，農民和他們所屬的文化一直處於貧困、落後境地，由於經濟、知識的匱乏，農民沒有能力對自我進行敘述，只有少數走出鄉村後接受現代知識教育的人有可能突破這種局限，但當置身在外的鄉村遊子自覺接受都市文化後，他們很快便認同城市文化，不自覺地在創作姿態上加入對鄉村落後性的批判。然而，進入城市生活後的他們又陷入內心的自卑和對鄉村的懷念，在城市與鄉村之間的漂浮心態很難讓早期的鄉土作家眞正體驗到農民的生活世界。促使新文學與農民描寫進入改變狀態的是 40 年代開始的解放區文學時期，中國歷史的質變讓農民和知識分子的社會地位發生了置換，農民文化不再是知識分子「啓蒙」的對象，城市知識分子成爲被農村文化「改造」的對象。從 40 年代到新中國十七年文學時期，「鄉土文學」很快被新的文化意識形態置換爲「農民文學」，不管怎麼稱呼以農村爲敘述對象的文學形態，新中國文學與農民的關係發生了質變，以僑居異地、心懷鄉土情懷進行鄉村寫作的「鄉土」文學被實實在在地將農民作爲文學服務對象的「農村」文學所取代。這一變化最核心的是把農民從「被啓蒙」置換爲「被服務」，農民成爲文學眞正的服務對象。毛澤東在《在延安文藝座談會上的講話》裏提倡的「爲工農兵服務」以政治條文的形式固化了農民文學地位。受

新氣象、新天地的鼓舞，廣大知識分子眞誠地投入自我改造運動，同時農民知識分子發揮優勢，開創出了不同於「五四」新文學傳統的文學形態。對農民生活和農民形式的關注，使趙樹理等在內的解放區作家不同程度地獲得敘述農民文學的新視角，很快趙樹理爲農民文學做出的努力成爲了方向。新中國成立後，周揚所作的《新的人民的文藝》報告中，正式要求作家以中國人民所喜聞樂見的藝術形式創作，確定了工農兵文藝方向。五六十年代出臺了一系列傾向農民大眾審美的文學政策，包括培養工農兵業餘作家，從農民自己的隊伍中培養作家，充足地體現了新中國在文學方面對農民的重視。浩然就是在這樣的背景下，以「寫農民、爲農民」的宗旨承上啓下地實踐著以農民爲服務對象的文學創作。浩然給我們的大眾化、農民化文學的啓示，不僅是他的文學形式，還有他的文學立場。回顧新文學歷程，自 20 年代始，關注農民、願以農民爲述說對象的作家不少，但很難看到自主自眞的鄉村面貌及其農民形象，也很少有作家能堅持到底，終其一生爲農民述說。雖然浩然在十七年的農村小說創作中有難以彌合的縫隙，主體精神的高度政治化使其爲農民代言的宗旨未能盡顯本眞，但他血脈裏爲農民寫作的立場始終不變，他植根農村的根基一直不變，從行文到爲人，浩然都是地道的「農民」作家。在日益更新的新時期文學裏，政治意識形態祛魅使文學形態更爲自由活潑，眾多作家再次把眼光投向新時期的鄉村。從反思文學、尋根文學到先鋒文學都有作家把農民和鄉村作爲書寫、傳達思想的載體，形式各異的鄉村表述背後，作家立場也很難一以概之。一句話，不論何種文學思潮帶來的鄉土關注，其本身的著眼點並不在農民本身。反思文學表達對政治錯誤的控訴，尋根文學反思和追尋中國傳統文化，先鋒文學問詢文學形式，直到「現實主義」回潮，劉醒龍、閻連科等作家重新回到底層農村，以關注農民生存現狀和對現代社會異化的批判，傳達對農業文明的祭奠。整體來說，在新文學與農民的關係這一鏈條中，不論十七年或是新時期文學時期，浩然始終是以有別於知識分子的身份和立場來觀看農民的。按照知識構成劃分，大部分現代作家是接受主流精英文化成長的，他們在看待中國農民群體時的姿態與自身身份總是有些錯位，而浩然的別具一格就在於他的姿態與身份基本保持一致，在浩然筆下我們很少見被啓蒙的農民形象，他與作品中的農民人物幾乎是對等視角，即使是在 80 年代反思農民劣根精神的小說裏，他的批判也包含對農民的溫情與理解。浩然與諸如高曉聲等作家不同，他「寫農民、爲農民」是因爲

「愛農民」，熟知農民的喜怒哀樂與所知所想，努力以「局內人」的眼光關注他們。在新文學與農民的關係這一鏈條中，浩然是不多的自覺將文學作爲農民的代言工具的作家之一，他的創作立場本身對文學大眾化就是一個啓示。

除此之外，浩然還身體力行地演繹文學大眾化工程，在新時期他繼續實踐著「毛澤東文藝思想」，他傾力親爲的「文藝綠化」工程在變化了的時代裏更顯可貴。「文化大革命」結束後，浩然一直堅持培養業餘農民作家，這份無私的奉獻無疑源於對文藝大眾化的堅持。本著「少說空話，多辦實事」的精神，他從北京到河北三河縣落戶，一邊從事文學創作，一邊利用自身具有的一定條件扶植、培養農民文學者。1990 年，浩然抱著堅定的信念，在三河這片文學的貧瘠之地上創建了農村文學藝術聯合會，在「立足三河，輻射冀東，面向全國」這一目標下，開始有組織、有計劃地實施「文藝綠化」工程。1991 年，他創辦了《蒼生文學》，親自擔任主編，爲廣大農村文藝愛好者提供一塊寫作園地。《蒼生文學》是迄今爲止唯一的農民文學雜誌，專門發表農民作家生產勞動之餘的創作。由浩然耗費精力實施的綠化工程，從最初的二十多人，發展到一百六十多人，並於 1995 年成立廊坊市三河分會，浩然親任會長，其中 38 人被批准爲作家協會會員，17 人被吸收爲中國大眾文學學會會員。在浩然的扶植和發掘下，現有專長從事小說創作的 50 人，其中寫稿在 10 萬字以上的有 12 人，此外，詩歌、散文、報告文學的寫作者也日益增長。熟知建國後工農兵業餘作家培養的人更能體會浩然以個人力量扶植農民作家的堅韌和不易。隨著 80 年代初國家業餘作家培養體制的淡出，浩然的個人行爲宛若夸父逐日般證實了他一生的文學大眾化追求。90 年代，浩然費盡心血爲扶植農民作家擠掉自己的創作時間。他對農民作者的培養，一方面是用自己的寫作經驗給予指導，更難能可貴的是親自幫助修改、潤色，並根據作者的不同水平提出建議。對在文學上有出息的作者，他想盡辦法幫助出書。2001 年，69 歲的浩然曾爲三河段甲嶺山區的 71 歲老農民季綱出書，從自己的稿費裏拿出 3000 元作爲資助。諸如此類對農民文學愛好者的幫助數不勝數。對於這樣舍己爲人的文學綠化工程，浩然自有道理。他說：「爲什麼給農村建個文聯呢？因爲農村需要文學藝術，農民需要自己的文學家和藝術家。然而，近些年，文學藝術卻在有意無意中疏遠了農村，曾以爲工農兵服務爲榮的藝術家們，有些呆在大樓上不下來了，有的由於一心向錢看而忙著走穴撈外快。那些在小圈子裏『熱熱鬧鬧』的貴族式文學，農民不敢也不不願意買他們的賬。有

些所謂『作家』對農村、農民無知到驚人的程度，他們不是無中生有地憑空瞎想，就是扒墳掘墓地尋找古怪素材寫出小說，拍成電影。與此相應的，是文藝界的一些領導者，有的報刊出版社，對待工農業餘作者和工農中間的文學青年的極度冷漠。八十年代文藝界表面上熱熱鬧鬧，實際上多數地方冷冷清清，農村的精神文明建設如果搞不好，國家的精神文明大廈就是脆弱的、不牢固的。文藝作者是建設精神文明的一支不可缺少的隊伍。而在工農中成長起來、同時生活在工農中間的作者們則是這支隊伍的重要力量。」（浩然《我眷戀農村這個天地》，孫達祐梁春水主編《浩然研究專集》，百花文藝出版社，1994年，第 79 頁）這些見解似乎有些偏激，但不乏真知灼見，尤其是浩然對作家不再深入農民搞創作的擔憂不無道理。在新時期重提培養農民作家、創作農民喜聞樂見的藝術作品的話題，意義不凡。在泥沙俱下的經濟時代，浩然對文學大眾化的執著帶給我們的思索是顯而易見的，當文學再次束之高閣、遠離最廣泛農民大眾的時候，這個時代的文學也就不再完整。

　　浩然對農民大眾文藝的執著和情感值得尊重，但他在主流意識形態下單一的視角、局限的農民本位主義也值得我們思考。80 年代的浩然作品有長足的改善，但在諸多變化中作家辨別是非的尺度始終是善惡、孝逆、貪廉等傳統倫理道德觀，這種認識的局限，我認為是作家創作乃至生活中過分的「農民化」所致。不同於其他作家與農民的「隔」，浩然與農民是充分的「化」，在切身感受農民文化、精神世界的時候，還缺乏「走出來」的警醒。「不識廬山真面目，只緣身在此山中」，倘若浩然僅停留在堅持深入農民之中，而不能跳出農民圈看農民，便始終無法上昇到民族與時代的高度。以農民生存述說為例，浩然小說裏始終有一層輕喜劇色彩，給農民生活以暖情之餘，卻淡化了對農民文化性格的深入審視，而在正視鄉村苦難，從生存角度展示中國農民的苦難，深刻反映農民的現實問題以及生存苦難帶來的人性扭曲等問題上，浩然希望給以樂觀、善良結局的「入化」創作思想難免引出缺乏現實力度的局限。正是這份感同身受造就了浩然與農民文學的「不隔」，也是這種「不隔」限制了作家上昇到時代憂患的高度。今天的文學，不少作家對農民並無切膚之感的瞭解，以至於在虛構想像裏造成掩蓋現實、懸空高蹈。浩然引發的「寫農民」和「為農民寫」，以及如何將大眾文學落到實處的問題，都需要我們不斷總結和探索。

第三章 「工農兵方向」視野與 底層文學回望下的浩然

　　浩然 45 年文學生涯給中國當代文學史留下了獨特的文學樣本，在他貼合政治意識形態創作的背後，文本閱讀帶來的感受是認識浩然創作「與眾不同」的關鍵。在作品感受的基礎上，從整體文學思潮中進一步深入研究作家作品具有同樣重要的意義。浩然創作從頭到尾都深浸在當代文學的工農兵方向思潮中，本章將把浩然置身於工兵方向的框架中，問詢浩然創作的意義。隨著 40 年代延安文學時期確立了工農兵方向後，它成為新中國文學主要為之轉動的核心，浩然的創作能在當代文學成為經典之作，離不開工農兵方向的關涉。新時期，工農兵方向迅速褪去，而浩然在新時期始終堅持的工農兵文學信念與當下的底層文學遙相呼應。從新中國確立工農兵為國家主人到如今農民之社會處境的現狀，文學世界中浩然的意義值得重視。

第一節 「工農兵方向」視野下的浩然

　　1942 年延安文藝座談會後，確立了文藝有且只有唯一正確的工農兵方向。事實上，在「文藝的工農兵方向」裏除了要求作家創作要「為工農兵服務」，還暗含著文藝大眾化要靠工農兵作為創作主體來開創。在 1940 年陝甘寧邊區文化協會第一次代表大會上，毛澤東就表述過新民主主義的文化是大眾的，它應為全民族中百分之九十以上的工農勞苦民眾服務，並逐漸成為他們的文化。這裡隱含著不易察覺的問題，工農兵方向一直被理解為知識分子

作家經由世界觀的改造，以工農兵的立場來表現工農兵，並為工農兵服務的文學。但事實上，除了經由知識分子為工農兵服務，提出工農兵方向最主要的期待還是實現經由工農兵之手，直接創造出屬於他們自己的文學。1949年，隨著新中國政權的建立，工農群眾的文化普及得到前所未有的重視，在黨政文藝政治方向的明確倡導下，在各級黨政文藝組織以及文學刊物、出版物的推動下，工農兵業餘創作迅速發展。浩然就是在此背景下，從最初的工農兵業餘寫作者脫穎而出，並成為走上「金光大道」的專業文學創作者，浩然「成功」地演繹了工農兵方向的意義，留給我們評說工農兵創作的極好案例。

一、「工農兵方向」

文學為大眾服務的思想可追溯到近代梁啟超的「新民說」。「五四」新文學提出「平民文學」，開啟「為人生」的文學觀，把文學當做啟蒙工具，而啟蒙的對象正是廣大缺乏文化的大眾，雖然不可否認「五四」文學推動了中國思想的現代化進程，但是從文學啟蒙精神指向看，「五四」文學關注「大眾」，可文學始終與大眾相隔有距。無產階級文學意識形態興起之後，「革命文學」的迅速挺進，使「大眾」在新的意識形態崛起面前，也使「五四」文學中啟蒙與被啟蒙雙方的地位發生轉變。之前指向不明的平民觀念很快被明確的工農大眾概念所取代。隨後，無產階級領導的延安文藝不斷通過政策、創作等實際形式強化工農兵概念，為工農兵文學方向打下了堅實基礎。

當毛澤東《在延安文藝座談會上的講話》明確地提出了文學為工農兵服務，也將文學運動推到新階段。當解放區人民在政治、經濟地位發生根本轉變後，當中國人迎來幾千年前所未有的人民做主的時代，我們的文學必然要與新的歷史主體結合。延安文藝提出的新的文藝，即是人民的文藝，它要求文學必須按照工農的尺度來表現生活。長期以來，文學是少數人的精神享有品，群眾不會識文斷字阻礙文學進入更廣泛的人群。因此，以工農兵為創作主體的「工農兵方向」的提倡，是一個重要的歷史事件。在毛澤東《在延安文藝座談會上的講話》確立此方向後，文學從內容到形式都發生了深刻的變化，大致說來，文藝從少數人範圍進入群眾廣場，從單一的印刷形式延伸到口頭、動作，從小說、詩歌擴大到街頭劇、秧歌劇、詩朗誦等等形式。在那個烈火紛飛的時代，知識分子首先要進行前所未有的改造，為實現文藝工農兵方向，作家們從立場、態度、工作對象直到精神世界都要全盤更新。毛澤

東認爲「一切革命的文學家藝術家只有在聯繫群眾，表現群眾，把自己當作群眾的忠實的代言人，他們的工作才有意義」。（毛澤東《毛澤東選集》（一卷本），人民出版社，1970年，第821頁）換句話說，這一時期開始的文藝要反映工農兵的心聲與情感，工農兵群眾不需要的文藝也就失去了存在的意義。如何轉變知識分子寫作，成爲當時文學必須解決的問題。毛澤東在講話中反覆談及知識分子作家轉變的問題，他以自己的感受爲例要求知識分子「由一個階級變到另一個階級。我們知識分子出身的文藝工作者，要使自己的作品爲群眾所歡迎，就得把自己的思想感情來一個變化，來一番改造」。（同上）首先在感情上要轉變到工農兵大眾中，成爲他們的一員。再次談到如何轉變作家，讓其文學服務於工農兵時，毛澤東認爲深入工農兵實際鬥爭，不斷學習馬克思主義理論是實現知識分子文學創作觀轉變的必經之路。

除了知識分子作家要成爲新的文藝創作者，新中國文藝工農兵方向真正內含的期待是工農兵自己作爲文藝創作的主體人，無產階級文學一直主要由非無產階級出身的作家充當代言人，這不是意識形態所設定的狀態，提高工農兵群眾文化水平，由工農兵自己寫自己才是這一方向的最終期待。可以這樣說，《在延安文藝座談會上的講話》不僅解決了文藝爲誰服務的問題，而且明確指出，新的文藝，既然基本上是爲工農兵，那麼所謂普及也就是向工農兵普及，所謂提高也就是從工農兵提高。《在延安文藝座談會上的講話》之後，文學創作逐漸形成專業作家和工農兵群眾作者並立的局面。由於工農兵群眾寫作受制於藝術水平，在文學史上常被人忽略，在此我們有必要重新提起他們的寫作。建國初期，全國開展大規模的掃盲運動，組織各類群眾業餘文藝活動，工農兵群眾開始進行各種形式的文學寫作，逐漸湧現出較爲突出的群眾文藝創作者。由於群眾創作的政治性意義，全國各地、各級黨政機關把開展工農兵業餘文藝活動作爲一項政策全力落實，在農村、工廠、部隊組建群眾文藝創作小組、業餘文藝團體。僅以全中國一個省的一個小縣城爲例，四川省新繁縣在1959年一年以內就設立陳列館14個，展出群眾文學創作的成果：詩歌13萬首，散文34篇，劇本199個，曲藝節目33篇。以此逐層統計，全國在這期間的工農兵群眾寫作數量是難以估量的。這期間，全國文藝刊物大量發表工農兵作品，從最初的爲數不多，到50年代中期，《火花》、《新港》、《星火》等刊物以「工農兵業餘創作」欄目命名，大量發表作品，並逐漸產生有影響力的工農兵作家，如胡萬春、王國儒、唐克新、孫友田、福庚、劉

藝亭、馮金堂等等。1965 年，全國青年業餘文學創作積極分子代表大會在北京召開，周揚在大會上做了《高舉毛澤東思想紅旗，做又會勞動又會創作的文藝戰士》長篇講話，總結並推進工農兵創作。整體而言，這期間發表的工農兵作品，主要以歌唱新生活、抒寫社會主義生產建設爲主。作品內容較爲單一，形式卻很多樣，以小說、詩歌、散文爲主，民間曲藝、地方戲、唱詞等形式紛呈。作品大多短小，方便工農兵群眾寫作和閱讀；配合政策，及時反映生產、政治鬥爭。除個人寫作外，還有創作組的集體創作。由於寫作者文化水平低，普遍以人物對話構成情節，寫作粗糙，不會剪裁構思，結構比例失調。姑且不論工農兵群眾創作能達到的藝術水平問題，工農兵自我創作在新歷史時期的踐行，本身就具有劃時代的意義，它和知識分子作家寫作共同實踐著新中國的文藝方向。

二、工農兵創作與浩然的意義

浩然在工農兵寫作大潮裏，於 1954 年發表了第一篇《姐姐進步了》的習作後，「執迷不悟」地走上了文學道路。

浩然最初的文藝試手是 1949 年在一次區公所群眾文藝活動中編寫小戲《小兩口唱國慶》，觀眾的歡迎觸動了浩然對文學最初的喜愛。新中國成立初期，扶植工農兵創作的工作很快鋪開到浩然的所在地。河北省青年團委宣傳部通知，根據青年組織蓬勃發展的需要，縣團委決定辦一張八開的《河北青年報》，以反映各級團組織的工作情況，報上的文章形式要短小活潑、多種多樣。通知要求每位青年團的幹部都要積極給報紙寫稿子，反映情況，發稿積極的人將被聘爲《河北青年報》通訊員。這個通知對浩然意義非同小可，受有報刊工作經歷的唐力啓發，他第一次瞭解到報刊的產生以及運作過程，同時萌發了寫小說的念頭。這股念頭就像鼓風燒油一樣，助長了浩然動筆寫小說的勢頭。浩然第一次認眞構思並投寄出他的那篇說不出何種題材的稿子，在苦苦期待中得到報社編輯部帶有鼓勵性質的退稿信。編輯建議他要提高文化知識，掌握規範文字，學會使用標點符號，同時從身邊熟悉的眞人眞事寫起，先寫小通訊、小故事。這是當時文學編輯給大部分業餘愛好者的指導。浩然認眞對待編輯的意見，去業餘學校從基礎語法、標點學起，開始了他的文學創作生涯。萬事開頭難，浩然從識字不多成爲文學寫作者，執著地用一百多篇退稿換來了第一篇 1000 字的小文發表。此後，《河北青年報》、《河北

日報》、《河北農村》等報刊開始不斷出現浩然反映農村新生活的小故事。在團地委培訓時，浩然偶然結識了《中國青年報》記者唐飛虎，從他那兒得到系統學習文學理論的建議，又在河北文聯同志那裡第一次得知《在延安文藝座談會上的講話》和《馬克思列寧論文藝》等理論知識。對於一個業餘文學愛好者，這些都是重要的藝術啓迪。浩然系統地自學了中國文學史、中國歷史，大量補充文學知識，不斷提升創作水平。1954 年，浩然的兩篇寫農村新生活的文章《兩千塊新磚》、《探望》在《河北日報》副刊發表後，引起社會重視，被破格選拔到日報當了新聞記者。一個農民的後代，從此告別土地，借著新中國工農兵創作方向的大潮，坐上了駛向文學彼岸的一條不可缺少的渡船。幾經努力，浩然憑藉《喜鵲登枝》第一次在全國大型文學刊物《北京文藝》上嶄露頭角，從眾多的當地文學寫作者中脫穎而出。接下來，浩然的新作連連發表在大型文學期刊上。1959 年，在第二本短篇小說集出版之際，鑒於在文學界和讀者中已有一定的影響力，浩然光榮地被吸收進中國作家協會，至此成爲一名專業文學作家。浩然從業餘寫作者成爲日後「金光大道」路途上的專業作家，「工農兵方向」文藝政策的實施確實給了他機遇。正如浩然所說：「像我這樣一個只讀過三年半小學，身居僻野山村，連『作家』這種名稱都不曾聽說過的農民子孫，能夠愛上寫作，能夠搞起寫作，並以它爲終身職業，若不是共產黨、毛主席領導窮苦人搞革命，政治上得以解放，經濟上鬧翻身，那是不可思議的事情，正如我常說，連做夢都沒有想到過當作家！」（浩然《浩然簡介》，孫達祐梁春水主編《浩然研究專集》，百花文藝出版社，1994 年，第 11 頁）這番話道出了新中國文藝工農兵方向在培養工農兵自我創作上所做的切實效力。

　　工農兵業餘寫者出身的浩然，通過努力寫作成就了自我文學夢想，但整體說來，同時期的工農兵創作是政治成績大於文學意義的，許多當時寫下的業餘作品對社會主義文學沒有長足的推進作用，它所產生的文學作品，今天來看主要是一些文學材料，有文學的歷史意義，卻沒有文學的審美價值，但是，這個過程所實現的工農兵主人意識值得肯定。在這群業餘作家裡取得最高成就的浩然，以語言的鮮活與清新，生活的眞切與質樸，敘事的本土化贏得眾多包括農民在內的讀者。作爲新中國歷史主體中成長爲作家的一員「大眾」，他的創作是爲新中國大眾主體的農民服務的，書寫的作品也被「大眾」接受，作爲這樣一個三位一體的作家，較爲成功地實踐著工農兵方向的雙重

合義，浩然的文學歷程承載著比知識分子寫作更明晰的政治意義。或許我們可以這樣說，包括浩然在內的工農兵創作即使作品的藝術水平有限，但他們以自己的方式實踐著重構新中國國民精神的努力。對於新中國，「五四」以來文學描繪的農民精神必遭否定，新時代需要新的人民精神，這既符合國家意識形態需要，也回應了新中國從上至下的意願。工農兵寫作的意義在於重塑新國家的主體人自我精神。1949 年，「人民文學」取代了「人的文學」，重塑國民精神成了「人民文學」最核心的任務。在「工農兵方向」輾轉中的知識分子，努力調整寫作理念，力爭達到新文藝的要求。而工農兵創作提供的寫作意義，在今天看來，不在於具體內容和能達到的藝術水平，而是一種不同於知識分子寫作，能從自我精神入手、非想像性的自我形象塑造的實踐意義。寫作的意義不再是單純的「審美性」，而在於建構主體階級精神的合法性。早在 1944 年毛澤東給中共中央黨校楊紹萱、齊燕銘的信中就鄭重地指出：「歷史是人民創造的，但在舊戲舞臺上（在一切離開人民的舊文學、舊藝術上）人民卻成了渣滓，由老爺太太少爺小姐們統治著舞臺，這種歷史的顛倒，現在由你們再顛倒過來，恢復了歷史的面目，從此舊劇開了新生面，所以值得慶賀。」（毛澤東《致楊紹萱、齊燕銘》，《毛澤東文藝論集》，中共中央文獻出版社，2002 年，第 278 頁）文學在新中國是爲千千萬萬勞動人民，爲無產階級服務的文學，在新的歷史時代，工人和農民上昇爲歷史主體，成爲了新的文藝的主人公。浩然本人的文學經歷和文學創作既是這一方向的結果，也是爲數不多的成果。不管新中國政策導向下形成的工農兵創作水平得失如何，做出工農兵方向選擇的初衷是依據當時的政治、經濟、歷史條件，文學畢竟不是高高在上的、少數人才能享有的東西，工農兵創作的意義也在此，不過是複雜的歷史、政治原因使得這一初衷沿著歷史的車輪一路走得歪歪斜斜罷了。所以，對於浩然這樣一路堅持踐行工農兵創作理念、「三位一體」的作家的意義，我們更應重視。

第二節　浩然現象與底層文學的回望

在如今文學價值多元的時代，工農兵文學從主要且唯一的至尊地位迅速滑到文學邊緣。自 1942 年毛澤東《在延安文藝座談會上的講話》發表以來，文藝爲工農兵服務，是眾多作家終其一生爲之努力的方向，而當今社會結構

的改變使工農兵階層發生改變。當代社會中工農兵的身份區分是個複雜的問題，歷史像是給我們開了一個巨大玩笑，工農兵寫作在 20 世紀 70 年代末之後陡然消失了，然而更值得我們思索的是在「工農兵」這個概念漸行漸遠的今天，「底層寫作」對浩然現象的反觀性意義。這兩種不同文學時期出現的同為基層寫作者書寫的文學形態，在不同意識形態和表達訴求中，「底層文學」對浩然以及「工農兵創作」有何啓示性意義呢？

一、有關「底層寫作」的話題

「工農兵創作」和「底層寫作」是分別出現在當代兩個不同現代化進程時期中的文學形態。它們有著各自的意識形態預設與基本訴求。思考「底層寫作」與「工農兵創作」之間的相異與關聯，對於我們認識十七年文學中的工農兵以及浩然的創作是有啓發作用的。

新中國成立初期，生活在田間、工廠、部隊的國家主人——工農兵在國家意識形態的指引下，拿起筆，利用業餘時間進行文學寫作。從文學為工農兵服務到號召工農兵自我創作，都體現著國家政治利益對文學的操控。在中國社會發展數十年後的今天，同為國家人民概念的工人、農民在當下社會突飛猛進之時，他們的政治、經濟地位似乎沒有工農兵文學世界裏預期的那樣美好和富足。在中國經濟巨大發展的年代裏，身處農村、工廠的工農群體面對他們的生存困境自發地拿起筆，開始為他們的內心情感、生存體驗奮筆疾書，這就是早在 80 年代產生的底層寫作。

何謂「底層寫作」？首先來瞭解什麼是「底層」。當中國啓開市場經濟大門後，大量農民流入城市尋求生存發展，而城市經濟結構改革讓部分工人也下崗，加入生存競爭行列。在社會學家陸學藝的《當代中國階層研究報告》中，根據經濟資源、文化資源佔有程度把「底層」歸結為商業服務人員、產業工人、農業勞動者和城鄉無業者，底層也就是在經濟、社會地位上均處於弱勢的群體。80 年代以來，中國經濟體制改革引發了社會結構變化，所謂的工農兵概念在當今社會變得異常模糊，經濟分化使人們的身份時刻處於變動中，難以再用明確的政治學概念稱謂涵蓋人的身份，市場經濟完全打亂了之前的階層結構，在以知識型精英為主的當今社會，也不能籠統地把「工農兵」劃為社會底層群體。依照王曉華在《當代文學如何表述底層？——從底層寫作的立場之爭說起》裏的提法，我們可以從三方面界定底層的含義：首先是從政治學角度，處於權力最下端，難以依靠尚不完善的體制保護自我利益的

群體；再是從經濟層面，缺乏生活物資，只能維持最低生存的群體；然後是在文化層面，既無充分話語權，又缺乏自我完整表達能力的群體。底層寫作即是處於底層地位的人的自我表述。大致說來，我們把底層文學分為「底層寫」和「寫底層」。「底層寫」是指生活在底層地位，如打工在外的農民、下崗工人、鄉村基層農民所創作的文學。「寫底層」主要是指知識文人針對這些底層生存群體的文學書寫。此處我們考察的對象僅指沒有受系統文化教育或文化層次不高的工人、農民為生存而創作的文學，他們書寫的對象是自己，包括城市裏的農民工、下崗工人或鄉村基層農民。在這個層面上，將浩然在十七年文學時期的工農兵創作形態與之相比，方可折射出些許問題。

「底層寫」也被人稱為「打工文學」、「農民工文學」。伴隨著中國改革開放與市場經濟的深入，八九十年代產生了以打工者身份進行創作的文學現象。不同於十七年文學世界裏作家們對工農兵形象的輝煌描寫，「底層寫」的作者們是借著文學痛訴出他們的生存困境。「感於哀樂，源於事發。」打工文學的文字充滿了生存的漂泊不定、屈從與掙扎感。在經歷時代變革、背井離鄉的苦痛後，他們自發地拿起筆，頗有深度地書寫狹小的工棚、悶熱的車間以及無處容身的農民工內心的痛苦與奮鬥，針砭社會不公帶給他們的痛苦。這群創作者主要集中在中國沿海經濟開發區，城市的興盛吸引數億農村打工者懷著對城市的美好期待，前仆後繼地來到城市求生，他們渴望在空間和心理、行為上縮小與城市的距離，但是城市帶給他們的隔膜與痛苦遠遠超過他們對美好的期待。曾經被政治意識形態肯定的國家主人公在此時承受著與現實嚴重錯位的痛苦，相比在鄉務農，他們遭遇著另一種特殊的心傷——壓抑、屈辱、迷茫、漂泊、墮落與自立的掙扎感等等。當人生悲憤感產生的時候，當日復一日「白天是機器人，晚上是木頭人」的打工生存狀態持續的時候，這群生活在底層的打工者開始「我手寫我心」。文學寫作給他們敞開一條宣泄苦楚的渠道，成為他們心靈掙扎的寄託。最早的打工寫作產生於 80 年代初深圳蛇口工業區的一首「打工歌謠」：「一早起床，兩腳起飛，三洋打工，四海為家，五點下班，六步眩暈，七滴眼淚，八把鼻涕，九（久）坐下去，十（實）會死亡。」很快，艱辛、單調生活的打工群體認同了貼近自我生活的文學宣泄方式，不少受過基礎教育的打工者利用閒暇時間，困縮在狹小的屋子裏，一筆一畫寫出自己的情感，他們的文字很快得到本群體的喜愛。最早的打工文學刊物《大鵬灣》於 1988 年在深圳寶安創刊。隨著打工文學的風行，《佛

山文藝》、《南方文學》、《外來工》、《江門文藝》等一批打工文學刊物應運而生。不少企業內部也辦起了打工者自己的文學刊物。隨著數十年打工文學者頑強的探索與堅定的寫作信念，到現在，打工文學已被主流文學期刊認可。近幾年越來越多的主流刊物如《人民文學》、《小說選刊》、《作品》、《天涯》、《中國作家》、《小說界》、《北京文學》、《作品與爭鳴》、《青年文學》、《星星詩刊》、《廣州文藝》、《花城》、《特區文學》不斷發表他們的作品，並且逐漸形成一批「底層寫」作家群，如王十月、周崇賢、羅德遠、鄭小瓊、柳冬嫵、張偉明、謝湘南等。他們的創作深受打工群體的喜愛。這些作品將處於底層的人的生活情態真切地展現出來。「農民問題/子女上學問題/父母下葬問題/蓋房穿衣問題/養豬養雞問題//農民問題/怎麼不做農民問題/怎麼做回農民問題/農民問題/我的問題。」（謝湘南《農民問題》）這首平淡無奇的詩歌背後體現的是出門打工的農民工漂泊無依的生存困境和心靈的尷尬處境。「底層寫」的作品幾乎都有如下三個鮮明主題。首先是逃離與回歸，在對城市的期待下逃離鄉村，而後失落於城市後，回歸鄉土。面對城市，最初的美好幻想破滅，大部分底層寫作者流露出卑微、疼痛、羞辱、孤獨與迷惘。林堅代表作《別人的城市》中的段志在城市的打工生活裏是個弱者，離自己的理想生活遙遙無期，對現狀不滿，總感覺在別人的城市裏，後因返回家鄉同樣無所適從，唯有再次回到這座別人的城市。當然也有面對城市採取完全認同的態度，安子的《青春驛站》展現了都市尋夢、實現自我價值的喜悅與成功感。其次是身份認同問題。身份的尷尬是「底層寫」作者突出的問題，打工者在城市的邊緣地位使他們找不到主體意識感，甚至如同喪家犬，屈辱地被追趕在城市的街道上。暫住證是他們得以入住城市的實體資格，但即使是一張暫住證，也會逼得無錢辦證的打工者驚慌失措。可想而知，他們要想從內心入駐城市，談何容易。一個個打工者努力為城市建設添磚加瓦，可城市很難給他們提供一寸心靈的入住地。「走出鄉村，卻走不進城市」，黃秀萍的《這裡沒有港灣》告訴打工者，對於城市，你們只不過是過客，猶如風浪中漂泊的一葉孤舟，找不到停泊的港灣。第三是生存與性的苦悶。向城求生，城市的生存相比鄉村是更大的艱辛，處於底層的打工者從事著城市人最不屑的工作，這群四處流動的人承擔著城市裏的髒活、累活、危險活，吃穿均是最廉價的東西。《我們的 INT》、《加班加點的夜》裏充斥著大工業緊張流水線生產帶給打工者的非人痛苦，當意外造成身體傷害時，基本利益得不到保障是時

有之事，這樣的疼痛不僅是身體上的，還有精神上無法治癒的挫傷，不知不覺染上的職業病，用殘弱的身軀、無奈的青春換來的鈔票也僅能維持生存。除了金錢，還有性的苦悶，底層人在都市不僅受到生存威脅，甚至基本的人性本能都被剝奪了。王十月的《出租屋裏的磨刀聲》超越對打工者低劣居住困境的痛訴，用尖銳的筆鋒直指底層人們的基本本能也被泯滅了。小說中主人公天右在出租屋老是聽見隔壁的磨刀聲，這磨刀聲折磨得他無法入睡，無法安穩工作，甚至無法與女友做愛，逐漸成為折磨他靈魂的聲音。更多同是天涯淪落人的打工者，女人不得已淪落為歌舞廳小姐，靠出賣姿色、靈魂謀生，男人也有在性壓抑中走上犯罪道路的。底層寫作者筆下的生活充滿無奈，但也有精彩的自強不息的個人奮鬥與艱辛改變命運的故事。在新的歷史條件下，在夾縫中生存的狀態激起了底層人主體意識的崛起和對自我超越的追求，這是長久以來中國農民缺少的狀態。羅德遠的一首《我們是打工者》昭示了中國農民的新姿態：「我們是鐵骨錚錚的漂泊者/高舉流浪的旗幟勇往直前/我們拒絕誘惑擁有思念/我們曾經沉淪我們又奮起/我們寂寞我們曾悲壯地呼喊/我們遭受歧視但我們決不拋棄自己/青春的流水線上/我們用筆用沉甸甸的責任/構築不朽的打工精神/通向我們幸福理想的家園。」當中國農民自發地選擇人生競爭的時候，新的農民人格產生了，面對困苦的現實，他們不再是沉默的人。「底層寫」本身就是一個逐夢的過程，時代變化促發了底層人自發地歌我心聲，也為之提供了發表渠道，從非常規的員工內部刊物、電子傳媒渠道到紙質期刊、主流文學刊物的認可，「底層寫」存在的形式多種多樣，包括書信、日記、手抄報、廠報等。他們的文學最初重在言為心聲，打工者利用工廠板報發表小詩、短小散文，或借助工廠內部刊物的文藝副刊發表作品，而後，出眾的打工作者逐漸在文學刊物上發表作品。此外，「底層寫」作者利用電子傳媒時代網絡的自由，通過建立博客、打工文學網等形式，打破傳統文學發表渠道的有限性，開創了前所未有的局面。

　　「底層寫」以具有現實的粗糙感為特色，在內容上具有原生態感，在表達方式和藝術形式上也比較粗糙，藝術水平有待提升。儘管「底層寫」有諸多的不足，但作為一種正在發展、演變的文學形態，它完全是由底層人民自發形成的，而不是政治機制由上至下推行的結果。在記錄時代轉型的歷史轉折點上，它摒棄虛幻的集體想像，真實地記錄下這個特殊人群的生存心酸、人格自尊的追尋，書寫出知識分子作家筆下難得一見的工農人物品性。相比

知識分子的「寫底層」，打工者自身的「底層寫」意義更爲顯著。當知識分子作家試圖表達底層經驗的時候，他們在感情上與底層的隔膜難以消除，長久以來在知識分子作家筆下，底層是需要拯救和啓蒙的「沉默的人」。由於生活經驗的疏遠與想像，知識分子的寫作是單向度的，「在小說的字裏行間，我們看到了弱勢群體的令人難以置信的生活境況，也看到了作者對社會不公和罪惡現象的難以抑制的不滿和憤怒。但是，憤怒的情緒也扭曲了作者的感受和敘述，使他的倫理態度和敘述方式顯示出一種片面和簡單的傾向」。（李建軍《被任性與仇恨奴役的單向度寫作》，《小說評論》2005 年第 1 期）在知識分子作家眼裏，底層是孕育苦難的場所，苦難成爲寫底層的關鍵詞。翻閱大部分「寫底層」的作品，我們會發現，多數作家用同情大於體恤、想像大於經驗、訴苦多於反思的筆調，簡單地用道德同情代替底層豐富的人性思索。底層寫作不應該只是寫給有知識、有文化素養的讀者看，它應該有質感、有貼切度地接近眞的底層人民。相比「底層寫」，知識分子作家以居高臨下的道德、文化意識去想像性地「拯救」底層。事實上，「底層寫」現象的出現，以實際創作證明底層逐漸有了自己的聲音，他們可以爲自己代言。底層人進城求生的目的絕不是知識分子筆下爛漫的詩意情懷。范小青的《城鄉簡史》裏把農民王進才進城的動因歸結爲想去城裏看看什麼是「香薰精油」，這樣浪漫的動機不過是作家詩意的天眞罷了。農民工在城市也絕不是知識分子作家筆下的「男底層」就是爲生活逼迫去殺人放火，「女底層」爲賺錢養家就賣身求貴。相比「底層寫」表現出來的經驗與生活的合一性，知識分子作傢具有的曲折故事設計、詩意語詞、深切道德表達始終沒能抵達人性表述的飽和度。事實上，眞正的底層寫作，不應該僅僅是反映底層民眾生活、情感狀態的文學，更應該是寫給底層民眾閱讀的、底層人民能夠認可的文學。在這點上，「底層寫」的意義是充足的，他們的寫作姿態，即「爲誰寫」，與知識分子作家「哀其不幸，怒其不爭」的虛像式拯救姿態完全不同，他們就是寫自己、爲自己寫。即使目前「底層寫」有情節粗疏、語言粗糙、深度有限這些藝術方面的問題，但都是可以隨著「底層寫」作家群進一步發展得到提升的，但第一手的生活經驗，這種生存的疼痛感是無法複製的。所以，當打工詩人鄭小瓊被邀請進入主流文學刊物擔任編輯的時候，她拒絕了，繼續生活在她的打工世界裏，繼續爲推銷五金產品而奔波。打工作家務實的生活態度使他們保持著自己的生活感受、思維和觀念，繼續爲自己抒寫。這樣的文學值得我們期待。

二、浩然創作與底層寫作的回望

在商品經濟的衝擊下，中國長久以來形成的城鄉二元對立日益遭到瓦解，20世紀80年代戶籍制度的鬆動，新時期經濟的變革召喚著農民離開土地和鄉村到城市尋求發展。80年代初期高加林嚮往城市還被人指責，隨著90年代大批農民工進城求生，他們追求城市文明和渴望脫離農村貧苦生活的情態，他們輾轉迷惘、屈辱痛苦的境遇逐漸得到社會和文學的關注。在歷史的劇變下，新時期文學中的工農形象已完全不同於新中國成立初期的工農兵人物形象，作家浩然在建國十七年文學時期塑造的農民和新時期農民工作者書寫的農民的明顯差異，不僅昭示著時代的變化，更重要的是，新時期農民工書寫的「底層文學」顯示了中國當代民眾文學創作內涵與實績的推進。拋開兩者在意識形態預設與基本訴求上的差異，從書寫形式、表達向度和創作者姿態等方面對比「底層寫作」與十七年時期的「工農兵文學」，可加深我們對浩然文學創作的理解。

（一）從蕭長春、高大泉現象說開去

新中國成立後，新的工農兵形象成為文學描寫的主要人物，整個十七年時期主流文學都以重建工農兵國家主人公形象為己任。浩然筆下為人熟知的蕭長春、高大泉已成為十七年工農兵文學方向中塑造的新農民形象典型。走過歷史，今天重新認識這些文學世界裏塑造的工農人物，他們實際上是一個時代、一種政治意識表達下的由作家按照理想塑造的話語人物。雖然生活於斯的社會主義新農民，他們煥發出前所未有的激昂的集體精神來建設新中國，但整體上，按照工農兵方向塑造的農民和實際生活中的農民是有一定差異的，他們是時代精神和政治領袖意志的產物。早在1944年毛澤東給中共中央黨校楊紹萱、齊燕銘的信中就鄭重地指出：「歷史是人民創造的，但在舊戲舞臺上（在一切離開人民的舊文學、舊藝術上）人民卻成了渣滓，由老爺太太少爺小姐們統治著舞臺，這種歷史的顛倒，現在由你們再顛倒過來，恢復了歷史的面目，從此舊劇開了新生面，所以值得慶賀。」（毛澤東《致楊紹萱、齊燕銘》，《毛澤東文藝論集》，中共中央文獻出版社，2002年，第278頁）事實上，從延安文學時期開始，政治領袖毛澤東一開始提出的工農兵文學就不是從文學家角度提出的，他賦予工農兵文學的是一種革命實踐眼光下的政治籌謀。在這個時代中，革命要求工農兵作為主力軍加入到社會變革實踐裏，毛澤東比任何人都深刻洞見到工農兵在中國歷史上所起的重要作用，從延安時期到

建國後，他圍繞文學對工農兵所做的思考和提倡，無一不是處在政治性的意識中。換句話說，在毛澤東文藝政策下，工農兵從來都不是作為「文學」本質進入創作的，而是以政治家的眼光要求作家對工農兵進行全面的「文學想像」，工農兵寫作從延安文學到建國後文學，可以說從未真正進入到「文學」層面。根據毛澤東文藝思想，既然工農兵是中國革命的主力軍，是新中國得以建立的重要保障，那麼新中國文藝的核心也應是「為工農兵服務」。為調動主力軍革命和建設的激情，就要在政治和文藝引導上確立工農兵意識，其中首要的一點是讓文藝創作者從根本上認同這一思想。所以，從延安時期到浩然所在的十七年文學時期，工農兵文學都是作為政權意志的體現存在的，所謂的「寫工農兵」不是按照工農兵本來的面目寫，也並未遵照工農兵群體的本質來寫，而是按照政治界定後的觀念本質來寫，工農兵在新中國文學裏的改變只不過是虛空的政治地位。拋開現實生存狀況，十七年的工農兵文學創作塑造的樂觀、昂揚的國家主人公形象，在很大程度上不過是虛幻的集體想像。簡單地說，即是十七年工農兵文學本質上是政治意志的演繹，而非工農兵自我文學的書寫。

我們來重溫一下這個年代的工農兵人物形象。丁玲、周立波等在40年代的農村小說是當代中國工農兵文學的前奏。這些知識分子作家雖有套用政策寫作的不足，但深入農民生活後的觀察和體驗的深度，保證了他們筆下的農民形象具有一定的人性複雜度，如丁玲《太陽照在桑乾河上》裏的黑妞、程仁等形象。五六十年代發生的一系列政治運動——農業合作化、大躍進、人民公社運動，不斷把工農兵作為文學描寫的主要對象推向前沿陣地，在這個過程中，大部分作家更像農村的外來者，雖然他們盡力向工農語言靠攏，但塑造工農形象的「革命本質化」更為嚴重，這一時期的工農兵文學創作很難堅守工農文化性格的邏輯，幾乎都是根據政治時事需求塑造工農兵人物，浩然是其中突出的代表。其實，延安時期提出的「工農兵方向」最期待的還是工農兵群眾自己創作工農兵文學，建國後大力培養工農兵業餘寫作者即是朝著這一方向的努力，浩然就是從農民業餘文學寫作者逐漸步入專業創作者行列的。以《豔陽天》、《金光大道》為例，浩然在工農兵文學發展鏈條上寫下了重要的一筆，他在十七年文學時期創作的這兩部代表作是工農兵文學集大成的作品。從只有三年小學文化水平躍升到新中國專業作家的浩然，除了自身的努力與執著外，歷史也賦予了他極大的機遇。從帶著露珠般清新的文風

演變到充滿階級鬥爭的小說創作，浩然及時抓住毛澤東文藝思想精髓，成功演繹了工農兵文學的政治本質。1957 年，浩然在順義縣龍灣屯鄉焦莊戶親歷農民因反對國家的糧食統購統銷政策，鬧搶農業社糧食的事件，以當時的政治形勢，他只是把事情描寫成一起富裕中農在「壞人」煽動下鬧搶糧食的故事。1958 年後，隨著階級鬥爭口號日益白熱化，政治高度敏感的他立刻意識到創作新機來臨。八屆十中全會召開，毛澤東提出社會主義社會在一定範圍存在階級鬥爭擴大化的問題後，浩然如同春雷驚耳，很快意識到要把工農兵英雄人物放到階級鬥爭中去表現，這樣的創作才更符合毛澤東文藝政策。於是他細心研讀 1957 年前後有關階級鬥爭問題的政策、文件，嘗試著用階級鬥爭分析的方法去構設小說情節與人物形象。隨後，《豔陽天》中的農民英雄蕭長春的形象橫空出世，蕭長春便作為較早的無產階級英雄形象立於當代文學。「文化大革命」中，浩然不斷自覺靠攏政治。作為一個作家，他甚至把每天學習、研讀黨政文件看得比文學修養的提高更重要。革命樣板戲的「成功」經驗啟發他在「三突出」基礎上，成功再創反映農業合作化運動史詩的長篇小說《金光大道》。《金光大道》第一、二部出版後，被文藝界稱為表現工農兵英雄形象的「典型」小說，由於擺脫了真人真事的束縛，採用「典型」藝術手法提煉、加工素材，高大泉光輝的無產階級典型形象再次成為工農兵文學創作的一面旗幟。其中，有一則評論這樣說道：「由於學習和運用了革命樣板戲的創作經驗，比較深刻而又有一定廣度地反映了新中國成立以後社會主義革命史的某些本質方面，受到了工農兵群眾的好評。從這個意義上說，研究和探討《金光大道》的成就與不足，對於我們進一步推動無產階級革命文學事業的發展，是有一定的益處的。」（辛文彤《社會主義歷史潮流不可阻擋——評長篇小說〈金光大道〉第一、二部》，《光明日報》1974 年 12 月 12 日）諸如此類的文學評論還很多，從這些帶著政治色彩的文學評論可以窺見，從十七年到「文化大革命」結束時期的文學創作、文學評論都是圍繞政治意識形態服務的；所謂的工農兵文學就是為塑造新中國主人形象，從文學功用上教育實際生活中的工農兵群眾，以促進工農兵群眾為革命、為建設新中國而奮鬥。這些鐵骨錚錚的工農兵英雄形象，未能真實體現實際工農人群的內心感受和生活體驗，用革命本質化真實文學觀塑造出的這些工農兵人物，以特殊的形態被記錄在這一文學發展史上。

（二）新時期底層寫作的歷史期待

歷史斗轉星移，帶動社會、經濟、文化以及文學的變化。進入 80 年代，隨著商品經濟深入人們的生活，在價值多元化、「人民」概念漸行漸遠的今天，工農兵創作以及這套作家培養機制和發表機制到 80 年代中期以後逐漸解體。更主要的是，當代社會的工農兵概念變得模糊起來，經濟分化使人們的身份處於時刻變動中，難以再用明確的政治性概念稱謂來涵蓋人的身份。與此同時，工農兵寫作也就不再處於時代的浪尖。在貌似反映「人民」精神的當下文學創作中，「人民」的概念發生著改變。十七年文學時期，工農兵是「人民」的主體組成部分，是文學作品大力塑造的國家主人，而在當代社會中，工、農、兵的確定是個複雜問題，市場經濟完全打亂了之前的階層結構。即便在以知識型精英為主的當今社會，也不能籠統地把「工農兵」劃為社會底層群體，所以，對於當下概念爭議之中的底層寫作、打工寫作、農民工寫作，我們不能絕對地把十七年的工農創作與之對等，它們之間有複雜的演變關係和明顯的差異。在此處，我們僅考察沒有受完整系統文化教育或文化層次不高的工人、農民為生存而作的文學，他們書寫的對象是自己，包括城市裏的農民工、下崗工人或鄉村基層中的農民。在這個層面上，我們把浩然十七年的創作與新時期工農兵文學相比，可以折射出一些問題。

與「工農兵文學」基本訴求完全不同的「底層寫作」，無論在寫作內容還是人物形象塑造上都不同於以往。

「農民工文學」就人物塑造而言翻開了當代文學新的一頁，它所塑造的工農人物反映了近 30 年來中國的改革歷程，這些帶著迷惘、屈辱、奮發的人物從性格到精神都有別於十七年文學作品中塑造的工農形象。城市化進程把失去土地和渴望改變生存狀況的農民推離鄉村，農民工是這一進程中產生的奇怪人群，他們既是地道的農民，又是城市的邊緣人，文學作品裏的他們不再光輝萬丈。他們為了生存，湧向城市，又因城市的拒絕而艱辛遊走在生活以及精神的無根性裏。這種邊緣生活中的打工書寫的重點是農民、工人自己寫，他們的書寫完全是自發狀態的。新時期的「底層寫」展現了中國底層人民建構自身主體性的努力。一旦「沉默的人群」開始說話的時候，中國農民在文學形象發展的鏈條上便開啓了重要的一環。十七年文學裏集體大合唱、夢幻般昂揚的工農兵精神態勢不復存在。無所適從的生存、精神困境讓打工者清醒地面對現實，他們筆下自我書寫的人物不再有「梁生寶買稻種」、「高

大泉戰勝階級敵人」以及胡萬春筆下驕傲的工人階級情懷了，爲獲得一點生存尊嚴，他們自發地以飽含勞動血汗和心酸眼淚的筆觸聲揚中國底層工農的內心訴求，儘管他們的藝術水平暫時有限，但他們開啓的工農兵寫作意義不言自明。新時期「底層寫」有著不同於「工農兵創作」的表達訴求，它的意義在於：現在的打工文學是工農兵自身的文學，面對現實，敘述者有清醒的寫作意識，每個底層打工者都是複雜的個體，敘述者和敘事人物都並非虛空的、脫離生活實際的政治意志顯現者，他們表達的不是空洞政治期許下的集體狂歡，而是個體在面對殘酷的、眞槍實彈的生活中的個人體驗。爲此，中國工農兵文學在新時期打工文學出現之際，開始了眞正意義上的「工農兵自我寫作」文學。儘管「底層寫」仍處在各種文學形態發展的趨勢中，他們的方方面面都處於轉型中，但只要這種文學樣態自身還在繼續創作，哪怕有可能走向知識分子精英化寫作，那也是工農兵自己的文學，眞正的寫工農兵的文學。雖然如今的時代不會讓底層文學成爲中國唯一的文學形態，但會以一種重要的文學形態立於中國文壇。

在實質意義上，新時期的工農寫作和浩然時代的工農兵文學是不同的。應該說，社會經歷變革，發展至今，「底層寫作」在言爲心聲的表達訴求中，開始了雖不成熟，但卻是自發狀態的文學寫作。

倘若以一個人的自我成長爲例，十七年工農兵創作是童年幼稚階段，在咿咿呀呀學語的時候，聽任外部世界要求它發出什麼聲音，沒有能力表達完整的自己，即使外界教導的語言再怎麼美，也是人云亦云。可當它成長到自己能夠發音說話的時候，即使它說得磕磕巴巴、詞不達意，但總歸是說著自己的話。這就像我們的工農兵寫作一樣，浩然在十七年期間寫下的文學作品，在毛澤東文藝政策實踐的整體格局中，它們是完美的符合政治意識形態的表述，可是，剝離外界強加給文學的政治話語，浩然作品裏的農民說的都是他們想說的話嗎？而作家本人說的又是他完全想要表達的話嗎？當一個人要自我發展，就得離開別人的指導，開始學會說自己的話。新時期的「底層寫」就是一個新的成長階段。儘管目前的「底層寫」還有很多藝術上的不足之處，但開始說自己的話的新起點已經賦予了它別樣的意義，將十七年時期浩然的創作與新時期底層寫作納入中國當代工農兵文學發展的鏈條中，在兩者回望的參照中，文學意義自不在話下。

透過底層文學，我們反觀浩然的創作，在繼往開來的中國農民文學書寫中，浩然提供了「農民寫」、「寫農民」和「為農民」三位一體的文學現象，記錄下當代工農兵文學一個歷史階段的成長樣貌。在「工農兵」這個概念漸行漸遠的今天，透過「底層文學」反觀浩然這個具有代表性意義的「工農兵創作」現象，是有一定的啟發作用的。

再者，打工文學在新時期劃下了這個群體心酸、複雜與待變的一筆，他們塑造的工農形象有別於現代文學以來截至 80 年代初期的任何時期的人物形象。跟以前對比，魯迅筆下的農民是具有國民劣根性的，沈從文筆端的農民彷彿生活在世外桃源，個個美好淳樸，趙樹理寫的農民勤勞樸實，浩然筆下的農民英雄非凡，然而現在的農民卻是無法概括的，他們的價值觀隨著時代的變革被全盤推翻，他們是沉默的大多數，政治上失語，缺乏文化資源，甚至生存都岌岌可危，但他們有著比任何時代都清醒的主體意識。作為個體、作為人的精神的覺醒，這個時代的自我群體雖處於弱勢地位，但他們真實地、刻骨銘心地生活著，自強不息地發出自己的聲音。底層打工文學的可貴之處在於，中國內部社會的矛盾不再被掩飾，打工者靈魂深處的吼叫直逼現實問題的存在，這樣的文學創作是這個時代活生生的變革記錄，新時期底層文學不可取代的意義也正在於此，他們塑造的自我形象的喜怒哀樂都是真實的人性展露。唱出自己的歌喉，哪怕它幼稚、粗糙，也是將來走向成熟格局的一個重要開端。同時，我們也要記得文學發展道路途徑的每一個點，沒有幼稚的鋪墊階段，就不會有走向成熟的新階段。

深入透徹地研究一個作家，不僅要從他的文學作品進入內核探討，也需要從他存在的外圍環境入手研究。浩然 45 年文學生涯給當代文學史留下的獨特文學樣本，是我們感受他「與眾不同」的關鍵，同時，從他身處時代的文學思潮視野中切入作品的意義同樣十分重要。浩然的文學開始於工農兵業餘寫作，也在新時期工農兵文學的繼續發展中謝下帷幕，浩然從業餘文學寫作走向「金光大道」征途的「工農兵文學」意義值得我們研究。在中國當代工農兵文學創作中，浩然佔據重要一環。然而，浩然的創作在十七年政治意識形態表述下，是一種異化的文學狀態，它不是自發狀態的工農兵寫作，它表達的其實不是工農兵真實的生活狀態。而當下的「底層寫作」才是反映民眾生活的真實的文學。若說兩者之間有關聯，僅僅是它們都反映出中國底層人民希望通過文學表達生活，渴望進入文學的願望。但更關鍵的是，它們是在

各自意識形態下產生的不同的文學形態；在表達訴求上，底層文學是文學發展到如今，在自然狀態下產生的民眾文學，而浩然以及工農兵的文學創作是政治意識形態失去原有人民意味的「異化」文學。因此，在浩然現象與底層文學的回望中反思浩然文學的不足，是值得我們重視的。

餘論　浩然，中國文壇的一個獨特現象

　　浩然是中國當代文學中一個獨特的文學現象。2008 年 2 月，隨著他結束近 50 年的文學生涯，離開人世，有關他的是是非非並未隨著他的離世而消逝。

　　說浩然是中國文壇的一個「奇迹」，並不誇張，一個僅有三年小學文化水平的半文盲成為中國當代有名的作家，這本身就是一個奇迹。當然，時代的特殊性成就了他，但若沒有先天的天賦和後天的執著，誰也成就不了浩然。正如浩然自己說自己是一個奇迹，亙古未曾出現過的奇迹，而這個奇迹的創造者是中國農民。由於無產階級的勝利，農民在政治上解放，經濟上翻身，文化上提高，於是浩然成為向文化進軍的農民中間的代表人物。浩然不但是一個「奇迹」，也是中國當代文學發展中的一個獨特現象。從工農兵出來，又走進工農兵，為工農兵寫作，這樣「三位一體」的作家所蘊含的意義是獨特的。浩然的創作歷程代表著不同於「五四」傳統知識分子寫作的另類路數，他的創作內容、方式、意義決然不同於知識分子寫作。在新中國文藝為工農兵服務的方向中，浩然成為「八個樣板戲，一個作家」的典型作家，這和他緊跟、準確貼合黨政文藝政策而創作分不開。由於文學結構認知的單一，衷心感恩的情感和顧及作家前途、明哲保身的心態，浩然從初登文壇，乃至「文化大革命」期間都輕車熟路地歌唱著單純、明淨的社會主義社會。假如僅是單純地唱讚歌，浩然也不會成為日後人們爭論的對象，他的獨特還在於將局部真實的農民生活情態與整體虛空、浪漫的社會主義情懷相混合，並且作家到生命結束時都至死不渝地認為自己的創作符合現實真實。他帶給我們的複雜感受在於，當我們否認作品裏「非現實」的生活實況時，又不得不感動於作品帶給我們的一種青春激情、集體熱忱的真切之情，以及人們期待烏托邦

理想社會的拳拳之情。眞實性與虛構性同在的文本,在那個特殊的年代帶給我們獨特的感受。

　　對浩然的人品,人們是給予肯定的,人們爭議的是承載在浩然身上的歷史負荷。對於那樣一段歷史,單憑浩然,是無法承擔起的,因爲這不是一個人的歷史,而是整個民族的歷史。針對有代表意義的作家,有人發出「浩然應該懺悔」的口號,可是對於一個畢生榮耀都來自於那個時代的他,我們讓他怎麼「懺悔」呢?何況,這也不是僅憑浩然一人懺悔就能說清的一段歷史和文學。「文化大革命」中大部分作家受到限制,無法自由創作,浩然在「文化大革命」中也沒做過壞事,反而盡其所能地幫助受害作家,他的問題就在於作家虛榮心太甚,捨不得丟棄作家的稱號,對於一個農民出身、渴望光宗耀祖的人,這樣的想法雖不高明,但也罪不至死,所以我們爲什麼要揪著這點人性弱點不放,反而忽視他作爲一個特定現象在那個時代的典型意義與獨特性呢?所以,當人們爭執不休地要浩然「懺悔」,或者指責他的作品違背歷史現實的時候,我們何不平心靜氣地走進作家的作品和心靈世界,認眞閱讀浩然作品,從文學體驗出發來進行文藝研究呢?如何評價浩然,不僅是解讀這個作家的關鍵,也是認識那段文學史的必然功課。浩然遺留下的疑惑,如今看來與其說是政治問題,不如說是文學問題。雖然時代成就了他,但是沒有過人的文學創作能力,浩然沒有理由成名,所以從文學藝術性入手,是我們當前要補救的研究工作,關注浩然作品的藝術文學性,勢在必行。一個作家立足文學的首要條件是藝術,而非時代政治,這一點是我們研究浩然應該重新認識的。再次,時代造就浩然背後的一整套文學體制,是我們認識浩然的另一關鍵。正因爲時代文學體制與作家個體創作相輔相成,它們具有「同構性」,研究浩然必然將作家放置在時代洪流中,而以往單一或不充足的作家個案研究,僅僅關注浩然與當代中國農村小說諸多作家的一致性,只能「錦上添花」地增加浩然文學的時代典型性,並不能發掘作家在同一外界文學體制中「與眾不同」的獨特性。爲何浩然能成爲從十七年到「文化大革命」農村小說創作的一面旗幟?和同期有著文學成就的農村小說家相比,他的獨特性何在?在相同的表達社會主義新農村、新農民的題材下,在共同的外界創作背景、政策規約下,浩然爲何能成爲這一時期文學的「標杆」?簡單地說,在同一體制下創作,他的「獨特」源於無人能及的緊跟、準確貼合政策的能力。對於一個農民作家,他本身缺乏獨立的寫作意識,換句話說,「政策」叫

他寫什麼，他就寫什麼，毫不置疑地寫。試問，若非他「獨特」的認知結構、創作觀念、寫作心態，怎麼會產生如此「獨特」的文學現象？「獨特」並不是褒獎他，而是中性地指出他的「不同」。時代造就了這麼一個特別的作家，浩然的獨特賦予時代別樣的文學。對於探究當代文學以及浩然的研究者來說，浩然著實是個完整的文學史樣本，假如要考察中國當代文學的演變，選擇浩然作為一個觀察切入口，不失為一個好角度。作為浩然研究者，我最初的研究動機源於閱讀浩然的自我感受和文學史評價的差異。同時，我也期待更多的人能從「文學」意義上去閱讀浩然，真正走進作家心靈，與之對話，考察浩然獨特現象的真實成因，而非簡單地從政治意識形態「呼籲」作家「懺悔」。

參考文獻

一、論著類

1. 薄一波《若干重大決策與事件的回顧》，北京：中共中央黨校出版社，1993年版。

2. 春榮《新時期的鄉土文學》，瀋陽：遼寧大學出版社，1986年。

3. 程貴銘主編《當代中國農民社會心理研究》，北京：首都師範大學出版社，2000年。

4. 陳徒手《人有病，天知否1949年後文壇記事》，北京：人民文學出版社，2000年。

5. 陳順馨《社會現實主義理論在中國的接受與轉化》，合肥：安徽教育出版社，2000年。

6. 陳順馨《1962年夾縫中的生存》，濟南：山東教育出版社，2002年。

7. 蔡元培《中國倫理學史》，上海：上海古籍出版社，2005年。

8. 程文超、郭如冰《中國當代小說敘事演變史》，北京：中國社會科學出版社，2006年。

9. 戴光中《趙樹理傳》，北京：十月文藝出版社，1987年。

10. 杜潤生主編《中國的土地改革》，北京：當代中國出版社，1996年。

11. 董之林《追憶燃情歲月五十年代小說類型論》，鄭州：河南人民出版社，2001年。

12. 董楚平《農民戰爭與平均主義》，北京：方志出版社，2003年。

13. （英）大衛・麥克里蘭《意識形態》，孔兆政等譯，北京：九州出版社，2007年。

14. 董之林《熱風時節——當代中國「十七年」小說史論（1949～1966年）上下》，上海：上海書店出版社，2008年。

15. 《兒童文學概論》編寫組《兒童文學概論》，成都：四川少年兒童出版社，1982 年。

16. 復旦大學中文系資料室編 《新時期文藝學論爭資料（1976～1985）》，上海：復旦大學出版社，1988 年。

17. 潘旭瀾、王津圖主編《十年文學潮流（1976～1986）》，上海：復旦大學出版社，1988 年。

18. 費孝通《鄉土中國》，上海：上海世紀出版集團，2005 年。

19. 方厚樞《中國當代出版社史料文叢》，北京：中國書籍出版社，2007 年。

20. 高嵩《張賢亮小說論》，成都：四川文藝出版社，1986 年。

21. 郭曉鳴《農民與土地——歷史‧現實‧未來》，貴陽：貴州人民出版社，1994 年。

22. 何其芳《關於現實主義》，上海：新文藝出版社，1956 年。

23. 華東師範學院中文系編《中國當代文學研究資料‧周立波專集》，1979 年。

24. 黃修己《趙樹理評傳》，南京：江蘇人民出版社，1981 年。

25. 胡繩主編《中國共產黨七十年》，北京：中共黨史出版社，1991 年。

26. 黃修己《趙樹理評傳》，南京：江蘇人民出版社，1994 年。

27. 浩然《泥土巢寫作散》，開封：河南大學出版社，1997 年。

28. 洪子誠《1956：百花時代》，濟南：山東教育出版社，1998 年。

29. 洪子誠《二十世紀中國小說理論資料（第五卷）1949～1976》，北京：北京大學出版社，1997 年。

30. 賀來《現實生活世界：烏托邦精神的眞實根基》，長春：吉林教育出版社，1998 年。

31. 黃曼君主編《毛澤東文藝思想與中國文藝實踐》，武漢：華中師範大學出版社，2002 年。

32. 黃曼君主編《中國 20 世紀文學理論批評史》，北京：中國文聯出版社，2002 年。

33. 何言宏《中國書寫——當代知識分子寫作與現代性問題》，北京：中央編譯出版社，2002 年。

34. 賀雪峰《鄉村治理的社會基礎——轉型期鄉村社會性質研究》，北京：中國社會科學出版社，2003 年。

35. 賀仲明《眞實的尺度》，濟南：山東文藝出版社，2005 年。

36. 黃擎《視野融合與批評話語》，杭州：浙江大學出版社，2008 年。

37. 浩然口述，鄭實採寫《浩然口述自傳》，天津：天津人民出版社，2008 年。

38. 黃曙光《當代小說中鄉村敘事——關於農民、革命與現代性之關係的文學表達》，成都：巴蜀書社，2009 年。

39. 賈德裕、朱興農、郗同福主編《現代化進程中中國農民》，南京：南京大學出版社，1998 年。

40. 黎之《文壇風雲錄》，鄭州：河南人民出版社，1998 年。

41. 李忠誠、王振川主編《中國共產黨 70 年記事》，重慶：重慶出版社，1990 年。

42. 陸藝學《當代中國農村與當代農民》，北京：知識出版社，1991 年。

43. 李秋洪《中國農民的心理世界》，鄭州：中原農民出版社，1992 年。

44. 李揚《抗爭宿命之路——「社會主義現實主義」（1942～1976）研究》，長春：時代文藝出版社，1993 年。

45. 賴大仁《魂歸何處——賈平凹論》，北京：華夏出版社，2000 年。

46. 樓培敏《中國城市化：農民、土地與城市發展》，北京：中國經濟出版社，2004 年。

47. 劉錫誠《在文壇邊緣上》，開封：河南大學出版社，2004 年。

48. 廖曉軍《路遙小說的藝術世界》，西安：三秦出版社，2005 年。

49. 李向東、王增如編著《丁玲年譜長編 1904～1986》，天津：天津人民出版社，2006 年。

50. 雷達主編，李文琴編選《路遙研究資料》，濟南：山東文藝出版社，2006 年。

51. 羅平漢《農村人民公社史》，福州：福建人民出版社，2006 年。

52. 藍愛國主編 《解構十七年》，上海：華東師範大學出版社，2007 年。

53. 李新宇《突圍與蛻變——20 世紀 80 年代中國文學的觀念形態》，南京：南開大學出版社，2008 年。

54. 孟繁華《1978 年激情歲月》，濟南：山東教育出版社，1998 年。

55. （法）莫里斯·哈布瓦赫《論集體的記憶》，畢然郭金華譯，上海：上海人民出版社，2002 年。

56. 孟繁華《傳媒與文化領導權——當代中國的文化生產與文化認同》，濟南：山東教育出版社，2003 年。

57. （美）莫里斯·邁斯納《馬克思、毛澤東與烏托邦》，張寧陳銘康等譯，北京：人民大學出版社，2005 年。

58. （德）明霍費爾《倫理學》，胡其鼎譯，上海：上海世紀出版集團，2005 年。

59. 南帆主編《二十世紀中國文學批評 99 個詞》，杭州：浙江文藝出版社，2003 年。

60. （法）勒龐《烏合之眾：大眾心理研究》，馮克利譯，北京：中央編譯出版社，2004 年。

61. 柏定國《中國當代文藝思想史論：1956～1976》，北京：中國社會科學出版社，2006 年。

62. （蘇）斯道伯諾夫《蘇聯集體農莊所有制的產生和發展》，徐秉讓等譯，上海：三聯書店，1957 年。

63. 山東大學中文系編《中國當代文學研究資料・柳青專集》，1979 年。

64. （美）施拉姆《毛澤東》，中共中央文獻研究室《國外研究毛澤東思想資料選輯》編輯組編譯，北京：紅旗出版社，1987 年。

65. 孫達人《中國農民變遷論》，北京：中央編譯出版社，1996 年。

66. （美）湯森・沃馬克《中國政治》，顧速董方譯，南京：江蘇人民出版社，2003 年。

67. 王一川《中國式的卡里斯馬典型——二十世紀小說人物修辭論闡述》，昆明：雲南人民出版社，1994 年。

68. 吳秀明《轉型時期的中國當代文學思潮》，杭州：浙江大學出版社，2001 年。

69. 王培元《延安魯藝風雲錄》，桂林：廣西師範大學出版社，2004 年。

70. （美）魏斐德《歷史與意志、毛澤東思想的哲學透視》，李君如等譯，北京：中國人民大學出版社，2005 年。

71. 王文勝《在與思：「十七年文學」現實主義思潮新論》，南京：南京師範大學出版社，2005 年。

72. 吳士餘《中國小說美學論稿》，上海：復旦大學出版社，2006 年。

73. 溫儒敏《新文學現實主義的流變》，北京：北京大學出版社，2007 年。

74. 吳俊、郭戰濤《國家文學的想像和實踐——以〈人民文學〉爲中心的考察》，上海：上海古籍出版社，2007 年。

75. （蘇）肖洛霍夫（М А Шолохов）《靜靜的頓河》，金人譯，北京：人民文學出版社，1980 年。

76. 徐璋勇、袁建歧《農民與城市化》，貴陽：貴州人民出版社，1994 年。

77. 《新文學史料》編輯部編《我親歷的文壇記事・憶大事》，北京：人民文學出版社，2004 年。

78. 薛曉明《轉型時期的弱勢群體問題》，北京：中國經濟出版社，2005 年。

79. 楊漢池《藝術眞實性研究》，長沙：湖南人民出版社，1988 年。

80. 于可訓、吳濟時、陳美蘭主編《文學風雨四十年——中國當代文學作品爭鳴述評》，武漢：武漢大學出版社，1989 年。

81. 楊守森《二十世紀中國作家心態史》，北京：中央編譯出版社，1998 年。

82. 楊鼎川《1967 年狂亂的文學年代》，濟南：山東教育出版社，1998 年。

83. 尹昌龍《1985 年延伸與轉摺》，濟南：山東教育出版社，1998 年。

84. 姚鶴鳴《理性的追蹤——新時期文學批評論綱》，南京：江蘇教育出版社，1998。

85. 楊桂欣《丁玲評傳》，重慶：重慶出版社，2001 年。

86. 閻雲翔《私人生活的變革：一個中國村莊生活裏的愛情、家庭與親密關係：1949～1999》，龔小夏譯，上海：上海書店，2006 年。

87. 浙江師範學院中文系編《中國當代文學研究資料——王汶石專集》，1974年。

88. 周揚《周揚文集》（第二卷），北京：北京人民文學出版社，1985 年。

89. 趙園《艱難的選擇》，上海：上海文藝出版社，1986 年。

90. 中共中央黨史研究室《中國共產黨歷史大事記》，北京：人民出版社，1989年。

91. 張鳴《鄉土心路八十年：中國近代化過程中農民意識的變遷》，上海：上海三聯書店，1997 年。

92. 張德祥《現實主義當代流變史》，北京：社會科學文獻出版社，1997 年。

93. 莊漢新、邵明波《中國 20 世紀鄉土小說論評》，上海：學苑出版社，1997年。

94. 張志忠《中國 1966 風乍起》，北京：解放軍出版社，2000 年。

95. 宗元《魂斷人生——路遙論》，上海：上海文藝出版社，2000 年。

96. 張鳴《鄉村社會權利和文化結構的變遷》，南寧：廣西人民出版社，2001年。

97. 曾慶榮編著 《大浩劫》，烏魯木齊：新疆人民出版社，2001 年。

98. 周寧《想像中國：從「孔教烏托邦」到「紅色聖地」》，上海：中華書局，2004 年。

99. 周水濤《論新時期鄉村小說的文化意蘊》，上海：華中師範大學出版社，2004 年。

100. 張樂天《人民公社制度研究》，上海：上海人民出版社，2005 年。

101. 趙園《地之子》，北京：北京大學出版社，2007 年。

102. 周曉風《新中國文藝政策的文化闡釋》，北京：中國社會科學出版社，2008年。

二、期刊文章

1. 艾克恩《說長道短——評浩然的短篇小說〈蘋果要熟了〉》，《北京文藝》1960 年第 1 期。

2. 巴人《略談〈喜鵲登枝〉及其他》,《人民文學》1959 年第 11 期。

3. 陳侗《發自左邊的聲音——爲浩然辯護》,《芙蓉》1999 年第 6 期。

4. 陳山《邁向新的藝術表現世界——讀浩然的近作〈新婚〉》,《鴨綠江》1986 年第 6 期。

5. 陳曉濤、方霞《試論「鄉土小說」向「農村小說」的轉換》,《大連民族學院學報》2004 年第 7 期。

6. 蔡葵《一個十足的農民形象——讀〈趙百萬的人生片斷〉》,《新港》1984 年第 4 期。

7. 蔡葵《抒寫普通人的命運和悲歡——讀浩然的長篇新作〈山水情〉》,《文藝報》1981 年第 1 期。

8. 蔡詩華《歷史是一面鏡子——浩然及其作品評價》,《文藝理論與批評》2000 年第 5 期。

9. 達仁《憂思與期待——評〈蒼生〉》,《廊坊師專學報》1991 年第 3 期。

10. 桂青山《讀〈活泉〉隨感》,《北京文學》1994 年第 4 期。

11. 代迅《從浩然現象看「文革」文學研究模式》,《文藝評論》2000 年第 1 期。

12. 段懷清《論浩然六十年代初期的短篇小說創作》,《浙江大學學報》2001 年第 1 期。

13. 杜秀珍《〈豔陽天〉再解讀史》,《寶雞文理學院學報》2005 年第 2 期。

14. 范之麟《試談〈豔陽天〉的思想藝術特色》,《文學評論》1965 年第 4 期。

15. 管樺《對「爭議浩然」現象的一點看法》,《名家》1999 年第 6 期。

16. 木弓《關於浩然的一點隨想》,《新聞與寫作》1997 年第 10 期。

17. 何滿子《讀其書,不知其人可乎?》,《文學自由談》1995 年第 2 期。

18. 惠雁冰《論農業合作化題材長篇小說的深層結構——以〈創業史〉〈豔陽天〉〈金光大道〉爲例》,《文學評論》2005 年 2 期。

19. 紅孩《遭遇「泯流」:兼談我對〈「爭議浩然」再起波瀾〉一文的看法》,《作品與爭鳴》1999 年第 11 期。

20. 何滿子《宜粗不宜細》,《文學自由談》2000 年第 4 期。

21. 季國清《價值即意識形態化的「應該」》,《求是學刊》1997 年第 6 期。

22. 焦國標《你應該寫的是懺悔錄》,《文學自由談》1998 年第 6 期。

23. 金梅《浩然十年創作描述》,《文藝理論與批評》1988 年第 1 期。

24. 金梅、吳泰昌《打著火把的領頭人——評長篇小說〈金光大道〉第一、第二部中高大泉英雄形象的塑造》,《河北文藝》1975 年第 2 期。

25. 康凱《純正驅走了邪惡——讀〈楊莊風流事〉》,《北國風》1987 年第 6 期。

26. 雷達《舊軌與新機的纏結──從〈蒼生〉返觀浩然的創作道路》,《文學評論》1988 年第 1 期。

27. 李雲雷《未完成的「金光大道」──對我國農村社會主義道路的再思考》,《文藝理論與批評》2004 第 4 期。

28. 連曉霞《〈金光大道〉:意識形態化的小說語言》,《福建師範大學學報》2006 年第 6 期。

29. 劉思謙《對建國以來農村題材小說的在認識》,《文學評論》1983 年第 2 期。

30. 南帆《大眾文學的歷史涵義》,《文藝理論研究》2001 年第 4 期。

31. 劉景榮《「八個樣板戲一個作家」說評議》,《河南大學學報》2001 年第 9 期。

32. 李輝《趙樹理、浩然之比較》,《文學自由談》1996 年第 4 期。

33. 劉成友《形式及其觀念意味:對「文革」主流文學經典文本的解讀》,《佳木斯大學社會科學學報》1998 年第 3 期。

34. 林道立《實在與虛妄:人與神──「文革」文學論之二》,《揚州教育學院學報》1999 年第 1 期。

35. 潘超青《小人物的悲哀──從浩然小說看「中間人物」敘事功能的變化》,《福建廣播電視大學學報》2006 年第 2 期。

36. 康長福《鄉土的浩劫與文學的迷失──「文革」時期鄉土小說論》,《山東社會科學》2004 年第 11 期。

37. 叔綏人《關於「名著」〈金光大道〉再版的對話》,《文學自由談》1999 年 4 期。

38. 孫達祐《浩然創作心態》,《北京文學》1991 年第 9 期。

39. 沈太慧《浩然的第三個十年的新奉獻》,《當代文學研究資料與信息》1988 年第 11、12 期。

40. 孫德喜《高度理性化的獨語──「文革」文學語言論》,《武漢大學學報》2002 年第 1 期。

41. 孫蘭《從錯位到惡化──論「文革」文學的流變》,《文藝評論》1999 年第 1 期。

42. 譚解文《關於〈金光大道〉的幾點思考》,《文藝理論與批評》2002 年第 1 期。

43. 譚學純《我所理解的「集體話語」和「個人話語」》,《社會科學研究》2001 年第 1 期。

44. 譚學純《文革文學修辭策略》,《福州師範大學學報》2003 年第 2 期。

45. 吳光華《浩然的蒼生》,《北京文學》2005 年第 10 期。

46. 吳培顯《有關浩然的兩個問題》,《文學自由談》2000 年第 3。

47. 吳善增《「文革」主流文學話語的生成》,《南京師大學報》2005 年第 1 期。

48. 武善增《再論「四五」天安門詩歌在文學史中的定位》,《南京社會科學》2004 年第 10 期。

49. 武善增《「文革」主流文學話語的生成》,《南京師大學報》2005 年第 1 期。

50. 王堯《思想歷程的轉換與主流話語的生產——關於文革文學的一個側面研究》,《當代作家評論》2001 年第 4 期。

51. 王堯《「文革」主流意識形態話語與浩然創作的演變》,《蘇州大學學報》1999 年第 3 期。

52. 王堯《關於「文革文學」的釋義與研究》,《文藝理論研究》1999 年第 5 期。

53. 王堯《「文革」主流文藝思想的構成與運作——「文革文學」研究之一》,《華僑大學學報》1999 年第 2 期。

54. 王堯《「非知識分子寫作」:「文革文學」的一種潮流與傾向》,《蘇州大學學報》2000 年第 2 期。

55. 王彬彬《理解浩然》,《文學自由談》1999 年第 5 期。

56. 衛曉輝《浩然的悲喜劇:語言和政治》,《小說評論》2004 年第 5 期。

57. 吳培顯《觀念的誤區和藝術的困厄——重讀浩然的幾部小說》,《理論學刊》2001 年第 3 期。

58. 衛曉輝《浩然的悲喜劇:語言和政治》,《小說評論》2004 年第 5 期。

59. 王蓓萍《關於浩然文學創作的思考》,《蘇州教育學院學報》2001 年第 6 期。

60. 徐偉東《編碼與遮蔽:1969～1961 年浩然的小說創作》,《齊魯學刊》2006 年第 1 期。

61. 徐文斗《談浩然的短篇小說》,《山東大學學報》1964 年第 2 期。

62. 葉聖陶《新農村的新面貌——讀〈喜鵲登枝〉》,《讀書》1958 年第 14 期。

63. 葉君《遮蔽與敞開——關於〈金光大道〉和〈蒼生〉的對比閱讀》,《懷化學院學報》2005 年第 1 期。

64. 葉君《論〈豔陽天〉中的階級鬥爭想像與鄉村生活再現》,《學術論壇》2003 年第 5 期。

65. 易光《文革文學:文學性的終結?》,《涪陵師範學院學報》2004 年第 1 期。

66. 余岱宗《階級鬥爭敘事中的道德、愛情與苦難——重評長篇小說〈豔陽天〉》,《文藝理論與批評》2001 年第 5 期。

67. 葉嘉陵《我看〈豔陽天〉》,《七十年代》1976 年第 4 期。

68. 楊新強《浩然小說,眞實的虛幻》,《河北大學學報》1999 年第 12 期。

69. 楊霞《時運交移,其文代變——浩然研究述評》,《南京師範大學文學院學報》2001 年第 4 期。

70. 炎哥《我眼中的浩然》,《中國人才》1995 年第 12 期。

71. 周述曾《在現實生活中獲得創作信念——〈隊長作媒〉讀後的點滴感受》,《北京文學》1962 年第 12 期。

72. 曾鎮南《在蛻變的途中——評浩然的〈蒼生〉》,《長篇小說》1987 年第 16 期。

73. 周溶泉、徐應佩《開闊了生活與藝術視野顯示——論浩然近幾年的中篇小說創作》,《鍾山》1985 年 1 期。

74. 趙樹理《〈三里灣〉寫作前後》,《文藝報》1955 年第 19 期。

75. 趙潤明《浩然不應該後悔》,《名家》1999 年第 6 期。

76. 鄒賢堯《話語覆蓋與地下生長——「文革」文學整合》,《海南師範學院學報》2002 年第 4 期。

77. 朱旭晨《浩然的創作經歷及其對文壇的貢獻》,《華北科技學院學報》2002 年第 6 期。

78. 朱健國《「爭議浩然」再起波瀾》,《作品與爭鳴》1999 年第 11 期。

79. 朱曉進《從政治文化的角度研究中國二十世紀文學》,《文學評論》2001 第 5 期。

80. 張德祥《「神話」的創造與破產——《金光大道》現象及其他》,《文藝爭鳴》1995 年第 4 期。

81. 張德樣《我所理解的浩然》,《名家》1999 年第 6 期。

82. 張寶璽《滿目豔陽天：記著作家浩然》,《黨風》2002 年第 10 期。

83. 張慧文《不僅僅是對鄉土的懷戀》,《北京日報》1992 年 7 月 13 日。

84. 張雅秋《論浩然的小說創作》,《北京社會科學》2002 年第 4 期。

85. 宗術《是是非非說浩然》,《錦州師範學院學報》2000 年第 4 期。

86. 趙學勇、楊小蘭《重睹 20 世紀 50 年代小說經典》,《蘭州大學學報》2001 年第 6 期。

87. 劉德友《關於浩然的奇迹及其他》,《南方周末》1999 年 6 月 11 日。

88. 劉白羽《大地的心聲——讀〈蒼生〉》,《人民日報》1991 年 6 月 13 日。

89. 艾青《關於〈金光大道〉也說幾句》,《文匯讀書周報》1994 年 10 月 29 日。

90. 洪子誠《浩然和浩然的作品》,《北京日報》2000 年 11 月 22 日。

91. 鄭實《浩然從〈豔陽天〉到〈蒼生〉》,《北京青年報》2000 年 10 月 8 日。

92. 章明《浩然的確是個「奇迹」》,天津《今晚報》1999 年 4 月 3 日。

93. 鮑風《浩然的話題尚未終結》,《三秦都市報》1999 年 1 月 28 日。

94. 盧新寧胡錫進《浩然要把自己說清楚》,《環球時報》1998 年 9 月 20 日。

三、作品類

1. 陳登科《風雷》,北京:中國青年出版社,1964 年。

2. 陳繼會《中國鄉土小說史》,合肥:安徽教育出版社,1999 年。

3. 叢維熙著,王之望編《叢維熙代表作》,鄭州:黃河文藝出版社,1987 年。

4. 丁玲《丁玲作品集》,西寧:青海人民出版社,1998 年。

5. 高占祥編《浩然全集》,北京:中國文史出版社,2005 年

6. 管樺《管樺小說選》,長沙:湖南人民出版社,1981 年。

7. 古華《芙蓉鎮》,北京:人民文學出版社,2004 年。

8. 賈平四《賈平四早期小說精選(上)1975〜1980》,西安:陝西旅遊出版社,1992 年。

9. 蔣冰之《太陽照在桑乾河上》,北京:人民文學出版社,1952 年。

10. 康濯《康濯小說選》,長沙: 湖南人民出版社,1984 年。

11. 何士光《故鄉事》,成都:四川人民出版社,1982 年。

12. 何士光《梨花屯客店一夜》,貴陽:貴州人民出版社,1983 年。

13. 浩然編《中國農村小說大觀》第二、三卷,北京:農村讀物出版社,1986 年。

14. 李準《李準小說選》,成都: 四川人民出版社,1981 年。

15. 路遙著、陳澤順選編《路遙中篇小說名作選》,西安:陝西人民出版社,1993 年。

16. 路遙《路遙全集:平凡的世界》(三部),廣州:廣州出版社,2002 年。

17. 劉紹棠、宋志明主編《中國鄉土文學大系當代卷》,北京:農村讀物出版社,1996 年。

18. 柳青《創業史》,北京:中國青年出版社,1960 年。

19. 馬烽《馬烽小說選》,成都:四川人民出版社,1983 年。

20. 西戎《宋老大進城》,北京:人民文學出版社,1980 年。

21. 王汶石《風雪之夜》,北京:中國青年出版社,1964 年。

22. 王汶石《黑鳳》,北京:中國青年出版社,1964 年。

23. 王汶石《黑鳳》,北京:中國青年出版社,1963 年。

24. 萬壽春主編《劉樹德小說選》，昆明：雲南人民出版社，1979 年。

25. 趙樹理《趙樹理全集》，山西：北嶽文藝出版社，1986 年。

26. 周立波《山鄉巨變》（上、下），北京：人民文學出版社，1959 年。

27. 張賢亮著，張志英、張世甲編《張賢亮代表作》，鄭州：河南人民出版社，1989 年。

28. 張一弓著，顧傳菁編《張一弓代表作》，鄭州：河南人民出版社，1989 年。

附錄一　浩然著作

1. 《喜鵲登枝》，作家出版社，1958 年 5 月版。
2. 《蘋果要熟了》，作家出版社，1959 年版。
3. 《新春曲》，中國青年出版社，1960 年版。
4. 《夏青苗求師》，少年兒童出版社，1961 年 6 月版。
5. 《珍珠》，百花文藝出版社，1962 年 6 月版。
6. 《小河流水》少年兒童出版社，1962 年 10 月版。
7. 《北京街頭》，北京出版社，1963 年 11 月版。
8. 《彩霞集》，中國青年出版社，1963 年 12 月版。
9. 《「小管家」任少正》，少年兒童出版社，1964 年 12 月版。
10. 《翠綠色的夏天》，百花文藝出版社，1964 年 5 月版。
11. 《翠泉》，少年兒童出版社，1966 年 4 月版。
12. 《豔陽天》，人民文學出版社，1964 年版。
13. 《豔陽天》，人民文學出版社，1966 年版。
14. 《豔陽天》，人民文學出版社，1975 年 8 月版。
15. 《豔陽天》，華齡出版社，1995 年 9 月版。
16. 《金光大道》，人民文學出版社，1972 年 8 月版。
17. 《金光大道》，人民出版社，1974 年 5 月版。
18. 《金光大道》，京華出版社，1994 年 8 月版。
19. 《金光大道》，華齡出版社，1995 年 9 月版。
20. 《三個孩子和一瓶油》，上海人民出版社，1973 年 1 月版。
21. 《七月槐花香》，天津人民出版社，1973 年 4 月版。
22. 《西沙兒女——正氣篇》，人民出版社，1974 年 6 月版。

23. 《老支書的傳聞》，人民出版社，1973 年 7 月版。

24. 《楊柳風》，人民出版社，1973 年 8 月版。

25. 《歡樂的海》，天津人民出版社，1974 年 11 月版。

26. 《西沙兒女——奇志篇》，人民出版社，1974 年 12 月版。

27. 《大地的翅膀》，人民文學出版社，1978 年 5 月版。

28. 《小獵手》，人民出版社，1975 年 6 月版。

29. 《火紅的戰旗》，人民出版社，1975 年 6 月版。

30. 《百花川》，天津人民出版社，1976 年 9 月版。

31. 《大肚子蟈蟈》，少年兒童出版社，1980 年 3 月版。

32. 《杏花雨》，江蘇人民出版社，1980 年 4 月版。

33. 《山水情》，百花文藝出版社，1980 年 9 月版。

34. 《浩然兒童故事選》，北京出版社，1980 年 9 月版。

35. 《花朵集》，四川人民出版社，1980 年 10 月版。

36. 《弟弟變成了小白兔》，湖北人民出版社，1980 年 10 月版。

37. 《花皮大西瓜》，吉林人民出版社，1981 年 7 月版。

38. 《彎彎的月亮河》，百花文藝出版社，1982 年 9 月版。

39. 《浮雲》，吉林人民出版社，1983 年 1 月版。

40. 《姑娘大了要出嫁》，春風文藝出版社，1983 年 2 月版。

41. 《機靈鬼》，吉林人民出版社，1983 年 4 月版。

42. 《高高的黃花嶺》，百花文藝出版社，1983 年 4 月版。

43. 《戰士小湖》，河南少年兒童出版社，1983 年 5 月版。

44. 《浩然文集》，春風文藝出版社，1983 年 9 月版。

45. 《蜜月》，群眾出版社，1983 年 12 月版。

46. 《勇敢的草原》，人民文學出版社，1984 年 4 月版。

47. 《浩然選集（一）》，百花文藝出版社，1984 年 5 月版。

48. 《浩然選集（二）》，百花文藝出版社，1984 年 7 月版。

49. 《浩然選集（三）》，百花文藝出版社，1984 年 8 月版。

50. 《浩然選集（四）》，百花文藝出版社，1992 年 5 月版。

51. 《浩然選集（五）》，百花文藝出版社，1992 年 6 月版。

52. 《七歲像嫩芽一樣》，新蕾出版社，1984 年 7 月版。

53. 《晚霞在燃燒》，中原農民出版社，1985 年 9 月版。

54. 《鄉村一個男子漢》，百花文藝出版社，1985 年 10 月版。

55. 《嫁不出去的傻丫頭》，人民文學出版社，1985 年 12 月版。

56. 《鄉俗三部曲》，春風文藝出版社，1986 年 9 月版。

57. 《浩然兒童小說選》，湖南少年兒童出版社，1986 年 9 月版。

58. 《蒼生》，北京十月文藝出版社，1988 年 3 月版。

59. 《迷陣》，百花文藝出版社，1988 年 11 月版。

60. 《樂土》，人民文學出版社，1989 年 5 月版。

61. 《婚姻小路上的愛情坎坷》，青島出版社，1993 年 10 月版。

62. 《浩然中短篇新作薈萃》，中國社會出版社，1997 年 1 月版。

63. 《圓夢》，人民文學出版社，1998 年 6 月版。

64. 《活泉》，人民文學出版社，1998 年 7 月版。

65. 《我的人生──浩然口述自傳》，華藝出版社，2000 年版。

66. 《浩然全集》，中國文史出版社 2005 年 12 月版。

後　記

　　陽光散漫的午後，圖書館閱覽室對面綠樹蔥蔥，終於結束三年翹首以待的論文寫作，可是這條道路才僅僅是一個開端。

　　選擇浩然這位當代並不「時尚」的作家作為博士論文選題，源於十歲的閱讀記憶。偶然從某個角落尋到的一本名叫《幼苗集》的兒童文學，在並不稀缺圖書的 90 年代初期，這本署名浩然的書，充滿鄉土青草味和童年、集體主義歡喜氣息的故事，讓我愛不釋手，足足看過十遍。只是年幼的我並不知道浩然為何人，在大學文學史書籍上我才正式瞭解到這位作家，疑惑的是為何文學史對他的評價和我個人童年閱讀體驗的感受差異如此之大，藏著這樣的疑惑，直到做博士論文，我有了機會替自己解開這個疑惑。選題得到遠在汕頭的王富仁和當時身在北京的李怡二位老師的首肯。遺憾的是，在我選題確定之際，2008 年 2 月浩然這位堅強的老人離開了人世。幸運的是經朋友幫忙在網上搜索，在我苦於無法搜集到浩然全集的時候，找到了浩然的女兒梁春水老師的通訊地址，抱著試一試的心態，我給梁老師去信索求作品全集，沒想到不久即得到春水老師的慷慨回覆，不僅幫我購買到浩然全集，還盡其所能地給我寄來幾本稀缺的當年浩然研究資料。在論文寫作過程裏，春水老師真誠地滿足了我的需求。2001 年 5 月，我來到北京，在春水老師和她兩兄弟的陪同下，走訪了三河浩然文學紀念館和浩然故居。實地接觸浩然生活舊景，感觸良多，老人曲折的文學生涯正如當代文學曲折的發展歷程。說不盡的浩然是是非非，並不是不讀作品、不瞭解其人的人可以妄加判斷的。浩然家屬的樸實一如這位老人一生的品行，勤懇、踏實做人，但人品不能完全代替對作家作品的評價，如何做到更透徹、客觀地研究浩然其人其文，我肩頭

的壓力不斷加重。就算如今「如履薄冰」地寫完論文，我仍不敢說能夠給自己，或者春水老師他們一個滿意的答覆。在此，還要特別感謝河北邢臺詩人劉國震先生。在論文快完稿的時候，從春水老師那裡得知國震先生的新著《感悟浩然》由大眾文藝出版社出版了，便向素未謀面的他討要新書。國震老師慷慨地用特快專遞及時寄書於我，意外獲得此書，實爲豐富的材料。

三年緊張的寫作時光，回念起，也就是一眨眼的工夫。斷斷續續的幾年，從確定選題到寫作、修改，一路上深受導師王富仁和李怡老師的幫助與關心。每次電話那頭傳來王老師那邏輯清晰、思維敏捷、見解深刻的指導總是讓我受益匪淺，李怡老師開闊的眼界、敏銳而不乏幽默的見解同樣對我啓發頗多，有幸得到二位良師的同時指導，幸運之極。在求學與做論文最艱難的一年間，我深深感謝李正武先生一直以來的愛護，以及摯友英姐、王濤、賢友、昱坤對我的關愛，她們在我人生二十八之際帶來的關懷，足夠我感激一生。人說讀書爲識人見世，讀到博士階段，所承受的繁重學習生活既是自己的選擇，也是諸多原因促成的。這三年我獲得的不僅是做學問的開端和良師益友，人性的包容與善良、成熟的價值認定、世間的智慧、自我承擔生命的意識，陸續向我敞開，荒蕪間長出寸草。最後，也感謝讀書期間與我相逢的同門朋友，康鑫、門紅麗、周維東……在荷塘月色年年依舊，林蔭紛飛的校園裏有你們的相伴和關心，深感溫暖。

誰都可以忘記，天下只有雙親不能忘記。生養我的雙親，撫育我近三十年的恩情，讓我時常想起，愧責難當。風和日麗的日子並不能深切體會雙親的恩情，風雨搖曳的日子讓我真正開始懂得世間親情之愛的無法替代。智慧源於自受難，感謝過去和現在，包括將來還會遇見的身邊的一切。

劉曉紅
2010 年 12 月 22 日於川大東舍